EL JARDÍN
DE LAS MENTIRAS

Amor y Aventura

OTROS TÍTULOS DE LA AUTORA

EL JARDÍN
DE LAS MENTIRAS

Amanda Quick

Traducción de Ana Isabel Domínguez Palomo
y María del Mar Rodríguez Barrena

VERGARA
GRUPO ZETA **Z**

Barcelona•Bogotá•Buenos Aires•Caracas•Madrid•México D.F.•Miami•Montevideo•Santiago de Chile

Título original: *Garden of Lies*
Traducción: Ana Isabel Domínguez Palomo
   y María del Mar Rodríguez Barrena
1.ª edición: noviembre de 2016

© 2015 by Jayne Ann Krentz
© Ediciones B, S. A., 2016
   para el sello Vergara
   Consell de Cent 425-427 - 08009 Barcelona (España)
   www.edicionesb.com

Printed in Spain
ISBN: 978-84-16076-02-4
DL B 20103-2016

Impreso por QP PRINT

Prólogo

Slater Roxton estaba examinando los murales que había en la pared de la recargada cámara funeraria, iluminados con una extraña luz, cuando se activó la trampa.

Un funesto rugido y los chirridos de la maquinaria antigua oculta tras los muros de piedra fueron las señales que anunciaron la inminente destrucción. Lo primero que se le pasó por la cabeza fue que el volcán que se alzaba sobre la isla de la Fiebre había entrado en erupción. Pero las enormes secciones del techo del pasadizo que conducía a la entrada del templo se abrieron una a una. Comenzaron a llover pedruscos.

La voz de Brice Torrence resonó desde el extremo más alejado del pasadizo, cerca de la entrada.

—Slater, sal de ahí. ¡Corre! Está pasando algo horrible.

Slater ya se estaba moviendo. No perdió tiempo tratando de recoger las lámparas, los bocetos o la cámara fotográfica. Corrió hacia la puerta de la cámara, pero cuando miró hacia el largo y serpenteante pasadizo de piedra que conducía a la entrada se dio cuenta de que era demasiado tarde para escapar.

Más secciones del techo se abrieron mientras miraba. Incontables toneladas de la espantosa lluvia de rocas cayeron sobre el pasadizo. Las piedras se apilaron deprisa, llenando el túnel. Sabía que si intentaba correr para ponerse a salvo acabaría aplastado. No le quedaba más alternativa que retroceder e internarse en el oscuro laberinto inexplorado de las grutas funerarias.

Cruzó la cámara a toda prisa, cogió las lámparas y se dirigió al pasadizo más cercano. El túnel se adentraba en una oscuridad densa e inexplorada, pero allí no caían piedras del techo.

Se adentró en el túnel unos metros y se detuvo, consciente de que, si se adentraba más, se perdería en un abrir y cerrar de ojos. Brice y él ni siquiera habían empezado a trazar un plano de las grutas funerarias excavadas bajo el volcán.

Se sentó pegado a una pared y se preparó para lo peor. La luz de la lámpara iluminaba un inquietante mural, una escena que representaba una erupción volcánica muy antigua y de efectos catastróficos. La destrucción se cernía sobre una elegante ciudad construida con mármol blanco. Se parecía demasiado, pensó Slater, a lo que sucedía en ese momento.

Le llegaron nubes de polvo procedentes del túnel. Se cubrió la boca y la nariz con la camisa.

No le quedaba más remedio que esperar a que terminase la avalancha de piedras. El miedo le corría como un ácido por las venas. En cualquier momento, el techo de la gruta en la que se encontraba refugiado se abriría y lo enterraría bajo las rocas. Al menos, todo terminaría en cuestión de segundos, pensó. No le apetecía mucho contemplar su futuro inmediato en el caso de sobrevivir. Durante el tiempo que le quedase de vida, estaría encerrado en un laberinto construido con gran ingenio.

La tormenta de rocas y piedras duró lo que se le antojó una eternidad. Pero, a la postre, las grutas del templo se quedaron en silencio. Pasó otra eternidad hasta que el polvo se asentó.

Se puso en pie con cuidado. Se quedó quieto un segundo y aguzó el oído en mitad de un silencio atronador, a la espera de que se le tranquilizase el corazón. Al cabo de un momento, se acercó a echar un vistazo a la cámara abovedada en la que se encontraba cuando se activó la trampa, liberando su carga mortal. Había piedrecitas diseminadas por la cámara, fragmentos del enorme montón que sellaba el pasadizo que conducía a la entrada.

Había sobrevivido, lo que quería decir que en ese momento estaba enterrado en vida.

Empezó a calcular la probabilidad de salir de allí con vida con una actitud sorprendentemente académica. Concluyó que todavía estaba demasiado sorprendido como para asimilar la enormidad del problema en el que se encontraba.

No había motivos para que Brice y el resto de la expedición creyeran que había sobrevivido; no había nada que pudieran hacer para salvarlo, aunque mantuvieran la esperanza. La isla de la Fiebre era un pedazo de piedra volcánica cubierta por jungla inexplorada. Estaba situada a miles de kilómetros de la civilización.

Los únicos recursos disponibles eran las escasas provisiones y el equipo que llevaban a bordo del barco que estaba anclado en el pequeño puerto natural de la isla. No había manera de conseguir maquinaria ni capital humano para despejar la ingente cantidad de piedras que cerraban la entrada del templo.

Brice lo hablaría con el capitán del barco, pensó Slater. Llegarían a la conclusión de que estaba muerto y rezarían para que fuera cierto, porque no había nada que pudieran hacer para salvarlo.

Apagó una de las lámparas para ahorrar combustible. Con la otra lámpara en alto, se internó en el laberinto. Había, se dijo, dos posibilidades: la primera, y más probable, era que deambulase por las grutas del templo hasta morir. Solo esperaba que la muerte le llegase antes de que la impenetrable oscuridad lo volviera loco.

La segunda posibilidad, aunque muy improbable, era que acabase por casualidad en un pasadizo que lo condujera al exterior, a la luz del sol. Pero, aunque tuviera esa suerte, era muy difícil que consiguiera encontrar el camino de vuelta al barco antes de que este zarpara. Las provisiones escaseaban cuando por fin encontraron la dichosa isla después de que una tormenta los desviara de su rumbo. El capitán estaba convencido de que otra tempestad se acercaba. Querría emprender el viaje de vuelta a Londres lo antes posible. Tenía que pensar en su tripulación y en los componentes de la expedición.

Slater sabía que si conseguía salir del laberinto se encontraría solo en una isla que no era puerto habitual de los barcos. Podrían pasar años antes de que otro navío arribase a esas costas, si acaso llegaba a hacerlo.

Echó a andar por las grutas, tan oscuras como boca de lobo, con la única guía de los murales que habían dejado los artistas de una antigua civilización que había sido enterrada mucho tiempo atrás por la lava ardiente.

No supo en qué momento empezó a entender el significado de los murales, si acaso llegó a percibir la verdadera intención de las historias. Se recordó que cabía la posibilidad de que ya se estuviera volviendo loco. Esa oscuridad eterna y las evocadoras pinturas resultaban desconcertantes. Un hombre en su situación podía empezar a alucinar en cualquier momento.

Sin embargo, a la postre creyó detectar tres leyendas diferentes. Se detuvo cuando se dio cuenta de que cada cuento era un camino distinto por el laberinto. Una serie de pinturas hablaba de una guerra. La segunda serie contaba una historia de venganza.

Al final, se decantó por la tercera leyenda.

Nunca llegó a saber durante cuánto tiempo anduvo ni qué distancia recorrió. A veces, se detenía, exhausto, y se sumía en un sueño intranquilo que acababa roto por las imágenes de las paredes que eran su única guía. De vez en cuando se topaba con arroyos subterráneos. Se detenía para beber en ellos. Intentó que el queso y el pan que llevaba en la mochila le durasen mucho tiempo, pero se le terminaron.

Siguió andando porque no podía hacer otra cosa. Detenerse sería rendirse por completo.

Al final, cuando salió de la gruta a un círculo de piedra iluminado por la luz del sol, casi siguió andando porque estaba convencido de que se trataba de una alucinación.

«Luz del sol», pensó.

Una parte de su cerebro constató la realidad de lo que veía.

Alzó la vista, incrédulo, y vio que el ardiente sol tropical se colaba por una abertura en las rocas. Vio una serie de empinados escalones tallados en la piedra. Una larga cuerda negra colgaba de la abertura.

Echó mano de sus últimas fuerzas, aferró la cuerda y comprobó que soportaría su peso. Cuando quedó satisfecho de su seguridad, echó a andar por la antigua escalera de piedra, con la cuerda como pasamanos.

Llegó a la abertura, salió de la gruta y se dejó caer sobre el suelo de piedra de un templo al aire libre. Había pasado tanto tiempo en la oscuridad que tuvo que cerrar los ojos al recibir la brillante luz solar.

En algún lugar cercano escuchó un gong. El sonido reverberó por la jungla.

No estaba solo en la isla.

Un año más tarde, otro barco echó el ancla en el pequeño puerto. Slater iba a bordo cuando zarpó. Sin embargo, no era el mismo hombre que llegó a la isla de la Fiebre.

A lo largo de los siguientes años se convertiría en una leyenda en ciertos círculos. Cuando por fin regresó a Londres descubrió cuál era la gran maldición que recaía sobre todas las leyendas: no había un lugar al que considerar su hogar.

1

—No me puedo creer que Anne nos haya dejado. —Matty Bingham se secó las lágrimas con un pañuelo—. Con ese ánimo que siempre tenía. Tan simpática. Tan llena de vida.

—Sí, así era ella. —Ursula Kern aferró su paraguas con más fuerza mientras observaba cómo los enterradores cubrían el ataúd con enormes terrones de tierra—. Era una mujer moderna.

—Y una excelente secretaria. —Matty se guardó el pañuelo en el maletín—. Un motivo de orgullo para la agencia.

Matty era una solterona ya en mitad de la treintena, sin familia y sin contactos. Al igual que la mayoría de las mujeres que acababan trabajando para la Agencia de Secretarias Kern, había abandonado cualquier esperanza de contraer matrimonio y formar una familia. Del mismo modo que Anne y las demás, había abrazado la promesa que les ofrecía Ursula: un empleo respetable como secretaria profesional, un campo que por fin se estaba abriendo a las mujeres.

El día era fúnebre de por sí. El cielo estaba encapotado con unos nubarrones grises y la llovizna era constante. Ursula y Matty eran las únicas dolientes congregadas en torno a la tumba. Anne había muerto sola. Ningún familiar había reclamado el cuerpo. Ursula se había hecho cargo de los gastos del funeral. Era, en su opinión, no solo su responsabilidad como jefa de

Anne y única heredera, sino también un último gesto de cariño y amistad.

Un vacío inmenso se abría paso en su interior. Anne Clifton había sido su mejor amiga durante los dos últimos años. Habían creado un vínculo basado en aquellas cosas que tenían en común: la falta de familia y la existencia de un pasado angustiante que ambas se habían cuidado de enterrar.

Cierto que Anne tenía sus defectos (algunas de las otras secretarias de la agencia la acusaban de ser ligera de cascos), pero Ursula sabía que en el fondo todos los comentarios encerraban cierta carga de admiración. La audaz determinación de Anne para abrirse camino en la vida en contra de todo pronóstico la había convertido en el modelo viviente de la «mujer moderna».

Una vez que el ataúd desapareció debajo del montón de tierra, Ursula y Matty se volvieron y se alejaron en busca de la salida del cementerio.

—Has sido muy amable al pagar los gastos del funeral —comentó Matty.

Ursula atravesaba en ese momento la verja de hierro.

—Era lo menos que podía hacer.

—Voy a echarla de menos.

—Y yo —replicó Ursula.

«¿Quién se hará cargo de los gastos de mi funeral cuando yo muera?», se preguntó.

—Anne no parecía de las personas inclinadas a quitarse la vida —apostilló Matty.

—No, no lo parecía.

Ursula cenó sola, como de costumbre. Cuando acabó de comer, se dirigió a su pequeño y acogedor estudio.

El ama de llaves ya estaba en la estancia, encendiendo el fuego en la chimenea.

—Gracias, señora Dunstan —dijo Ursula.

—¿Seguro que se encuentra bien? —le preguntó la señora Dunstan con delicadeza—. Sé que para usted la señorita Clifton era una amiga. Es duro perder a una persona tan cercana. Yo misma he perdido a unas cuantas a lo largo de los años.

—Estoy bien —le aseguró Ursula—. Voy a hacer un inventario de las posesiones de la señorita Clifton y después me iré a la cama.

—Muy bien, pues.

La señora Dunstan salió al pasillo y cerró la puerta tras ella sin hacer ruido. Ursula esperó un momento y después se sirvió una generosa copa de brandi. El ardiente licor la ayudó a disipar el frío que la embargaba desde la muerte de Anne.

Al cabo de un rato, atravesó la estancia para acercarse al baúl que contenía las pertenencias de su amiga.

Sacó los objetos uno a uno, y fue sintiendo una creciente inquietud: un frasquito de perfume vacío; una bolsita de terciopelo con unas cuantas joyas; el cuaderno de taquigrafía de su amiga, y dos paquetes de semillas. Cada objeto por sí mismo tenía una explicación. Pero en conjunto planteaban dudas perturbadoras.

Tres días antes, cuando el ama de llaves de Anne descubrió el cadáver de esta, mandó llamar de inmediato a Ursula. No había nadie más a quien avisar. En un principio, se negó a aceptar la idea de que Anne hubiera muerto bien por causas naturales o bien porque se había quitado la vida. De modo que llamó a la policía, la cual concluyó de inmediato que no había señales de juego sucio.

Pero Anne había dejado una nota. Ursula la había encontrado arrugada junto al cadáver. Para la mayoría de la gente, los símbolos escritos con lápiz habrían sido garabatos sin más. Anne, sin embargo, era una experta taquígrafa que conocía el método Pitman. Al igual que sucedía con muchos secretarios profesionales, había llegado incluso a desarrollar su propio código cifrado personal.

La nota era un mensaje, y Ursula sabía que estaba dirigido a ella. Anne era muy consciente de que nadie más podría descifrar su código.

DETRÁS DEL INODORO

Ursula se sentó a su escritorio y bebió un poco más de brandi mientras contemplaba los objetos. Al cabo de un rato, cogió el frasquito de perfume vacío. Lo había encontrado en el pequeño escritorio de Anne, no con las demás cosas. Era poco característico de su amiga el no haber mencionado la compra de un nuevo perfume, pero aparte de eso no parecía haber nada misterioso en el frasquito.

El cuaderno, la bolsita de terciopelo y las semillas, sin embargo, eran harina de otro costal. ¿Por qué había escondido Anne esos tres objetos detrás del inodoro?

Un rato después abrió el cuaderno de taquigrafía y empezó a leer. Descifrar los símbolos manuscritos de Anne era un proceso lento, pero dos horas más tarde sabía que esa tarde se había equivocado en algo. Hacerse cargo de los gastos del funeral no iba a ser el último gesto de amistad.

Podía hacer algo más por su amiga: encontrar a su asesino.

2

Slater Roxton observaba a Ursula a través de los cristales de sus anteojos de montura metálica.

—¿Qué demonios quiere decir con que no estará disponible durante las próximas semanas, señora Kern? Tenemos un acuerdo.

—Lo siento mucho, señor, pero me ha surgido un asunto importante —repuso Ursula—. Y que precisa de toda mi atención.

En la biblioteca se hizo un silencio inquietante. Ursula se preparó mentalmente para defender su postura. Conocía a Slater desde hacía menos de dos semanas y había trabajado con él tan solo en dos ocasiones, si bien tenía la impresión de haberlo calado por instinto. Iba a demostrar ser un cliente difícil.

El hombre había perfeccionado casi hasta el extremo el arte de disimular su estado de ánimo o sus pensamientos, pero ella empezaba a captar sutiles indicios. El silencio absoluto y el hecho de que la mirara sin pestañear no presagiaban nada bueno. Se sentó muy derecha en la silla, haciendo todo lo posible para no dejar entrever que su firme escrutinio le estaba provocando escalofríos en la espalda.

Cuando por fin llegó a la conclusión de que no reaccionaba a su adusta desaprobación como él había esperado que lo hiciera, aumentó la tensión levantándose muy despacio de su sillón y colocando sus poderosas manos sobre la brillante superficie de su escritorio de caoba.

Su forma de moverse transmitía una elegancia engañosa que le otorgaba un aura fascinante de poder sereno y contenido. Su talante gélido y sombrío afectaba todos los detalles de su persona: desde su forma de hablar, tranquila y casi sin inflexión, hasta sus insondables ojos verdes y dorados.

Su elección de vestuario acentuaba la impresión del hielo y las sombras. Durante el corto período de tiempo transcurrido desde que lo conocía, nunca lo había visto de otro color que no fuera el negro de la cabeza a los pies. Camisa de lino negra, corbata negra, chaleco de satén negro, pantalones negros y chaqueta negra. Hasta la montura de sus anteojos estaba hecha con algún tipo de metal negro sin brillo, nada de alambre con baño de oro o plata.

En ese momento no llevaba la chaqueta de corte severo. Dicha prenda descansaba en la percha situada cerca de la puerta. Tras saludarla unos minutos antes, Slater se la había quitado, listo para trabajar con sus antigüedades.

Sabía que no debía criticar al hombre por su elección de vestimenta. Ella también iba vestida con su acostumbrado color negro. Durante los dos últimos años había llegado a pensar que su luto (desde el velo de viuda y el elegante vestido negro, hasta los botines de tacón negros abotonados) era tanto un uniforme como un disfraz para camuflarse.

De repente, pensó que Slater y ella conformaban una pareja de lo más sombría. Cualquiera que entrase en la biblioteca los tomaría por un par de personas abrumadas por una tristeza incesante. La verdad era que ella lo hacía para ocultarse. Se preguntó, y no lo hacía por primera vez, cuáles serían las razones de Slater para decantarse por el negro. Su padre había muerto dos meses antes. Ese fue el motivo por el que regresó a Londres después de haber vivido en el extranjero durante varios años. En ese momento había tomado posesión de la fortuna de la familia Roxton. Sin embargo, Ursula estaba segura de que la ropa negra era más un hábito en su forma de vestir que una señal de duelo.

Si la mitad de lo que había publicado la prensa sobre Slater Roxton era cierto, reflexionó, tal vez tuviera sus razones para vestir de negro. Al fin y al cabo, era el color del misterio y Slater no era otra cosa sino un gran misterio para la alta sociedad.

Lo observó con un profundo recelo azuzado por la curiosidad y por lo que reconocía como una fascinación temeraria. Había supuesto que el abandono de su empleo, sobre todo si lo comunicaba de esa manera tan poco ceremoniosa, no sería recibido con muestras de paciencia y comprensión. Los clientes solían ser difíciles de manejar, pero hasta la fecha no se había encontrado con ninguno parecido a Slater. El concepto de manejar a Slater Roxton hacía que le diera vueltas la cabeza. Nada más comenzar a colaborar con él supo que el hombre era una fuerza de la naturaleza y una ley en sí mismo. Por supuesto, eso precisamente lo convertía en una persona interesante, pensó.

—Acabo de explicarle que ha surgido un asunto inesperado —dijo. Procuró mantener la voz fría y profesional, consciente de que Slater se aprovecharía de cualquier indicio de incertidumbre o debilidad—. Lamento mucho tener que poner fin a nuestra relación laboral. No obstante...

—En ese caso, ¿por qué le está poniendo fin?

—Es un motivo de índole personal —respondió.

Slater frunció el ceño.

—¿Está enferma?

—No, claro que no. Disfruto de una salud excelente. Estaba a punto de preguntarle si me permitiría regresar en el futuro para finalizar el trabajo de catalogación.

—¿Ah, sí? ¿Y qué le hace pensar que no voy a reemplazarla? Hay más secretarias en Londres.

—Por su puesto, tiene esa opción. Debo recordarle que le advertí desde el principio que tengo otros compromisos relacionados con mi empresa que de vez en cuando podían interferir con nuestro acuerdo laboral. Usted aceptó esos términos.

—Se me aseguró que, además de otras muchas cualidades excelentes, era usted una persona de fiar, señora Kern. No puede entrar aquí y renunciar a su empleo de esta manera.

Ursula plisó las faldas de su vestido negro de manera que los elegantes pliegues le taparon los tobillos mientras consideraba sus opciones. La atmósfera de la biblioteca comenzaba a tensarse, como si un generador invisible estuviera electrificando el aire. Siempre sucedía lo mismo cuando se encontraba cerca de Slater. Pero ese día en concreto la perturbadora y estimulante energía tenía un sesgo peligroso.

Durante el poco tiempo transcurrido desde que lo conocía, nunca lo había visto perder los estribos. Tampoco lo había visto llegar al otro extremo: todavía no lo había visto reír. Cierto que había esbozado alguna que otra sonrisa breve y de vez en cuando había atisbado en sus ojos, normalmente fríos, cierta calidez. Sin embargo, tenía la impresión de que él se sorprendía más que ella cuando permitía que dichas emociones aflorasen.

—Le pido disculpas, señor Roxton —dijo, y no por primera vez—. Le aseguro que no tengo alternativa. El tiempo es esencial.

—Tengo la impresión de que merezco una explicación. ¿Qué es este asunto tan urgente que la obliga a romper nuestro contrato?

—Tiene que ver con una de mis empleadas.

—¿Se siente obligada a intervenir en los problemas personales de sus empleadas?

—Bueno, sí, a grosso modo podría decirse que esa es la situación.

Slater rodeó el escritorio, se colocó frente a ella y cruzó los brazos por delante del pecho.

Sus angulosos rasgos le otorgaban un aspecto implacable y místico. En ocasiones, era fácil imaginárselo como un ángel vengador. Otras veces lo veía más bien encarnando el papel de Lucifer.

—Lo menos que puede hacer es explicarse, señora Kern —replicó—. Creo que es lo mínimo que me debe.

Ursula pensó que no le debía nada. Se había asegurado de detallar minuciosamente las condiciones de su acuerdo desde el principio. Como la propietaria de la Agencia de Secretarias Kern, ya no aceptaba trabajos personales. Su empresa crecía como la espuma. El resultado era que durante los últimos meses había estado muy ocupada en la oficina, formando a las nuevas secretarias y entrevistando a clientes potenciales. Había aceptado el empleo con Slater por hacerle un favor a la madre de este, Lilly Lafontaine, una actriz famosa que se había retirado de los escenarios para escribir melodramas.

No había esperado encontrar tan fascinante al misterioso señor Roxton.

—Muy bien, señor —repuso—. Resumiendo, he decidido trabajar con otro cliente.

Slater se quedó petrificado.

—Entiendo —dijo—. ¿No está contenta con la labor que realiza para mí?

Su voz estaba teñida por una nota sombría. Ursula concluyó con cierta sorpresa que se estaba tomando su renuncia como algo personal. Pero más sorprendente era que no parecía asombrado por el hecho de que ella renunciara a su empleo, sino más bien estoicamente resignado, como si se tratara del inevitable destino.

—Al contrario, señor —se apresuró a contestar—. Su proyecto de catalogación me resulta muy interesante.

—¿No le pago lo suficiente? —Algo parecido al alivio iluminó brevemente su mirada—. Si es así, estoy dispuesto a renegociar su sueldo.

—Le aseguro que no es cuestión de dinero.

—Si no está insatisfecha con su trabajo y si el sueldo le parece adecuado, ¿por qué me deja por otro cliente? —le preguntó.

En esta ocasión, parecía realmente perplejo.

Ursula contuvo el aliento y de repente se sintió azorada. Era casi como si estuviera interpretando el papel de amante abandonado, pensó. Aunque ese no era el caso, por supuesto. La suya era una relación de empleada y cliente.

«Esta es la razón de que apenas aceptes a clientes masculinos», se recordó. Implicaba cierto riesgo. Sin embargo, encontrarse atraída por uno de sus clientes no era el tipo de riesgo que imaginaba cuando estableció esa norma. Su mayor preocupación había sido la certeza de que los hombres a veces suponían un riesgo para la inmaculada reputación de sus secretarias. En el caso de Slater Roxton, había hecho una excepción y en ese momento estaba pagando el error.

En resumidas cuentas, tal vez lo mejor fuera que su relación acabase antes de que perdiera la cabeza, y, posiblemente, el corazón.

—En cuanto a mis motivos para marcharme... —comenzó.

—¿Quién es el nuevo cliente? —la interrumpió Slater.

—Muy bien, señor, le explicaré las circunstancias que me obligan a renunciar a mi empleo con usted, pero tal vez le susciten algunas objeciones.

—Veamos pues.

Ursula se tensó al percibir la sutil nota autoritaria de su voz.

—Señor, no quiero que acabemos discutiendo, habida cuenta de que tal vez pueda retomar mi posición en un futuro próximo.

—Ya ha dejado claro que su intención es que yo la espere hasta que le resulte conveniente.

Ursula agitó una mano cubierta por un guante negro para indicar el revoltijo de antigüedades desordenadas por la biblioteca.

—Estos objetos llevan años aquí. Seguramente puedan esperar un poco más para ser catalogados.

—¿Cuánto más? —preguntó él con excesiva calma.

Ursula carraspeó.

—Bueno, en cuanto a eso, me temo que no puedo concretar, al menos no de momento. Tal vez dentro de unos días ya tenga una idea aproximada de la duración de mi siguiente trabajo.

—No tengo intención de discutir con usted, señora Kern, pero me gustaría conocer la identidad de este cliente que usted estima más importante que yo. —Guardó silencio, con aspecto de estar irritado, algo inusual en él—. Lo que quiero saber es ¿qué tipo de labor secretarial le parece más importante que catalogar mis antigüedades? ¿Su nuevo cliente es un banquero? ¿Tal vez el dueño de una gran empresa? ¿Un abogado o una dama de la alta sociedad que necesita de sus servicios?

—Hace unos cuantos días tuve que ir a la casa de una mujer llamada Anne Clifton. Anne trabajó para mí durante dos años. Se convirtió en algo más que una empleada. La consideraba mi amiga. Teníamos ciertas cosas en común.

—Veo que habla usted en pasado.

—Encontraron muerta a Anne en su estudio. Mandé llamar a la policía, pero el detective que tuvo la amabilidad de acudir a la escena estableció que, en su opinión, la muerte de Anne se debía a causas naturales. Cree que sufrió un fallo cardíaco o una apoplejía.

Slater no se movió. La observó como si acabara de afirmar que podía volar. Saltaba a la vista que su respuesta no era la que él había esperado, pero se recobró con notable rapidez.

—Siento mucho la muerte de la señorita Clifton —dijo, tras lo cual hizo una pausa y entornó levemente los ojos—. ¿Por qué mandó llamar a la policía?

—Creo que Anne pudo ser asesinada.

Slater la miró en silencio durante un rato. A la postre, se quitó los anteojos y se dispuso a limpiarlos con un prístino pañuelo blanco.

—Ajá —dijo.

Ursula se debatió un poco más. La verdad del asunto era que ansiaba discutir su plan con alguien que no solo la entendiera, sino que posiblemente le ofreciera algún consejo útil; alguien capaz de guardar un secreto. Su intuición le decía que Slater Roxton era bueno guardando secretos. Además, durante los últimos días había llegado a la meridiana conclusión de que el hombre poseía una mente extremadamente lógica. Algunos incluso dirían que llevaba dicho atributo al extremo.

—Lo que voy a decirle debe mantenerse en la más estricta confidencialidad, ¿me entiende? —dijo.

Slater frunció el ceño, de manera que sus cejas oscuras se unieron de forma amenazadora. Ursula comprendió que lo había ofendido.

—Señora Kern, tenga por seguro que soy capaz de mantener la boca cerrada.

Cada palabra salió de su boca rodeada por una capa de escarcha.

Ursula se ajustó los guantes y después entrelazó las manos con fuerza sobre el regazo. Se tomó un momento más para ordenar sus pensamientos. Aún no le había dicho a nadie lo que pensaba hacer, ni siquiera a su asistente, Matty.

—Tengo motivos para sospechar que Anne Clifton fue asesinada —repitió—. Mi intención es reemplazarla en el domicilio de la clienta para la que trabajaba con el fin de buscar pistas que me lleven al asesino.

Por primera vez desde que conoció a Slater, pareció pillarlo con la guardia baja. Durante unos segundos, la miró totalmente atónito.

—¿Cómo dice? —preguntó a la postre.

—Ya me ha oído, señor. La policía no estimó adecuado investigar la muerte de Anne. Puesto que no hay otra persona disponible, tengo la intención de asumir esa tarea.

Slater por fin logró recobrarse.

—Eso es una idea descabellada —replicó en voz muy baja.

Al cuerno con la esperanza de que la ayudara. Ursula se puso en pie y levantó un brazo para bajarse el velo, que en ese momento estaba doblado sobre el ala del pequeño sombrero de terciopelo. Acto seguido, echó a andar hacia la puerta.

—Le recuerdo que ha prometido guardar el secreto —dijo—. Y ahora, si me disculpa, debo marcharme. Me pondré en contacto con usted tan pronto como haya resuelto la situación de la muerte de Anne. Tal vez entonces considere la idea de volver a contratarme.

—Deténgase ahora mismo, señora Kern. No dé un paso más hasta que haya logrado desentrañar todo este... este embrollo caótico que acaba de presentarme.

Ursula se detuvo con la mano en el pomo de la puerta y se volvió para mirarlo.

—¿Un embrollo caótico? ¿Es una expresión extranjera, quizá?

—Estoy seguro de que entiende perfectamente lo que quiero decir.

—No hay nada que desentrañar. Si he confiado en usted se debe solo a la esperanza de que me ofreciera algún consejo o ayuda. Posee una mente lógica y en extremo racional. Pero ya veo que ha sido una ridiculez por mi parte esperar que usted comprendiera mi plan, mucho menos que me prestara ayuda.

—Mayormente porque lo que pretende hacer no es un plan lógico ni racional —le soltó—. No guarda el menor parecido con una estrategia coherente.

—Paparruchas, he sopesado el problema a fondo.

—No lo creo. De haberlo hecho, se habría dado cuenta de que lo que propone es una empresa arriesgada, posiblemente peligrosa y, sin el menor asomo de duda, del todo fútil.

Ursula había previsto que Slater tal vez no se mostrara entusiasmado con su decisión de investigar la muerte de Anne, pero sí esperaba que comprendiera sus motivos para actuar. Al cuerno con la idea de que Slater y ella habían formado un vínculo basado en el respeto mutuo.

¿Por qué la desanimaba tanto ese descubrimiento? Era un cliente, no un amante potencial.

Logró esbozar una gélida sonrisa.

—Por favor, señor, no se contenga. Siéntase libre para expresar su sincera opinión sobre mi plan. Pero tendrá que hacerlo solo. Yo no tengo la intención de ser su público.

Acababa de abrir la puerta cuando Slater se plantó de repente a su lado y la cerró de golpe.

—Si no le importa, señora Kern, concédame un minuto de su tiempo. No he acabado de hablar.

3

«Victoria. Tal vez.»

Un ramalazo de alivio, mezclado con la esperanza, recorrió a Ursula. Enarcó las cejas al escuchar el deje acerado de las palabras de Slater.

—Ha dejado bien claro que no aprueba lo que voy a hacer —dijo—. ¿Qué más hay que discutir?

Slater la miró fijamente un buen rato y después pareció recordar que tenía los anteojos en una mano. Con un gesto muy elocuente, se los colocó... y, de repente, ella estuvo segura de que no los necesitaba. Los usaba por el mismo motivo que ella usaba un velo de viuda: como escudo contra la mirada indiscreta de la alta sociedad.

—¿Por qué está convencida de que su secretaria fue asesinada? —preguntó él a la postre.

Al menos, le estaba haciendo preguntas, se dijo. Era un avance.

—Hay varios motivos —contestó.

—La escucho.

—Estoy segurísima de que Anne no se suicidó. No encontraron pruebas de cianuro ni de otro veneno en los alrededores.

—Los venenos pueden tener unos efectos físicos muy sutiles.

—Sí, lo sé, pero incluso así Anne no mostraba signos de depresión. Hacía poco se había mudado a una casita que pensaba adquirir. Había comprado muebles nuevos y también un vestido nuevo. Parecía muy feliz trabajando para una clienta con la que llevaba ya un tiempo y ganaba un buen salario. Además, insinuó que recibía alguna que otra gratificación bastante generosa de su clienta. En resumidas cuentas, no tenía problemas económicos.

Slater la miró con expresión pensativa y después cruzó la estancia. Una vez más, se apoyó en el escritorio y cruzó los brazos por delante del pecho. Sus ojos refulgían tras los cristales de los anteojos.

—Me han dicho que aquellos que pierden a amigos y a seres queridos por un suicidio suelen decir que nunca vieron indicios de las intenciones de la víctima —comentó él.

Ursula se volvió para mirarlo.

—Tal vez sea verdad. Solo puedo decirle que, durante las últimas semanas, Anne se mostraba muy animada. Estaba tan contenta, de hecho, que empecé a preguntarme si no estaría manteniendo una relación sentimental.

—Esa podría ser la explicación —replicó Slater—. Una aventura amorosa malograda.

—Admito que he empezado a preguntarme si, tal vez, Anne cometió el error de relacionarse íntimamente con un hombre cercano a la familia de su clienta. Tengo reglas en contra de ese tipo de situaciones, por supuesto, y hago todo lo posible para proteger a mis secretarias. Entablar una relación con un cliente o con alguien relacionado con un cliente siempre es una auténtica imprudencia. Nunca acaba bien.

—Entiendo —dijo Slater con un tono muy neutral.

—El asunto es que Anne era una mujer de mundo. Es bastante posible que se saltara las normas. El esposo de su clienta es un hombre rico y poderoso, y los hombres ricos y poderosos suelen ser muy impulsivos con sus aventuras amorosas.

Slater no replicó. Se limitó a mirarla.

En ese momento, Ursula recordó, ya demasiado tarde, que Slater Roxton era un hombre rico y poderoso.

—El asunto —se apresuró a continuar— es que Anne era más que capaz de protegerse en ese tipo de situaciones. Tal vez disfrutara de una relación discreta, pero jamás cometería la idiotez de enamorarse de un hombre que sabía que nunca correspondería su amor.

Slater sopesó sus palabras.

—¿Dice que a Anne le iban muy bien las cosas en el terreno económico?

—Disfrutaba de una situación acomodada y tenía un capital reservado para su jubilación, así como algunas joyas.

—¿Le ha legado sus posesiones y el dinero de su jubilación a alguien?

Ursula hizo una mueca.

—Yo soy la única heredera de Anne.

—Entiendo. —Slater soltó el aire muy despacio—. En fin, adiós a esa teoría sobre el móvil del crimen. No creo que usted quisiera llevar a cabo una investigación que acabase con su propio arresto.

—Le agradezco que haya llegado a esa conclusión lógica. Le aseguro que no tenía motivos para desear su muerte. Era una de mis mejores secretarias, un activo para mi agencia en todas las formas posibles. Además, éramos amigas. Fue la primera persona que accedió a trabajar para mi agencia cuando entré en el negocio hace dos años.

—Dice que no cree que sea un suicidio. ¿Qué le hace pensar que la señorita Clifton ha sido asesinada?

—Encontré una nota junto a su cuerpo.

—¿Una nota de despedida? —preguntó Slater. Su voz se suavizó por la compasión, algo sorprendente.

—No, al menos, no tal como usted cree. Escribió la nota con lápiz. Creo que intentaba indicarme el camino a su asesino.

De repente, Slater la miraba con intensidad.

—¿Escribió la nota con un lápiz? ¿No usó una pluma?

Lo había entendido, pensó ella.

—Eso mismo, señor —dijo—. No creo que tuviera tiempo para usar una pluma. Eso implicaría que abriera el tintero, que cargara la pluma y que colocase la hoja de papel del modo adecuado. Una nota en la que se explicase el suicidio sería algo deliberado, ¿no cree? Una secretaria experimentada habría usado pluma y papel. El hecho de que garabatease unos cuantos signos con un lápiz me dice que tenía mucha prisa. No, señor Roxton, Anne no dejó una nota de despedida. Intentó dejar un mensaje... dirigido a mí.

—¿La nota iba dirigida a usted?

—En fin, no, pero estaba escrito con su propio método de cifrado. Sabía que seguramente yo soy la única persona capaz de leerlo.

—¿Qué le decía en la nota?

—Era su código taquigráfico particular. Me dirigía a la ubicación del cuaderno de taquigrafía y de su colección de joyas. Ah, y también había dos paquetitos de semillas en el mismo lugar. No tengo la menor idea de por qué escondió esas semillas. Es otro misterio.

—¿Y exactamente dónde escondió esos objetos? —preguntó Slater.

—Detrás del excusado. ¿No se lo había dicho? Lo siento.

Slater la miró sin comprender.

—¿El excusado?

Ursula carraspeó.

—El inodoro, señor Roxton.

—Claro. El excusado. Discúlpeme. He pasado los últimos años fuera del país. Estoy un poco oxidado en cuanto a eufemismos.

—Lo entiendo.

—En cuanto a la nota de la señorita Clifton... es evidente por qué quería ocultar sus joyas. Ha dicho que no sabe por qué ocultó las semillas. Pero ¿qué me dice del cuaderno de taquigrafía? ¿Tiene alguna idea de por qué pudo esconderlo?

—Una excelente pregunta —contestó Ursula, que se animó—. Me he pasado casi toda la noche intentando transcribir varias páginas, pero el proceso no aportó luz al problema. Verá, resulta que es todo poesía.

—¿Anne Clifton escribía poesía?

—No, pero su clienta sí. Lady Fulbrook es una mujer rica que vive casi enclaustrada. Contrató a Anne para tomar notas y mecanografiar después los poemas. Anne dijo que la señora Fulbrook se estaba recuperando de una crisis nerviosa y que el médico le había recomendado escribir poesía como terapia.

Slater se distrajo un momento.

—¿Qué clase de poesía?

Ursula sintió que le ardían las mejillas. Adoptó un tono de voz profesional.

—Los poemas parecen tratar temas relacionados con el amor.

—El amor. —Slater parecía desconocer el término.

Ursula agitó una mano enguantada con gesto distraído.

—Anhelos imposibles, los sinsabores de los amantes que están separados por el destino o por causas ajenas a su control. Olas trascendentales de pasión. Lo habitual.

—Olas trascendentales de pasión —repitió Slater.

Una vez más, repitió las palabras como si el concepto le fuera totalmente ajeno.

Ursula estaba segura de que veía cierto brillo travieso en sus ojos. Aferró con más fuerza el asa del maletín y se dijo que no pensaba permitir que la arrastrara a una discusión sobre los méritos de los poemas de amor.

—Aunque la temática es evidente, hay ciertos aspectos curiosos en los poemas: números y palabras que no parecen ajustarse a la métrica. Por eso no estoy segura de si estoy transcribiendo correctamente —confesó—. Tal como le he explicado, con el tiempo la taquigrafía de una secretaria hábil se convierte en un código muy particular.

—Pero ¿puede descifrar el código de la señorita Clifton?

—Es lo que intento. Pero no estoy segura de que me sirva para algo. —Suspiró—. Al fin y al cabo, es poesía. ¿Qué puede contarme acerca de los motivos que hay tras el asesinato de Anne?

—La primera pregunta que debe hacerse es por qué la señorita Clifton se tomó la molestia de ocultar el cuaderno de taquigrafía.

—Lo sé, pero no se me ocurre una respuesta razonable.

—La respuesta siempre se encuentra oculta en la pregunta misma —le aseguró Slater.

—¿Qué diantres quiere decir eso?

—Da igual. Sospecha que Anne Clifton podría mantener una aventura con el esposo de su clienta, ¿verdad?

—Con lord Fulbrook, sí, se me ha pasado por la cabeza.

Slater empezaba a interesarse por la cuestión, pensó Ursula. Sintió que la invadía el alivio más absoluto. Tal vez no tendría que llevar esa investigación sola.

—¿Alguna idea de por qué Fulbrook iba a molestarse en asesinar a la señorita Clifton? No es mi intención ser cruel, pero es habitual que los caballeros de alcurnia dejen a sus amantes. Casi nunca hay necesidad de recurrir a la violencia.

Ursula se dio cuenta de que aferraba con fuerza el asa del maletín.

—Soy muy consciente de ese hecho, señor Roxton —dijo entre dientes—. Lo que hace que la muerte de Anne sea más sospechosa si cabe.

—¿Qué me dice de lady Fulbrook? Si tenía celos de la atención que su marido le prestaba a Anne Clifton...

Ursula negó con la cabeza.

—No, estoy segura de que no es el caso. Según Anne, lady Fulbrook es muy infeliz en su matrimonio. Me dio la impresión de que también es muy tímida. Es evidente que le tiene miedo a su esposo, que demuestra tener un temperamento muy violento. Me cuesta imaginarme a una mujer así cometiendo un asesinato llevada por los celos.

—Los celos son una emoción salvaje. Muy impredecible.

En ese momento, Ursula tuvo la certeza de que Slater consideraba todas las emociones fuertes, en particular las asociadas a la pasión, como emociones salvajes que había que contener y controlar a toda costa.

Enderezó los hombros.

—Hay otro factor que considerar. Anne me dijo que lady Fulbrook nunca sale de casa. No se debe solo a sus nervios. Es evidente que su marido no le permite salir a menos que él la acompañe en persona.

—Así que volvemos a tener a lord Fulbrook como nuestro principal sospechoso. Antes me ha dicho que cree que Anne podría haber mantenido una aventura con él, ¿verdad?

—Creo que es posible —contestó Ursula—. De ser el caso, dudo mucho que estuviera locamente enamorada. No creo que Anne le hubiera confiado su corazón a un hombre. Pero tenía que considerar su futuro económico.

—A lo mejor su dinero le resultaba interesante.

Ursula suspiró.

—Es una manera muy directa de decirlo, señor, pero la respuesta es que sí. Tal vez se volvió demasiado exigente. O tal vez dijo o hizo algo que desató el mal genio de Fulbrook.

—De ser ese el caso, seguramente la habría atacado físicamente, tal vez en un arrebato de rabia. Ha dicho que no había pruebas de que fuera atacada.

—No. Ninguna.

Se produjo otro breve silencio. Al cabo de un momento, Slater volvió a hablar.

—Se da cuenta de que si intenta demostrar que Fulbrook mató a Anne Clifton, puede estar poniendo su vida en peligro, ¿verdad? —preguntó Slater.

—Solo quiero saber la verdad.

—Cabe la posibilidad de que sufriera un ataque al corazón o una apoplejía —señaló Slater.

—Lo sé. Si mi investigación no me lleva a ninguna parte, aceptaré esa conclusión.

—¿Qué más puede decirme de Anne Clifton?

—En fin, entre otras muchas cosas, era una mujer muy moderna.

—Creo que ese «moderna» es otro eufemismo, ¿no es verdad?

La rabia se apoderó de Ursula.

—Anne era una mujer de gran personalidad. Era simpática, atrevida y osada, y estaba decidida a disfrutar de la vida al máximo. En resumidas cuentas, señor, de ser un hombre, los demás la habrían admirado.

—Usted la admiraba.

—Pues sí —repuso Ursula. Recuperó la compostura—. Era mi amiga además de mi empleada.

—Entiendo. Siga.

—Poco más hay que añadir. Creo que alguien de la familia Fulbrook, seguramente lord Fulbrook, es responsable de la muerte de Anne. Pienso descubrir si mis sospechas son correctas. Y ahora, si me disculpa, debo marcharme. Le aseguré a lady Fulbrook que le enviaría a una nueva secretaria lo antes posible. Tengo que poner en orden los asuntos de la agencia antes de retomar mis obligaciones.

Slater frunció el ceño.

—¿Lady Fulbrook?

—La clienta de Anne. Acabo de explicarle...

—Sí, sé lo que ha dicho. ¡Maldición! Piensa ocupar la posición de la señorita Clifton como la secretaria de lady Fulbrook.

—Empiezo mañana por la tarde. Le aseguré a lady Fulbrook que la transición sería inapreciable y que llegaría a su residencia de Mapstone Square a la una y media, tal como Anne hacía.

Slater caminó sobre la alfombra mientras cruzaba la estancia y se detuvo justo delante de Ursula.

—Si sus sospechas son correctas —dijo él—, lo que piensa hacer es potencialmente peligroso.

Sus palabras, pronunciadas en voz baja, la pusieron de los nervios. Dio un paso atrás guiada por el instinto, con el deseo de poner cierta distancia entre ellos. Ya no estaba meramente enfadado ni era presa de cierta curiosidad. A su manera tan particular y sutil, estaba furioso. «Conmigo», pensó ella, desconcertada.

—No se preocupe, señor Roxton —se apresuró a decir—. Estoy segura de que puedo encontrarle otra secretaria que catalogue su colección. Estaré encantada de enviarle a otra persona de mi agencia para suplir mi ausencia.

—No me preocupa que encuentre una secretaria, señora Kern, me preocupa su seguridad.

—Ah, entiendo.

No estaba furioso porque fuera a abandonar su proyecto de catalogación, se dijo. Simplemente le alarmaba la idea de que se pusiera en peligro. Había pasado tanto tiempo desde la última vez que alguien se había preocupado por su seguridad, que se quedó desconcertada un momento. Su preocupación hizo que algo en su interior cobrara vida. Sonrió.

—Es muy amable de su parte al preocuparse —dijo—. No sabe cuánto aprecio el gesto. Pero déjeme decirle que pienso tomar precauciones.

Una emoción peligrosa ensombreció la mirada de Slater.

—¿Cuáles?

La frágil sensación de gratitud que sentía Ursula se desintegró en un abrir y cerrar de ojos.

—Le aseguro que soy capaz de cuidarme sola —replicó con frialdad—. Llevo haciéndolo bastante tiempo. Lamento haber intentado explicarle mi plan. Ha sido un error, desde luego. Ojalá que respete mi intimidad y no revele lo que le he contado. Si lo hace, ciertamente me pondrá en peligro.

Slater la miró como si acabara de darle un buen bofetón en la cara. En sus ojos brillaba la sorpresa y la indignación a partes iguales.

—¿De verdad cree que haría cualquier cosa que la pusiera en peligro de forma premeditada? —preguntó él en voz baja.

Ursula sintió que los remordimientos la carcomían al punto.

—No, claro que no —replicó—. Jamás le habría hablado de mis intenciones de creer que fuera así. Pero admito que esperaba que pudiera darme algún consejo útil.

—Mi consejo es que se olvide de este disparatado plan.

—Ya. —Cerró la mano alrededor del pomo de la puerta—. Gracias por su útil consejo. Adiós, señor Roxton.

—Maldita sea, Ursula, no se atreva a darme la espalda.

Esa, se percató, había sido la primera vez que había usado su nombre de pila. Era deprimente saber que había sido la rabia, no el afecto, lo que lo había llevado a semejante muestra de intimidad, por pequeña que fuese.

Abrió la puerta de un tirón antes de que él pudiera impedírselo. Se recogió las faldas y salió al pasillo, segurísima de que Slater no se humillaría delante de sus criados al perseguirla.

Tenía razón. Slater se detuvo en la puerta y la observó alejarse, pero no la persiguió..., al menos, no lo hizo físicamente. Sin embargo, cuando llegó al otro lado del pasillo, respiraba de forma entrecortada por alguna extraña razón.

Webster, el mayordomo, le abrió la puerta.

—¿Se marcha, señora Kern? —preguntó él—. Creo que la señora Webster está preparando la bandeja del té para el señor Roxton y para usted.

Parecía desolado.

A lo largo de las dos sesiones de catalogación había quedado patente que la casa de Roxton era inusual en muchos aspectos, incluido el personal de servicio. Todos los criados fueron contratados por la madre de Slater. Por lo que sabía, Lilly Lafontaine contrataba mayoritariamente a desempleados, a personas entre un trabajo y otro o a jubilados, pero todos del mundo del teatro.

Webster era un hombre delgado y fibroso, con una cara esquelética. Con la cabeza rapada, un parche negro tapándole un ojo azul y una cicatriz en zigzag en la mejilla izquierda, parecía más un pirata que un mayordomo profesional.

Ursula descubrió que el accidente que lo obligó a retirarse sucedió en el escenario. No conocía todos los detalles, pero era evidente que había sido víctima de una espada falsa que no se replegó como era debido.

También era muy consciente de que, con ese aspecto tan aterrador, la cantidad de personas dispuestas a contratarlo, por no hablar de elevarlo al estatus de mayordomo, era increíblemente minúscula. Desde la primera vez que lo vio, lo reconoció como un espíritu afín: un individuo que había conseguido reinventarse. Esa certeza no solo consiguió que le cayera bien enseguida, sino que la predispuso a mirar con buenos ojos a su patrón.

Escuchó unos pasos apresurados en el pasillo. La señora Webster apareció cargada con la pesada bandeja del té.

—Señora Kern, ¿se marcha tan pronto? No puede irse. No ha tomado su té. Catalogar las antigüedades del señor Roxton es un trabajo muy seco y polvoriento.

A su manera, la señora Webster era tan inusual como su esposo. Seguramente tendría cuarenta y pocos años, pero había sido bendecida con la estructura ósea y la figura de una mujer que sería despampanante incluso de anciana. No le sorprendió averiguar que ella también se ganó el pan como actriz en otro tiempo. Entraba con la bandeja del té mostrando un aplomo que muchas de las damas de la alta sociedad no serían capaces de transmitir al entrar en un salón de baile.

Al igual que su marido, la señora Webster siempre estaba en el escenario. En ese momento, imitaba a la perfección a Julieta, cuando acababa de descubrir que Romeo había muerto.

—Espero volver en un momento más propicio, señora Webster —dijo Ursula, consciente de que Slater escuchaba la conversación—. Pero ha surgido un imprevisto de índole personal.

—¿Se encuentra mal? —preguntó la señora Webster, que se

llevó una mano a la garganta—. Conozco a un doctor excelente. Le salvó la vida al señor Webster.

—Le aseguro que disfruto de una salud de hierro —contestó Ursula—. Detesto tener que marcharme con tanta prisa, pero debo irme.

Webster le abrió la puerta a regañadientes.

—En ese caso, hasta el miércoles —se despidió la señora Webster, que siempre conservaba la esperanza.

Ursula se cubrió la cara con el velo de viuda y escapó por la puerta principal antes de que la señora Webster pudiera añadir «Triste es la ausencia, y tan dulce la despedida». Decidió no decirles a los Webster que no volvería el miércoles siguiente ni, posiblemente, otro día, a juzgar por la expresión de Slater.

El carruaje que Slater había insistido en alquilar para las dos sesiones a la semana la esperaba en la puerta.

El cochero saltó del pescante, le abrió la portezuela y desplegó los escalones. Se llamaba Griffith y era un auténtico gigante, con un cuerpo atlético y musculoso. Llevaba el pelo negro recogido en la nuca con una cinta de cuero. Ursula había descubierto que antes se ganaba la vida trabajando como tramoyista para una compañía ambulante de teatro.

—Hoy se marcha antes, señora Kern —comentó él—. ¿Va todo bien? No habrá cogido una fiebre, ¿verdad?

La situación comenzaba a rozar tintes ridículos, pensó Ursula. Parecía que todas las personas relacionadas con la casa Roxton habían empezado a demostrar un alarmante interés por su estado de salud. Desde luego que no estaba acostumbrada a semejante escrutinio, ni deseaba animarlo.

—Disfruto de una salud de hierro, gracias, Griffith —contestó—. Por favor, lléveme de vuelta a mi oficina.

—Sí, señora.

Griffith la ayudó a subir al carruaje con evidente desgana. Ursula se recogió las faldas y se sentó en el elegante asiento tapizado.

Griffith cerró la portezuela. Intercambió una mirada con los Webster antes de subir al pescante y aflojar las riendas. Ursula tuvo la sensación de que se convertiría en la protagonista de los cuchicheos en la cocina.

Había sabido desde el principio que los criados de Roxton demostraban una lealtad extrema a su patrón, pero le resultaba inquietante darse cuenta del interés que sentían por ella. A lo largo de los dos años transcurridos desde el escándalo que destruyó lo que ella consideraba su «otra vida», se había reinventado con éxito. No podía permitir que alguien examinara su pasado con detenimiento.

4

Slater se mantuvo junto a la ventana del vestíbulo y observó el carruaje hasta que desapareció entre la niebla. El frío se había extendido por su interior. La estaba perdiendo.

«Nunca ha sido tuya. No puedes perderla.»

Sin embargo, la lógica no lo ayudó a alejar la noche eterna que amenazaba con apoderarse de sus sentidos. Siempre estaba allí, al acecho. El tiempo que pasó en las grutas del templo de la isla de la Fiebre le había pasado factura. El año transcurrido en el monasterio le había enseñado autodisciplina y también los peligros que conllevaban las pasiones exaltadas. En su mayor parte, había aprendido a controlar la fuerza de su temperamento. Los Principios de los Tres Caminos le habían proporcionado un sistema estructurado y un control que casaba con su naturaleza. Había descubierto lo que algunos denominaban una «llamada» y la había perseguido de forma implacable, acicateado por la búsqueda de la respuesta a una pregunta que aún no entendía.

Creía que había sellado la paz con la oscuridad. Salvo por el catártico y ocasional arrebato de violencia, había asumido el papel de observador. Incluso durante los escasos momentos de alivio sexual, una parte de sí mismo siempre se mantenía alejada, observando.

Pero Ursula había interferido con el orden cuidadosamente

construido y equilibrado de su mundo. Lo había hecho desear más. Y el deseo era la fuerza más peligrosa de todas.

Webster carraspeó para expresar su desaprobación.

—¿Necesita algo más, señor?

—No, gracias —respondió.

Se volvió, dándole la espalda a la ventana, regresó a la biblioteca y cerró la puerta. Siguió de pie a solas durante un tiempo, atento al silencio mientras recordaba la primera impresión que le produjo Ursula Kern. Iba vestida de negro de la cabeza a los pies, pero la oscuridad de su atuendo solo servía para resaltar el rico tono cobrizo de su melena pelirroja.

Jamás olvidaría el momento en el que se levantó el velo y se lo colocó en el ala del elegante sombrerito de viuda, revelando un rostro de expresión inteligente y fascinante por el brillo feroz de sus ojos verdes, una voluntad férrea y un enérgico temperamento.

Supo al instante que era una mujer con carácter. Había saboreado esa certeza de una manera que ni siquiera alcanzaba a describir. «Como una polilla fascinada por su llama», pensó. Percibía que se trataba de una mujer que comprendía la importancia de los secretos. Parte de él esperaba que dicha mujer llegara a entender y a aceptar a un hombre que también guardaba sus secretos.

La prensa especulaba de forma descabellada sobre lo que había estado haciendo durante los últimos años. Algunos afirmaban que había estudiado los misterios arcanos de las tierras lejanas y había aprendido extraños y exóticos secretos. Había rumores que aseguraban que había descubierto asombrosos tesoros. Otros artículos insistían en que la experiencia vivida en la isla de la Fiebre lo había desquiciado; lo había vuelto loco.

En general, tanto la prensa como la alta sociedad habían llegado a la conclusión de que había regresado a Londres con el fin de vengarse.

No todos los rumores sobre su persona eran falsos.

5

Matty Bingham se encontraba sentada a su escritorio, mecanografiando las notas con el último modelo de máquina de escribir de Fenton. Ursula se quedó de pie en el pasillo un momento, observándola a través del cristal de la puerta. Matty fue una de las primeras secretarias que había contratado y formado la flamante Agencia de Secretarias Kern, dos años atrás. De hecho, había entrado por la puerta apenas una semana después de que lo hiciera Anne Clifton, desesperada y decidida. Matty no tardó en demostrar un gran talento para la organización y la contabilidad, algo que resultó de un valor incalculable. Aunque de vez en cuando seguía aceptando clientes particulares, se había convertido en la mano derecha de Ursula.

Esa tarde, llevaba la melena rizada y castaña recogida en un serio moño en la coronilla. El estilo resaltaba sus preciosos ojos marrones. Ataviada con un severo atuendo confeccionado a medida, consistente en una blusa blanca y una falda marrón, era la personificación de la secretaria ideal. Mantenía una postura elegante en la silla, con la espalda recta y los hombros erguidos. Movía los dedos sobre las teclas con destreza, en una danza casi hipnótica. Parecía que estaba tocando el piano. Por supuesto, ese era uno de los principales motivos de que el trabajo de secretaria, de reciente creación, una de las pocas profesiones respetables para las mujeres, se considerase una actividad femenina adecuada.

Aquellos que pontificaban sobre dichos temas en la prensa hacían hincapié en que el trabajo de mecanografía era una ocupación excelente para las mujeres porque podían realizar las tareas sin comprometer su femineidad.

Ursula creía que el verdadero motivo de que las mujeres fueran aceptadas en el mundo del secretariado estaba más relacionado con el hecho de que muchas estaban tan agradecidas de que les permitieran ganarse la vida de forma respetable que estaban dispuestas a aceptar un salario mucho menor del que exigiría un hombre. Ella se había asegurado de que las secretarias de la Agencia de Secretarias Kern fueran la excepción a esa regla.

Las secretarias Kern no solo tenían grandes dotes para la taquigrafía, la mecanografía y la organización, sino que eran muy caras. Las mujeres que trabajaban para la agencia recibían un salario que les permitía tener una residencia acomodada y ropa cara. Los altos salarios les permitían ahorrar dinero para la jubilación. Sus ingresos fijos en ocasiones también les proporcionaban pretendientes. A lo largo de los últimos dos años, tres de las secretarias Kern, incluida Matty, habían recibido proposiciones matrimoniales. Una mujer había aceptado. Matty y su otra compañera rechazaron las proposiciones, ya que preferían la libertad que su nueva profesión les ofrecía.

La Agencia Kern anunciaba que su élite de secretarias manejaba las máquinas de escribir más modernas y más avanzadas tecnológicamente. Ursula y sus empleadas habían llegado a la conclusión de que dicho aparato era el último modelo de la máquina de escribir Fenton.

Ursula abrió la puerta y entró en la oficina. Matty levantó la vista, sorprendida.

—Has vuelto pronto —dijo. La preocupación hizo que frunciera el ceño—. ¿No te encuentras bien?

—¿Por qué todo el mundo se empeña en preguntar por mi salud esta tarde? —Ursula se quitó los alfileres que le sujetaban el sombrero—. ¿Te parezco enferma?

La preocupación de Matty se transformó en un espanto fascinado.

—Ha pasado algo horrible en la mansión del señor Roxton, ¿verdad? ¿Estás bien?

Ursula soltó el sombrero y el velo en una mesita auxiliar.

—Estoy bien, Matty.

—No, no estás bien. El señor Roxton ha dicho o ha hecho algo para herir tu delicada sensibilidad, ¿a que sí?

Ursula se dejó caer en su sillón y reprendió a Matty con la mirada.

—Vamos a aclarar las cosas —dijo con mesura—: el señor Roxton no ha cometido ninguna atrocidad sobre mi persona ni ha herido mi delicada sensibilidad. Las secretarias profesionales no se pueden permitir una delicada sensibilidad. Eso solo abocaría al desastre.

—Somos mujeres respetables. Por supuesto que tenemos una sensibilidad delicada.

—No, Matty, lo que una secretaria debe poseer en abundancia es inteligencia, sentido común y disposición para hacer todo lo necesario con tal de zafarse de una situación potencialmente peligrosa antes de que llegue a ese punto. No hay caballeros de brillante armadura haciendo cola para rescatarnos. Tenemos que enfrentarnos al mundo solas. Razón por la que, por supuesto, me aseguro de que todas mis secretarias usen sombreros con alfileres bien largos y resistentes.

—Sí, lo sé. —Matty finalmente se desentendió de la regla del alfiler—. Vamos a ver, si no te ha ofendido, ¿por qué tienes tan mal humor? Es como si tuvieses ganas de estrangular a alguien.

—No me tientes.

—Ha pasado algo en la mansión del señor Roxton. Lo sabía. Te advertí sobre ese hombre, te advertí sobre él.

—En varias ocasiones.

—No puedes esperar que se comporte como un caballero

bien educado. Dicen que estuvo enterrado en vida durante semanas en esa isla.

—Su madre me informó de que en realidad fueron unos cuantos días.

—Da igual, el asunto es que estuvo enterrado en vida. Después de escapar de las grutas del templo, estuvo en la isla un año entero. Eso bastaría para destrozarle los nervios a cualquiera o para volverlo loco.

—El señor Roxton no está loco, Matty. —Ursula meditó lo que iba a decir a continuación—. Tal vez sea un poco excéntrico, pero estoy segura de que no está loco. Creo que puedo decir sin temor a equivocarme que tampoco tiene problemas nerviosos.

—El último ejemplar de *El Divulgador Volante* asegura que Roxton practica exóticos rituales sexuales con mujeres ingenuas —anunció Matty.

Ursula la miró fijamente, estupefacta por primera vez.

—Madre del amor hermoso. Reconozco que ese pequeño detalle no lo había oído antes.

—Es evidente que Roxton tiene la costumbre de secuestrar a damas respetables e inocentes en plena calle. Se las lleva a una estancia secreta, donde realiza los rituales.

—¿De verdad? ¿Ha habido muchas quejas por parte de las víctimas de esos exóticos rituales sexuales?

—Pues no, la verdad. —Matty parecía decepcionada—. Las víctimas nunca recuerdan lo que sucede durante las ceremonias porque él las hipnotiza para que olviden.

—Me da en la nariz que no pueden recordar los exóticos rituales sexuales porque dichos rituales nunca han tenido lugar. De verdad, Matty, sabes que no puedes creerte todo lo que aparece en los periódicos.

Matty era una fiel seguidora de la prensa sensacionalista. Durante los dos meses posteriores al regreso de Roxton a Londres, los periódicos y los folletines truculentos habían malgastado una ingente cantidad de tinta hablando de los rumores de su llamado «entierro en vida» y especulando sobre lo que había hecho a lo largo de los años posteriores a su rescate de la isla de la Fiebre.

Matty había leído todo lo que se había publicado sobre el misterioso Slater Roxton. Nunca lo había visto en persona, pero se consideraba una experta en lo relativo a ese hombre. Era evidente que se había llevado una tremenda decepción cuando Roxton no realizó exóticos rituales sexuales con su jefa.

—¿Qué me dices de los años posteriores a su huida de la isla? —preguntó Matty—. A saber lo que hizo durante ese tiempo.

—No desapareció después de que lo rescataran de la isla —replicó Ursula—. Su madre me aseguró que el señor Roxton venía a Londres al menos dos veces al año para visitar a sus padres.

—Sí, en fin, pues mantuvo bien en secreto sus visitas, ¿no te parece?

—Dudo mucho que tuviera que esforzarse. No había motivos para que nadie prestara atención a sus idas y venidas hasta hace poco. El único motivo por el que la prensa se ha vuelto loca ahora mismo con el señor Roxton es porque su padre ha muerto y le ha legado la fortuna familiar.

Matty adoptó una expresión de sabelotodo.

—Dicen que ha vuelto para vengarse.

—Tal vez esa sea la opinión de la alta sociedad, pero es una opinión formada por la prensa sensacionalista. Dudo mucho que sea verdad.

—Míralo desde su punto de vista: es el bastardo perdido de un rico aristócrata y de una famosa actriz. A la muerte de su padre, el señor Roxton descubre que no heredará la propiedad y que jamás podrá ostentar el título debido a que es ilegítimo. Y para echarle sal a las heridas, el testamento de su padre lo carga con el deber y la responsabilidad de administrar la herencia de sus dos hermanastros, los dos legítimos, y de la viuda de su padre. Tamaña injusticia haría que cualquier hombre buscara vengarse.

Ursula tamborileó con los dedos sobre la mesa.

—No he visto indicios de que al señor Roxton le preocupe su situación económica en el futuro —dijo—. Su madre tampoco parece preocupada. Me da la impresión de que el padre del señor Roxton se ocupó muy bien de Lilly. Además, no creo que Slater Roxton haya permanecido ocioso estos últimos años. Su madre insinuó que le habían ido muy bien las cosas. Algo acerca de unas inversiones, me dijo Lilly. Es evidente que tiene cabeza para los negocios. Es más, me aseguró que su hijo no está desequilibrado.

—En fin, es su madre después de todo. ¿Qué querías que dijera? —Matty hizo una pausa para darle énfasis a sus palabras—. Y ya que hablamos de venganza...

—No estamos hablando de venganza. —Ursula golpeó el papel secante con la palma de la mano—. ¿No tienes que mecanografiar algo?

Matty hizo caso omiso de la pregunta.

—No te olvides del asuntillo del Ave Fastuosa. Todo el mundo sabe que mientras el señor Roxton languidecía en la isla de la Fiebre, su socio, lord Torrence, volvía a casa con el fabuloso tesoro que habían descubierto en las grutas del templo.

Ursula hizo una mueca.

—Lord Torrence, al igual que todos los demás, creía que el señor Roxton había muerto.

—En fin —dijo Matty, que bajó la voz para hablar de la conspiración—, se rumorea que lord Torrence intentó asesinar al señor Roxton en la isla de la Fiebre. Se dice que activó la trampa que enterró a Roxton en vida para poder quedarse el Ave Fastuosa.

Por primera vez desde que comenzara esa conversación con Matty, Ursula sintió un escalofrío. La prensa era una fuente nada fiable, pero el antiguo dicho encerraba algo de verdad: «Donde hay humo, hay fuego.» La espectacular Ave Fastuosa había captado la atención de la opinión pública cuando lord Torrence permitió que se exhibiera durante una temporada en un museo. La gente, incluida ella, había hecho cola durante horas para verla. El hecho de que uno de sus descubridores muriera en las grutas funerarias de la isla de la Fiebre solo la convertía en algo más fascinante. Cuando se anunció el robo de la fabulosa estatua poco después de regresar a la colección privada de Torrence, hubo mucho revuelo en la prensa. El Ave se había perdido en las brumas de la leyenda.

Ursula no creía que a Slater le preocupasen especialmente el dinero o el título nobiliario, puesta a pensarlo. Pero un hombre que había estado enterrado en vida y que había vuelto de la tumba para enterarse de que el fantástico objeto que había ayudado a descubrir había desaparecido en el mercado negro de antigüedades... semejante hombre sí que podría albergar un deseo de venganza. Tal vez también se convenciera de que el terrible accidente en la isla de la Fiebre no fue un accidente después de todo. Una cosa estaba clara, pensó Ursula: si Slater quería vengarse, su víctima no tenía muchas posibilidades de escapar.

Circulaban muchas leyendas y rumores acerca del misterioso señor Roxton. No le sorprendería descubrir que unas cuantas eran ciertas.

Se inclinó ligeramente hacia delante para pasar las hojas de su agenda.

—Creo que tengo una entrevista con una nueva secretaria esta tarde. Ah, sí, aquí está. La señorita Taylor llegará a las tres.

—Yo me encargo —dijo Matty.

—¿Estás segura?

Matty esbozó una sonrisa comprensiva.

—Sé que la muerte de Anne ha sido un duro golpe para ti. No tienes que entrevistar a la secretaria que la sustituirá. Por el amor de Dios, el funeral fue ayer mismo. Necesitas un poco de tiempo para superar el trance.

—Voy a echarla de menos —confesó Ursula—. No solo porque era una baza para el negocio.

—Yo... todas las secretarias de la Agencia Kern, en realidad, sabemos que Anne y tú erais buenas amigas.

—Tenía muchísimas de las cualidades que a mí me faltan. Era muy simpática. Inteligente. Vivaz. Llena de entusiasmo por la vida. Admiraba su atrevimiento y su osadía. Era una mujer adelantada a su tiempo en muchísimos aspectos.

—Mmm... —Matty agrupó el taco de hojas que acababa de mecanografiar y lo cuadró dándole unos golpecitos contra el secante.

—¿Qué pasa? —quiso saber Ursula.

—Nada. No es importante. La pobre está muerta.

—Matty, ¿sabes algo de Anne que yo debería saber?

—Oh, no, nada en particular —se apresuró a contestar la aludida—. Es que... en fin...

—¿El qué? Matty, no estoy de humor para tonterías.

Matty soltó un breve suspiro.

—Es que algunas personas dirían que era más atrevida de la cuenta y demasiado osada por su propio bien. Podía ser imprudente, Ursula. Lo sabes tan bien como yo.

—Su fuerte temperamento era uno de sus encantos, ¿no crees? Era la mujer que todas anhelábamos ser: la «mujer moderna».

—Tal vez. —Matty sonrió por los recuerdos, pero después frunció la nariz—. Salvo por los cigarrillos. Nunca comprendí cómo podían gustarle esas cosas.

—Yo tampoco —admitió Ursula.

—Ayer, cuando estábamos junto a su tumba, pensé que Anne había muerto de un ataque al corazón o de una apoplejía —dijo Matty.

—¿Por qué estás tan segura?

—Todas la conocíamos lo bastante para saber a ciencia cierta que jamás se suicidaría por culpa de un hombre.

6

Slater se despertó sumido en una oleada de terror tan fuerte que apenas si podía respirar. Durante unos segundos se encontró de nuevo en la gruta subterránea, tratando de seguir la tercera leyenda. La lámpara se apagaba. Sabía que no duraría mucho más. Con cada paso que daba, se acentuaba la certeza de que había elegido el camino incorrecto. Estaba destinado a vagar por esas grutas de la noche hasta que cayera muerto o se volviera loco.

Se sentó al punto en el borde de la cama, se frotó la cara con las manos y después se puso en pie. Tras encender una lámpara de gas, miró la hora. Eran casi las cuatro de la madrugada. Intentó concentrarse. Sabía que la pesadilla era la forma que tenía su mente de decirle que necesitaba repensar algún punto de su razonamiento.

Necesitaba recorrer el laberinto.

Se puso unos pantalones, cogió su bata de la percha de la pared y se hizo con el llavero que mantenía junto a la cama. Salió del dormitorio y echó a andar hacia la planta baja. Tras abrir la puerta de la cocina, descendió un tramo de escalera en dirección al sótano.

Las estancias abovedadas situadas bajo el suelo de la casa eran muy antiguas. Gran parte del trabajo de mampostería era de origen medieval, pero en ciertas partes databa de la época en la que los romanos controlaban Britania. Era fácil diferenciar las dos épocas si se prestaba la suficiente atención. El trabajo de construcción romano era sistemático y refinado, los ladrillos estaban bien hechos, eran uniformes y todos estaban alineados con gran precisión. A diferencia de la mampostería medieval, que solo podía describirse como una chapuza. De todas formas, había superado la prueba del tiempo. Se preguntó si las construcciones modernas sobrevivirían durante varios siglos.

Cuando llegó a los pies de la escalera subterránea, cogió una lámpara y la encendió. Siguió por el pasillo de piedra de techos bajos y se detuvo al llegar a una gruesa puerta de madera.

Tras seleccionar una de las llaves del llavero, abrió la puerta, entró en la estancia y colocó la lámpara en la mesa situada cerca de la puerta.

La brillante luz iluminó el mosaico de teselas azules incrustado en el suelo de piedra. El sendero azul conformaba un camino laberíntico que al final llevaba hasta el centro. Algunos dirían que parecía realmente un laberinto. Pero un laberinto, con sus numerosos caminos sin salida, estaba diseñado como un rompecabezas, creado para confundir y desconcertar. El laberinto que él tenía delante estaba formado por una única entrada y por un único camino seguro que al final llevaba al caminante al centro del complicado diseño.

El acto en sí de caminar por el laberinto era una forma de meditación que requería de una concentración absoluta. El ejercicio lo ayudaba a ver patrones lógicos ocultos en el caos.

En esa estancia no había paredes de piedra ni murales de pinturas que acompañaran su camino, de modo que era él quien creaba la ilusión en su mente. Se concentró al máximo hasta que solo pudo ver la hilera de teselas bajo sus pies.

Cuando estuvo listo, comenzó a caminar a través de las grutas invisibles de su mente. Escuchaba los susurros del terror pasado que amenazaban con robarle la cordura. Las inquietantes voces siempre estaban ahí, esperándolo, cuando emprendía el viaje. No era aconsejable tratar de suprimirlas. En cambio, tal como le habían enseñado, las escuchaba desde la perspectiva de un observador distante y mantenía su concentración en las teselas.

El tiempo no importaba cuando recorría el laberinto. Si trataba de acelerar el proceso de meditación no veía el patrón. Solo cuando desechaba la idea de encontrar la respuesta, esta acudía a su mente.

Se concentró en cada tesela, percatándose de cómo se conectaba con la anterior y con la que la seguía. Con cada paso que daba se adentraba más en sus pensamientos, se adentraba más en el complejo patrón.

Hasta que llegó al mismo centro del laberinto. Allí abrió la mente y vio la verdad que había reconocido desde el principio: Ursula Kern podría estar a punto de ponerse en peligro.

Contempló otra reluciente perla de conocimiento: permitir la entrada de Ursula Kern en su vida era arriesgado. Ella poseía el poder de desequilibrar su mundo cuidadosamente construido. Pero lo más espantoso de todo era que la idea de asumir dicho riesgo lo entusiasmaba.

Escuchó en su mente las palabras del Maestro del Laberinto: «Hay muchos caminos hacia muchas respuestas. Algunos caminos deben recorrerse solos, pero otros no pueden enfilarse a menos que se tenga una compañera sentimental.»

Cogió la lámpara y salió de la cámara. Se detuvo para cerrar la puerta y después subió los escalones de piedra.

Algunas habladurías decían algo sobre exóticos rituales celebrados en el sótano de su mansión. No todos los rumores sobre su persona eran falsos.

7

Lilly Lafontaine soltó la delicada taza de porcelana en el platillo con tanta fuerza que Slater se sorprendió de que tanto la taza como el platillo sobrevivieran al impacto.

—No doy crédito a lo que acabas de decirme —dijo Lilly—. ¿Qué diantres le has hecho a la señora Kern para que dejase de trabajar para ti?

Slater hizo una mueca. Se encontraba en el extremo más alejado del salón, cerca de una de las altas ventanas palladianas, pero la voz de Lilly estaba preparada para el teatro. Era clara y resonante, y tendía a mostrar tonos melodramáticos incluso cuando susurraba. Cuando estaba enfadada, como en ese momento, podía conferirle tanta fuerza como para alcanzar los asientos más baratos del gallinero en cualquier teatro de Londres.

El salón de Lilly encajaba con su potente voz. Estaba decorado con un estilo recargado y elegante que le recordaba a Slater a un escenario o a un burdel muy caro, dependiendo de los gustos de cada uno en decoración de interiores. Unas gruesas cortinas de terciopelo carmesí estaban recogidas con alzapaños dorados. El color de fondo de la alfombra era el mismo que el de las cortinas rojas. El elegante diván y los sillones dorados estaban tapizados con terciopelo y satén rojos.

Un retrato de Lilly, pintado en la cima de su carrera como una de las actrices más afamadas de Londres, colgaba sobre la ornamentada repisa de mármol de la chimenea. Fue una belleza despampanante en sus años mozos: su elegante estructura ósea resaltada por unos ojos de mirada traviesa y una personalidad efervescente que había atraído tanto a hombres como a mujeres.

Hubo un tiempo en el que la mayoría de los caballeros ricos y de alcurnia de la ciudad se había peleado por una invitación a los exclusivos salones de Lilly. Edward Roxton, heredero de una fortuna y de un título nobiliario, se encontraba entre esa multitud.

Edward estaba casado cuando empezó su aventura con Lilly. Diez años antes, la primera lady Roxton murió, dejando a Edward sin un heredero legítimo al título y a la fortuna. Claro que todos sabían que cumpliría con su deber para con la familia y a nadie se le pasó por la cabeza que mancillaría el distinguido linaje de los Roxton al casarse con una actriz. A ojos de la alta sociedad, eso habría sido como casarse con una cortesana. En cambio, se casó con una joven de familia impecable. La segunda lady Roxton cumplió sus deberes conyugales al darle a Edward un heredero y un segundo hijo varón con el que sustituirlo en caso de necesidad: los dos hermanastros legítimos de Slater.

Como único hijo de una aventura amorosa que duraba ya décadas entre Lilly y Edward, Slater nació con un pie en dos mundos muy distintos. Los incontables contactos de su madre en el teatro y en las clases menos respetables de la sociedad que la élite consideraba como los «bajos fondos» le aseguraron que sería bien recibido en ese mundo.

El hecho de que su padre siempre lo hubiera reconocido y que le hubiera dado una educación excelente así como una considerable fortuna bastó para garantizar que sería bien recibido en la alta sociedad. Cierto que la herencia estuvo reducida durante un tiempo, pero esa situación cambió por completo con la muerte de Edward Roxton. Como único albacea de la fortuna Roxton, Slater sabía que la mayor parte de la alta sociedad estaba encantada de recibirlo en sus salones y en sus bailes.

Sin embargo, era su total indiferencia por la opinión de la alta sociedad, junto con el misterio de su larga ausencia de Londres, lo que lo hacía fascinante para aquellos que vivían en las esferas más enrarecidas de la pirámide social.

—Haz el favor de bajar la voz —dijo—. Sabes que admiro muchísimo tu talento, pero ya he padecido bastantes histrionismos de mis criados para toda la eternidad. La señora Webster sigue con sus quehaceres como si se le acabara de morir un familiar. Me sorprende que no esté colgando crespones negros en todas las estancias. El señor Webster y Griffith se comportan como si creyeran que he cometido un crimen capital.

Lilly se desentendió de sus palabras con una floritura de la mano, llena de anillos, pero moderó la voz.

—¿Qué motivo te ha dado mi señora Kern para dejar el puesto? —preguntó.

Slater bebió un sorbo de café mientras pensaba cómo responder. Había estado esperando la pregunta. Durante los veinte minutos que duraba el trayecto entre su casa y la elegante casa de Lilly, había sopesado varias respuestas. Ninguna que no incluyera la verdad le parecía suficiente. Y no pensaba revelar la intención de Ursula de investigar el asesinato de su amiga, no hasta que ella le diera permiso para hacerlo.

—No es tu señora Kern —señaló—. De hecho, me da la impresión de que Ursula Kern solo se pertenece a sí misma. Es una mujer muy independiente.

—Lo que explica por qué me cae tan bien, por supuesto —repuso Lilly—. Entrevisté a muchas personas para el puesto de secretaria antes de oír hablar de la Agencia Kern. Nada más verla supe que la quería a ella y que nadie más podía llevarse mis obras y mecanografiarlas. Como dueña de la agencia, acepta a muy pocos clientes personales, que lo sepas. Creía que sería perfecta para ti y me hizo el enorme favor de acceder a trabajar contigo.

Slater enarcó las cejas.

—Por favor, dime que no intentas hacer de casamentera.

—No digas tonterías —lo reprendió Lilly—. Sé lo que piensas de esas cosas.

La negativa sonó decidida, pero la rápida respuesta parecía demasiado estudiada, pensó Slater. Tenía la seguridad de que su madre había intentado ejercer de casamentera. Decidió que no era el momento de decirle que, por una vez, tal vez hubiera tenido éxito, al menos en parte. La dulce y ardiente oleada de deseo que se apoderó de él la primera vez que Ursula entró en su casa lo había alterado por completo. Sin embargo, se percató de la inquietud en sus ojos y se dijo que tendría que andarse con pies de plomo e ir muy despacio.

En ese momento, parecía que había echado por alto su estrategia original al discutir con la mujer a la que esperaba seducir. Claro que si la isla de la Fiebre le había enseñado algo, era que se había convertido en un experto a la hora de no cejar en su empeño.

Después de que Ursula se fuera el día anterior, pasó lo que quedaba de la tarde trazando un nuevo plan. No era una estrategia muy elaborada y había aprendido por las malas que pocos planes salían como se pensaban en un principio, pero cualquier plan era mejor que no tener ninguno.

—La señora Kern me explicó que habían encontrado muerta a una de sus secretarias hacía poco, un posible suicidio —dijo. Prefería ceñirse a la verdad en lo posible. Así tendría que hacer menos malabarismos llegado el momento—. Es evidente que se siente en la obligación de asumir los deberes de dicha secretaria con una clienta habitual hasta que pueda encontrar otra solución.

—¿Por qué no se ha limitado a enviar a una de las otras secretarias a la clienta? —preguntó Lilly—. ¿Por qué tiene que ser ella quien se encargue de las responsabilidades de la difunta?

—Eso se lo tendrás que preguntar a ella si quieres una respuesta. —Slater soltó la taza y el platillo en una mesita auxiliar—. Solo puedo decirte que me informó de que tenía que dar por finalizado nuestro acuerdo hasta nueva orden.

—No sé si creerte —repuso Lilly—. Creo que imaginas por qué Ursula se sentía obligada a abandonar el puesto, pero me estás ocultando el motivo. ¿Seguro que no hiciste ni dijiste nada que la hiciera sentir... incómoda en tu compañía? Sé que nunca ofenderías a propósito a una dama, pero has pasado muy poco tiempo en Londres durante los últimos años. Lamento decir que tus modales están un poco oxidados.

—Creo que si a la señora Kern le molestasen mis modales, me lo habría dicho casi enseguida —replicó.

—No tiene por qué. A lo mejor ha intentado acostumbrarse a tus excentricidades pero ha descubierto que no es capaz.

Slater se quedó pasmado.

—¿Qué demonios quieres decir con eso de mis excentricidades? —preguntó.

—Sabes muy bien lo que quiero decir. Si no lo haces, te sugiero que consultes el último ejemplar de *El Divulgador Volante* o uno de los folletines truculentos que te tienen de protagonista. Desde que volviste a Londres hace dos meses la prensa se ha vuelto loca publicando rumores acerca de tu excéntrica naturaleza y de tus comportamientos tan raros.

—Esos dichosos periodicuchos no saben nada de mí.

—Mmm, tal vez no. Pero eso no evita que sigan especulando. —Lilly siguió con voz pensativa—: Me pregunto si los rumores sobre tus conocimientos acerca de exóticas artes amatorias han alarmado a la señora Kern.

—¿Se supone que es una broma, Lilly?

—No, no lo es. Lo digo muy en serio. La señora Kern es viuda, de modo que con toda seguridad está al tanto de lo que sucede entre un hombre y una mujer en la alcoba. Pero tengo la impresión de que su matrimonio fue muy corto. Su marido murió en un accidente menos de dos años después de la boda.

—¿Qué clase de accidente?

—Creo que se cayó por la escalera y se partió el cuello.

—¿Adónde quieres llegar, Lilly?

—Solo intento advertirte de que cualquier mujer de experiencia limitada podría escandalizarse por la idea de..., en fin, de unas prácticas amatorias atrevidas.

Slater gimió.

—No puedo creer que estemos hablando de este tema. No creo que la señora Kern me dejara por los rumores que circulan sobre mí. Es una mujer de negocios. Le preocupaba dejar a una clienta en la estacada.

—La clienta debe de ser muy importante.

—Lady Fulbrook.

Lilly abrió los ojos como platos un segundo, pero los entornó al punto.

—¿De Mapstone Square?

—Sí. ¿Por qué? ¿Conoces a lady Fulbrook?

—Por supuesto que no la conozco personalmente, Slater. Las mujeres de su categoría nunca se relacionan con mujeres de mi posición.

—Ya me he dado cuenta, pero siempre pareces ser una mina de información acerca de lo que sucede en las altas esferas.

Lilly enarcó sus cejas, delicadamente dibujadas.

—Estoy al tanto de lo que sucede en otra generación de la alta sociedad, la generación de tu padre. Lady Fulbrook es mucho más joven. Se casó durante su primera temporada social. Eso sería hace unos cuatro o cinco años, como mucho. Causó sensación al ser presentada en sociedad, o eso tengo entendido. Se dice que es una mujer despampanante. Pero no se prodiga mucho últimamente.

—¿Por qué no?

Lilly se encogió de hombros con un gesto elegante.

—No lo sé. Tengo entendido que es una especie de reclusa. Puedo preguntar si quieres.

—Te lo agradecería.

Lilly lo miró un buen rato con expresión interrogante.

—¿Por qué? —preguntó.

—Digamos que siento curiosidad por la persona que ha ocupado mi puesto.

—Entiendo.

La expresión de Lilly no auguraba nada bueno, pensó Slater. Parecía demasiado intrigada. Buscó una distracción.

—En cuanto a la señora Kern... —comenzó, adoptando un tono interesado.

—¿Qué pasa con ella?

—¿Cuándo perdió a su marido?

Lilly lo pensó un momento.

—Pues la verdad es que no estoy muy segura. Pero tengo la impresión de que fue hace unos cuatro años por lo menos. La señora Kern mencionó en algún momento que trabajó como dama de compañía un tiempo antes de crear la agencia de secretarias.

Slater aferró con fuerza el alféizar.

—Pero sigue llevando luto.

Lilly esbozó una media sonrisa.

—Un luto muy a la última moda.

—¿Crees que quería tanto a su difunto marido?

—No —contestó Lilly con voz decidida—. Creo que lleva luto porque cree que así les asegura a los clientes potenciales que es una mujer de negocios seria.

Él también lo creía.

—Tal vez tengas razón. Al fin y al cabo, es fascinante. No le interesa que las clientas se preocupen por la posibilidad de que los hombres de la casa se fijen en ella.

—¿Fascinante? —repitió Lilly como si nada.

Slater clavó la vista por la ventana y vio a Ursula con su pelo rojo como el fuego y sus ojos colmados de secretos.

—Fascinante —repitió él en voz baja.

Lilly sonrió y cogió la cafetera.

—¿Más café?

8

—Mis nervios son muy delicados, señora Kern. —Valerie, lady Fulbrook, entrelazó las manos y las colocó sobre su escritorio—. Me cuesta trabajo conciliar el sueño. Cuando menos lo espero y sin motivo aparente sufro episodios de ansiedad y temor. Con gran facilidad, me encuentro sumida en el más absoluto desánimo por motivos que, para aquellas personas con nervios de acero, podrían parecer tonterías. Pero he descubierto que escribir mis poemas me ayuda a encontrar un alivio importante. Tuve la suerte de encontrar a un pequeño editor con sede en Nueva York que ha sido tan amable de publicar algunos de mis poemas en su revista.

—¿Se refiere al *Paladín Literario Trimestral*? —preguntó Ursula—. He encontrado la dirección en los archivos de Anne.

—Sí, no obtengo beneficios por publicar en ella, entiéndalo, solo recibo ejemplares gratuitos de la revista. Pero no escribo para ganar dinero. Es una terapia.

—Entiendo —replicó Ursula—. Me alegro de que los servicios de la Agencia de Secretarias Kern le hayan sido de ayuda.

Se encontraban a solas en el estudio pequeño y privado de Valerie. Un rato antes, una criada con cara muy seria les había llevado la bandeja del té, había servido dos tazas y se había marchado. Se había movido como un fantasma, sin hacer el menor ruido mientras llevaba a cabo su tarea.

La casa entera estaba sumida, se percató Ursula, en un opresivo y curioso silencio. Era como si los habitantes esperaran la muerte de alguien.

Ursula había estado en la mansión de los Fulbrook en una ocasión anterior, cuando Valerie envió un mensaje a la agencia solicitando una secretaria. Ursula insistía en conocer a los nuevos clientes personalmente. Tomaba dicha precaución por dos motivos. En primer lugar, y el motivo más importante, porque transmitía el claro mensaje de que la agencia era una institución de élite que esperaba que sus empleadas fueran tratadas con respeto. En segundo lugar, insistía en llevar a cabo un encuentro cara a cara para formarse una primera impresión del cliente.

Esa tarde Ursula llegó a la conclusión de que su primera impresión fue acertada. Valerie era una flor hermosa pero frágil que podía acabar aplastada con facilidad. Llevaba el pelo rubio recogido en un moño que resaltaba su cutis pálido y su exquisita estructura ósea. Era menuda y delgada, pero de proporciones elegantes y agradables, una princesita delicada. Guardaba la compostura, pero se percibía cierta desesperación en sus ojos. Su voz era acorde con su apariencia, débil y apocada, como si la más ligera brisa pudiera silenciarla.

Valerie era una mujer que, con el vestido adecuado y agraciada con un aura de seguridad en sí misma, podría haber sido capaz de iluminar un salón de baile. Pero saltaba a la vista que se había apartado casi por completo de la vida.

—Nada más lejos de mi intención que afirmar que mi poesía posee valor literario —siguió Valerie—. Pero mi doctor me asegura que está haciendo maravillas con mis nervios.

—Me alegra poder ayudarla en su cometido —replicó Ursula.

—Tal como le expliqué cuando quise contratar a una secretaria de su agencia, yo misma escribiría mis poemas, pero he descubierto que obtengo una impresión mucho más clara acerca del aspecto que tendrán una vez impresos si antes veo una versión mecanografiada. Además, me temo que me puede la ansiedad cuando intento escribir la versión final de algunos de ellos. No puedo evitar repasarlos una y otra vez. Al final, acabo frustrada y deprimida. Sin embargo, por algún motivo, cuando se los dicto a otra persona, las palabras fluyen con más facilidad.

Ursula se había pasado la noche en vela reflexionando sobre dos cosas: el hecho de que tal vez no viera nunca más a Slater y la manera de sacar a colación el tema de Anne Clifton cuando se encontrara con lady Fulbrook. No había respuesta para el problema de Slater Roxton, pero en el caso de la investigación, llegó a la conclusión de que unas cuantas preguntas directas no parecerían sospechosas.

—Comprendo que ha debido de ser sorprendente enterarse del fallecimiento de la señorita Clifton —dijo con suavidad—. Al fin y al cabo, estaba acostumbrada a trabajar con ella y sin duda habrían establecido una rutina concreta.

—Sí, Anne, la señorita Clifton, era una secretaria excelente. —Valerie suspiró—. La echaré de menos. ¿Dice usted que la policía cree que se quitó la vida?

—Sí. A todas aquellas personas que la conocíamos nos ha sorprendido mucho la noticia, pero es evidente que no hay dudas sobre los hechos.

—Entiendo. —Valerie meneó la cabeza—. Qué triste. Anne no solo era una taquígrafa y una mecanógrafa impecable. Nuestra relación laboral era tal que, en los últimos tiempos, acabó siendo una gran ayuda para mí. Cuando tenía dificultades con algún poema, hablábamos sobre el tema general. Y eso me ayudaba a encontrar la palabra perfecta o a ver con claridad la frase adecuada.

—Dudo mucho que yo pueda serle tan útil a ese respecto —repuso Ursula—. Pero haré todo lo que esté en mi mano.

Valerie miró hacia la ventana con el aspecto de una prisionera que mirara a través de los barrotes de una celda.

—Le sorprenderá escuchar esto, señora Kern, pero, durante

estos últimos meses, Anne ha sido lo más parecido que he tenido a una amiga. Ya no salgo de casa, ¿sabe? Deseaba con fervor que llegaran los dos días de la semana que recibía a Anne. Era mi conexión con el mundo exterior. Siento terriblemente su pérdida.

—La entiendo.

Se produjo un silencio, y después Valerie se puso en pie con porte digno, pero cansado.

—¿Empezamos? —dijo—. El invernadero es donde mejor pienso. Allí es donde recibo la inspiración. Espero que no le importe que trabajemos allí.

—Por supuesto que no. —Ursula cogió el maletín donde llevaba el cuaderno y sus lápices y se puso en pie.

Valerie la precedió hasta la puerta del estudio.

—Habitualmente, utilizo imágenes y temas procedentes de la naturaleza.

—Entiendo.

En el otro extremo del cavernoso pasillo otra criada silenciosa y de gesto sombrío les abrió una puerta. Ursula siguió a Valerie al exterior y se descubrió en una terraza enlosada. Ambas echaron a andar hacia un magnífico invernadero de hierro y cristal que surgía entre la niebla, a la luz de la tarde.

Cuando llegaron a la puerta, Valerie sacó una llave.

—El invernadero es mi reino, señora Kern —afirmó—. Es el único lugar donde encuentro paz mental. El poema en el que estoy trabajando actualmente se llama «Sobre una pequeña muerte en el jardín».

Iba a ser, concluyó Ursula, una tarde muy larga y deprimente.

9

Escapó de la deprimente mansión de los Fulbrook a las tres en punto. Y la palabra «escapar» se quedaba bastante corta, pensó Ursula. El ambiente de esa casa estaba impregnado de una sensación funesta difícil de identificar. Con razón Anne se había referido a la mansión como un mausoleo.

Descendió los escalones a toda prisa y se internó en la densa niebla. Ocupada como estaba organizando sus impresiones sobre la mansión de los Fulbrook y quienes la habitaban, no se percató del elegante carruaje negro que esperaba al otro lado de la calle hasta que Griffith levantó una mano enguantada para llamar su atención.

—No es necesario que busque un carruaje de alquiler, señora Kern —le dijo desde el otro lado de la amplia calle, que estaba en silencio—. La llevaremos a casa.

Sorprendida, se detuvo en seco.

—¡Pero bueno!

Sin embargo, la portezuela del carruaje ya se había abierto. Slater, ataviado con un gabán de cuello alto y botas, se apeó. Cruzó la calle hacia ella. La luz se reflejaba en los cristales de sus anteojos, haciendo que fuera imposible descifrar su expresión.

—Veo que su nueva clienta le ha permitido salir a su hora —dijo él—. Excelente. Me preocupaba que tuviéramos que esperar a que lady Fulbrook tuviera a bien liberarla.

Cogió a Ursula del brazo, y sus fuertes dedos, cubiertos por el guante de cuero, se cerraron en torno a su codo. Era la primera vez que la tocaba con premeditación. Ursula se vio sorprendida por el intenso ramalazo que la recorrió.

Aunque no le apretaba el brazo, percibía la fuerza de su mano. Tal vez fuera el alivio de salir de la mansión de los Fulbrook, al menos de momento, lo que había alterado sus sentidos. Pero sospechaba que el verdadero motivo de que la cabeza le diera vueltas por la emoción en ese momento era saber que Slater había ido a buscarla.

El placer desapareció cuando el sentido común y la lógica apagaron como un jarro de agua fría esa llama. Bien sabía que era muy improbable que Slater estuviera allí solo para acompañarla de vuelta a la oficina. Aunque lo conocía desde hacía bien poco, se había dado cuenta de que, pese a las apariencias, siempre parecía que había algo más (seguramente algo bastante peligroso) bajo la superficie.

Plantó los pies en el suelo, literalmente, y se negó a andar hacia el carruaje. Slater se vio obligado a detenerse con ella.

—¿Qué hace aquí, señor? —preguntó—. Y le sugiero que no me diga que se ha sentido en la obligación de protegerme de la necesidad de viajar en un coche de alquiler. Llevo subiendo y bajando de coches de alquiler varios años con bastante éxito.

—¿Le parece que discutamos el asunto dentro del carruaje? No hay necesidad de quedarnos en la calle a plena vista de quienquiera que nos esté observando desde la mansión de los Fulbrook.

—Por el amor de Dios. ¿Nos están observando?

En un acto reflejo, hizo ademán de mirar por encima del hombro.

—Será mejor que no le indiquemos a nadie que sabemos que nos observan —le advirtió él—. Además, tal vez sería preferible que no diera la impresión de que la estoy secuestrando. En cambio, tal vez sería oportuno dar la impresión de que somos muy buenos amigos.

Titubeó un momento y se preguntó si Slater había pasado tanto tiempo fuera del país que no era consciente de que la expresión «muy buenos amigos» era un eufemismo que solía usarse para hablar de una relación ilícita. Observó su rostro pétreo e impenetrable y llegó a la conclusión de que sabía muy bien lo que acababa de decir. Estaba casi convencida de que Slater siempre sabía lo que estaba haciendo.

Fuera como fuese, lo último que quería era que lady Fulbrook o cualquier otra persona de la mansión pensase que estaba discutiendo en plena calle.

—Muy bien, señor —dijo—. Pero quiero una explicación.

—Cómo no.

Slater la condujo por la calle hasta el carruaje. Griffith la saludó con mucho entusiasmo, como si acabara de regresar de un largo viaje.

—Es un placer volver a verla, señora Kern —la saludó el cochero.

—Lo mismo digo, Griffith.

Ursula se recogió las faldas, subió los escalones del carruaje y se sentó. Slater la siguió al interior en penumbra. Griffith plegó los escalones y cerró la portezuela. Acto seguido, se subió al pescante, con una agilidad sorprendente para un hombre de semejante tamaño, y azuzó a los caballos con las riendas. El carruaje se puso en marcha.

Ella miró por la ventanilla. Creyó ver una cortina agitarse en una de las ventanas de la mansión de los Fulbrook. Sintió un escalofrío en la espalda.

—Parece que tenía usted razón, señor Roxton —comentó—. Creo que alguien ha estado observando mi partida.

—Es posible que al observador lo moviera la mera curiosidad —repuso él—. Pero teniendo en cuenta sus sospechas, debemos suponer lo peor.

Lo miró a través del velo.

—¿Debemos suponer lo peor? ¿Nosotros?

—He decidido ayudarla en su investigación.

—¿Por qué? —le preguntó—. La última vez que hablamos dejó muy claro que se oponía a mi plan.

—He llegado a la conclusión de que es inútil intentar convencerla de que abandone el plan, así que he decidido que lo más lógico es ayudarla a encontrar las respuestas que busca... asumiendo siempre que haya respuestas, claro.

—Asumiendo que las haya, sí. —Tamborileó con los dedos enguantados sobre el asiento—. Agradecería algún que otro consejo y, tal vez, incluso su participación, pero primero quiero saber por qué ha cambiado de opinión.

—Creía haberme explicado ya. He cambiado de opinión porque me he dado cuenta de que usted no va a hacerlo.

—¿Por qué no dejar que lleve a cabo la investigación sola? ¿Por qué se siente en la obligación de ayudarme?

Slater esbozó de repente una sonrisa torcida.

—Parece que sospecha de mis motivos, señora Kern.

—Creo que no me lo está contando todo, señor. ¿A qué viene este repentino interés por mis problemas?

Slater miró por la ventanilla. Parecía estar sopesando la respuesta. Cuando se volvió para mirarla, vio una acerada determinación en sus ojos.

—Digamos que, después de meditarlo, he llegado a la conclusión de que su proyecto me resulta intrigante —contestó él.

—Entiendo.

Había obtenido su respuesta, pero no sabía muy bien cómo interpretarla. Ni siquiera estaba segura de por qué le decepcionaba un poco el motivo de Slater para ayudarla. Claro que tenía que admitir que su lógica era irrefutable. Parecía plausible que un hombre de su naturaleza se sintiera atraído por algo tan inusual como una investigación de asesinato. Al fin y al cabo, se había pasado los últimos años deambulando por el mundo. Era evidente que había estado buscando algo, aunque era bastante posible que ni él supiera lo que buscaba.

—¿Cómo ha ido su primera reunión con lady Fulbrook? —preguntó Slater.

Se estremeció antes de contestar.

—La casa es grandiosa, pero está muy oscura y el interior es deprimente. No sé si el ambiente de la casa es tan tenebroso porque su señora está deprimida o si es el ambiente el responsable de la depresión de lady Fulbrook. Es evidente que su único refugio es el invernadero.

—Me contó que contrató a la señorita Clifton para que tomara notas de sus poemas y después los mecanografiara, ¿no es así?

—Pues sí. Lady Fulbrook ha llamado la atención del editor de una pequeña revista literaria neoyorquina con tirada trimestral. El título del poema que está componiendo ahora mismo le dará una idea de su estado de ánimo: «Sobre una pequeña muerte en el jardín.»

—No parece el tipo de poema que levanta el ánimo —comentó Slater—. Claro que se supone que los poetas son muy huraños y suelen estar deprimidos. Creo que es la tradición. ¿Lady Fulbrook es buena escribiendo poesía?

—Ya sabe lo que sucede con la literatura y con otras formas de arte: la belleza de una obra siempre está en el ojo de quien la mira. Personalmente, no me atrae la poesía deprimente, de la misma manera que no me atraen los libros o las obras de teatro con final trágico.

Al escucharla, Slater sonrió. Era, pensó ella, una sonrisa de superioridad muy irritante.

—Prefiere los finales fantasiosos a aquellos que ilustran la realidad —repuso Slater.

—En mi opinión, hay finales felices y finales tristes, pero todos son fantasiosos por definición. De lo contrario, no se clasificarían como ficción.

La réplica le arrancó una carcajada algo ronca a Slater, que pareció quedarse tan sorprendido como ella por la reacción.

—Muy bien —convino él—. Ha comprobado que lady Fulbrook escribe poemas melodramáticos. ¿Es todo lo que ha conseguido hoy?

—Ha sido mi primer día en el puesto. No esperaba encontrar todas las respuestas en una sola tarde. Por cierto, ¿con qué derecho me critica? Acaba de sumarse a esta investigación.

—Tiene razón, por supuesto. No era mi intención criticarla. Solo intentaba recabar todos los datos para que podamos formular un plan.

—Ya tengo un plan —replicó ella con sequedad—. Y creo que debemos dejar bien claro algo ahora mismo, antes de que mi investigación avance más. Yo estoy al mando de este proyecto, señor Roxton. Recibiré de buen grado sus reflexiones y sus observaciones porque respeto su capacidad intelectual y su amplia experiencia a la hora de encontrar ciudades perdidas y templos inexplorados y demás. Sin embargo, yo tomaré las decisiones. ¿Ha quedado claro?

La miró un buen rato, como si hubiera hablado en otro idioma. Ursula no tenía ni idea de qué estaba pensando, pero sospechaba que estaba a punto de decirle que no podía ayudarla con esas condiciones. En fin, ¿qué esperaba que dijese? Era un hombre acostumbrado a dar órdenes, estaba claro, no a recibirlas.

Se quedó a la espera, tensa e increíblemente nerviosa, de que él declarase que una sociedad igualitaria entre los dos sería imposible.

—¿Respeta mi capacidad intelectual y mi amplia experiencia a la hora de encontrar ciudades perdidas y templos inexplorados y demás? —preguntó él.

Ursula frunció el ceño antes de contestar.

—Sí, por supuesto.

—En ese caso, admitirá que puedo contribuir positivamente al proyecto.

—Desde luego. Por eso le hablé de mi plan. ¿Adónde quiere llegar, señor?

—No estoy seguro. Creo que intento asimilar la idea de que me admiren por mi inteligencia. —Hizo una pausa—. Y mi amplia experiencia a la hora de encontrar cosas perdidas.

Ursula perdió la paciencia al escucharlo.

—En fin, ¿y qué diantres esperaba que admirase de usted?

Slater asintió con la cabeza y gesto adusto.

—Excelente pregunta. ¿Qué esperaba? No creo que pueda contestar ahora mismo, así que mejor hablemos de las condiciones de nuestro acuerdo, señora Kern.

Por algún extraño motivo, la palabra «acuerdo» la paralizó. Por segunda vez en unos pocos minutos tuvo la impresión de que estaba usando un eufemismo para referirse a una relación íntima entre ellos... una relación que desde ningún punto de vista existía.

—Me temo que no lo entiendo, señor —dijo.

Era muy consciente de que la voz le temblaba de una forma muy rara. Menuda ridiculez, pensó. No podía permitir que la alterase de esa manera.

—No puedo garantizarle que siga a pies juntillas todas las órdenes que decida darme —adujo él—, pero sí puedo prometerle que será una sociedad igualitaria. En cuanto a las posibles desavenencias que puedan surgir, discutiremos el asunto largo y tendido cuando sea posible antes de que alguno tome una decisión. ¿Le parece justo?

Ursula recuperó la compostura con esfuerzo.

—La expresión «cuando sea posible» hace que el «acuerdo» sea muy vago, ¿no le parece?

—Pueden presentarse situaciones en las que me vea obligado a tomar una decisión antes de tener la oportunidad de consultarlo con usted. Creo que es justo que disponga de cierto margen de maniobra, de cierta libertad para seguir mi intuición y ejercer mi juicio.

—Mmm. —Lo miró con una sonrisa fría—. Y yo debo disponer del mismo margen, por supuesto, ya que seré quien pase varias horas a la semana en la mansión de los Fulbrook. Es evidente que no podré excusarme unos minutos para consultar con usted antes de aprovechar las oportunidades que puedan presentarse.

Slater apretó los dientes.

—Un momento...

Ella sonrió, satisfecha.

—Acepto sus condiciones, señor. Ahora, ¿cómo va a ayudar a mi investigación?

Slater ya no parecía tan seguro. Tuvo la impresión de que había entrecerrado ligeramente los ojos.

—Pienso contribuir a nuestra investigación —contestó él, enfatizando el posesivo y con expresión elocuente— investigando en profundidad a la familia Fulbrook. Me dijo que estaba convencida de que si Anne Clifton fue víctima de un crimen, tenía que estar relacionado con esa casa, ¿no es cierto?

—Es mi teoría, sí. —Se emocionó—. ¿Qué sabe de la familia Fulbrook?

—Muy poco. Pero mi madre conocía al padre del actual lord Fulbrook. Frecuentaba los mismos círculos que mi padre.

—Entiendo. —El entusiasmo corría por las venas de Ursula—. Podríamos pedirle a Lilly que nos hable del difunto lord Fulbrook. A lo mejor sabe algo del hijo y de la familia.

—Pedirá una explicación para nuestra curiosidad —le advirtió Slater.

—Sí, claro. Pero estoy convencida de que podemos confiar en ella. ¿Cree que estará dispuesta a ayudarnos?

—Estamos hablando de Lilly Lafontaine. Estará encantada de conseguir el papel.

—¿El papel?

—Disculpe —dijo Slater—. Quiero decir que estará encantada de participar en una investigación de asesinato. Alimentará su sentido del drama. Pero cuando todo termine, prepárese para ver detalles de esta aventura en una de sus obras.

Ursula hizo una mueca.

—Sospecho que tiene usted razón. En fin, supongo que da igual si oculta la identidad de todos los involucrados.

—Al fin y al cabo —comentó Slater—, ¿quién iba a creer que una secretaria y un arqueólogo intentasen resolver un asesinato juntos?

—Desde luego.

—Ahora que lo menciona...

—¿Qué pasa?

—Lilly nos ha invitado a cenar mañana por la noche. Así tendrá la oportunidad perfecta para preguntarle por la familia Fulbrook.

—Qué amable. —Ursula sonrió y se animó al punto—. Tiene razón, sería muy útil que pudiera proporcionarnos información. Le confieso que ahora mismo no tengo ni idea de adónde me llevará esta investigación.

—De adónde nos llevará esta investigación.

Se desentendió de la corrección.

—Gracias, señor Roxton. Agradezco su colaboración en este asunto.

—Creo que, teniendo en cuenta las circunstancias, debería llamarme Slater.

Sintió que se ponía colorada. Ojalá que el velo ocultase el rubor.

—Sí, por supuesto —replicó con voz seca—. Gracias... Slater. —Se produjo una breve pausa. A la postre, se dio cuenta de que él esperaba que dijese algo más—. Por favor, llámeme Ursula —añadió.

—Gracias, Ursula. —La saludó con una inclinación de la cabeza—. Iré a buscarla a las siete y media mañana por la noche. ¿Le parece bien?

Lo meditó unos segundos, indecisa. Si lo pensaba con detenimiento, era evidente que estar a solas de noche en un carruaje con Slater sería lo mismo que estar a solas con él en ese momento, de día. Pero, por algún motivo, la idea la inquietaba un poco. Se recordó que la suya era una sociedad.

Sonrió, satisfecha con esa lógica.

—Lo estaré esperando.

Era, pensó ella, una verdadera lástima que hasta el último vestido en su armario, con la excepción de los que usaba en casa, fuera negro.

10

Poco después de medianoche, Slater se ocultaba en las sombras de un cabriolé, vigilando la entrada del exclusivo club para caballeros. Las lámparas del carruaje de alquiler estaban encendidas al mínimo a fin de no llamar la atención. Entre la niebla, las farolas que señalaban los escalones que llevaban hasta la entrada del establecimiento no eran más que sendas esferas luminosas de fantasmagórica energía.

Podría haber subido los escalones y entrar en el club. Era miembro del mismo gracias al estatus y al poder de su padre, pero no había ejercido sus privilegios desde su regreso a Londres. Era el retiro preferido de Brice Torrence. Le parecía lo mejor que Torrence y él no se encontraran en la misma habitación. Era evidente que Brice opinaba lo mismo. Ya fuera por suerte o por estrategia, durante los dos meses que habían transcurrido desde su regreso a Londres, Brice y él habían logrado evitarse mutuamente.

El motivo de su presencia esa noche, esperando oculto entre las sombras, no era otro que el hecho de que el club parecía ser uno de los lugares más frecuentados por Fulbrook.

El cabriolé crujió un poco cuando Griffith se removió en el pescante, situado en la parte posterior del vehículo. A través de la abertura del techo, le dijo:

—Su Ilustrísima lleva dentro un buen rato.

—¿Estás aburrido, Griffith?

—Cuando me dijo que esta noche quería hacer de detective, pensé que sería un poco más emocionante.

—Y yo —admitió Slater—. Échale la culpa a Fulbrook. Parece que lleva una vida de lo más convencional.

—¿De verdad cree que podría haber asesinado a la secretaria de la señora Kern?

—No tengo la menor idea. Pero la señora Kern no se convencerá de que su empleada no fue asesinada hasta que descubramos la verdad. De momento, sospecha que el asesino puede estar relacionado con los Fulbrook, de modo que podría sernos útil investigar los hábitos de Fulbrook.

—Seguramente tenga las mismas costumbres que los de su clase. Pasar unas horas en el club jugando a las cartas y bebiendo, y después visitar a su amante o marcharse a una casa de putas. No volverá a casa hasta que amanezca, lo que significa que esta noche no pegaremos ojo.

—Podría sernos de utilidad descubrir la dirección de su amante o de su burdel preferido, suponiendo que tenga una cosa o la otra.

—Todos la tienen —sentenció Griffith con una certeza procedente de la experiencia—. Se casan con una dama respetable por sus contactos sociales o su fortuna, o por ambas cosas, y así consiguen a su heredero. Pero siempre hay una amante oculta.

Ese era, pensó Slater, un buen resumen del estilo de vida de su padre. Edward Roxton se había casado dos veces y fue en el segundo matrimonio cuando por fin cumplió con la responsabilidad para con la familia y el título, si bien jamás cortó su relación de décadas con Lilly. Por lo que Slater sabía, sus padres habían estado muy enamorados el uno del otro, a su modo. No sabía qué opinión había tenido la primera esposa de su padre acerca de la situación. No llegó a conocerla, aunque de vez en cuando sí que la vio de lejos. A diferencia de otras damas de su posición, fingió no darse por enterada de la doble vida que llevaba su marido. Edward, por su parte, hizo todo lo que estuvo en su mano para mantenerlos a su madre y a él en otra esfera separada.

La segunda esposa de su padre, sin embargo, mostró una actitud muy distinta. Judith demostró poseer una visión muy práctica del matrimonio. Tenía sus propios motivos para casarse con un hombre varias décadas mayor que ella. Fue un acuerdo mercantil para ambas partes y cada una de ellas cumplió su parte del trato.

Slater vio cómo se abría la puerta del club. Un hombre elegantemente vestido emergió del vestíbulo principal y se detuvo en el escalón superior. Por un instante, su perfil aguileño quedó visible a la luz de las farolas.

—Ahí está Fulbrook —dijo Slater—. Prepárate para seguirlo y asegúrate de que no nos descubra.

—Ni siquiera nos mirará —replicó Griffith—. Solo verá un carruaje de alquiler más en una noche de niebla. Dudo mucho que vuelva la vista atrás. ¿Por qué iba a hacerlo? Es poco probable que a alguno de sus conocidos le interese saber si va a visitar a una mujer.

—De todas formas, creo que es mejor ser cautos. Fulbrook debe de saber que no he pisado el club desde mi regreso a Londres. Si me ve en las proximidades esta noche, puede resultarle extraño, sobre todo después de haber dejado claro que tengo un interés personal por la nueva secretaria de su esposa; asumiendo, claro está, que esté al tanto de la existencia de la señora Kern.

—¿Cree que sabe que esta tarde recogimos a la señora Kern a las puertas de su mansión? —preguntó Griffith.

—Alguien estaba observando a la señora Kern cuando salió de la mansión —respondió Slater.

Fulbrook se detuvo al llegar al último escalón y observó la hilera de carruajes de alquiler que aguardaban en la calzada. No eligió al que ocupaba el primer lugar, sino que se dirigió a uno al azar y subió los estrechos escalones para desaparecer en el oscuro interior del pequeño vehículo.

—¡Que me aspen! —refunfuñó Griffith. Sacudió las riendas, indicándole al caballo que se moviera con un ligero trote—. No me esperaba eso. La mayoría se sube al primero de la fila.

—La mayoría de los hombres de la misma posición social que Fulbrook prefiere su propio carruaje.

—Pero un cabriolé de alquiler es más rápido.

—Y más anónimo —añadió Slater—. Interesante.

Siguieron al carruaje de alquiler de Fulbrook a través de la densa niebla. A medida que avanzaban por las calles, el vecindario cambió. Las casas y los parques fueron aumentando de tamaño hasta resultar imponentes.

—Si mantiene a una amante en este vecindario, lo hace sin reparar en gastos —comentó Slater—. Lo más probable es que se dirija a la casa de un amigo.

—Pues es bien tarde y está bastante lejos como para ir a tomarse un brandi con un amigo —repuso Griffith.

—Depende del amigo.

El carruaje de alquiler de Fulbrook se detuvo delante de una gran mansión. Era imposible distinguir los detalles del enorme edificio o de los jardines debido al alto muro de ladrillo que rodeaba la propiedad. El camino de entrada estaba protegido con una verja de hierro.

Un hombre, pertrechado con una lámpara protegida, apareció de las sombras de un pequeño parapeto situado junto a la verja. Acercó la lámpara al interior del cabriolé de Fulbrook, con quien intercambió algunas palabras. Una vez satisfecho, el guardia abrió la verja e hizo una señal para que el carruaje pasara.

—Esta distancia es suficiente, Griffith —dijo Slater—. No creo que el guardia nos preste atención si nos quedamos aquí y mantenemos las luces de las lámparas a medio gas. Prefiero no llamar su atención.

Griffith detuvo el cabriolé.

El carruaje de Fulbrook atravesó la verja. El guardia esperó a que saliera un carruaje y después cerró la verja de nuevo. Tuvo que abrirla otra vez porque llegó otro vehículo.

—Hay mucho movimiento —señaló Slater—. El amigo de Fulbrook parece estar de celebración esta noche. —Bajó del carruaje de un salto—. Voy a echar un vistazo.

—¿Cree que es sensato? —le preguntó Griffith, inquieto.

—Creo que es lo que hacen los detectives —contestó Slater.

—También es el tipo de cosas que hacen los ladrones y, por regla general, acaban arrestados.

—Solo arrestan a los allanadores de morada incompetentes, Griffith.

Slater se quitó los anteojos y, tras plegar las patillas, se los guardó en el bolsillo de la chaqueta. Tenía una vista excelente. Los anteojos no eran más que un velo; no muy distinto al que llevaba Ursula. La gente veía los anteojos, no reparaba en los ojos. Durante los años transcurridos tras su estancia en la isla de la Fiebre había descubierto que el pequeño disfraz le era muy útil en su trabajo. Por alguna extraña razón, la gente acostumbraba a descartar la posibilidad de que un hombre que llevara anteojos fuera peligroso.

Se adentró en las sombras, a caballo entre la mortificación y la sorna al descubrir que la abominable y antigua emoción de la caza corría de nuevo por sus venas. Debía agradecérselo a Ursula, pensó.

Enfiló el estrecho callejón que discurría junto a uno de los altos muros laterales, dobló la esquina y descubrió la entrada trasera. Estaba cerrada, pero no había guardia ni farolas.

Examinó la distribución de los jardines a través de los barrotes de la verja de hierro forjado. Los frondosos arbustos estaban rodeados por las sombras y la niebla, salvo la entrada de un laberinto conformado por setos, iluminada por las luces de unos farolillos de colores. Mientras observaba, vio que una pareja muy elegante se adentraba en el laberinto. La risa ebria del hombre estaba teñida por la emoción.

La planta baja de la mansión se encontraba muy bien iluminada. En las ventanas de las plantas superiores se atisbaban haces de luz, pero las cortinas estaban corridas.

Slater aguardó en silencio, escuchando. Desde las sombras le llegaban voces. La carcajada coqueta de una mujer. El murmullo de un hombre que sin duda pensaba que su tono de voz era seductor, pero que hablaba con lengua de trapo. Otra pareja se internó en el laberinto.

Slater retrocedió para observar los goznes que anclaban la verja a la pared de ladrillos. El intrincado forjado del hierro ayudaba a mantener a los ladrones en el exterior, pero también proporcionaba un buen número de apoyos para escalar. El truco consistía en escalar la verja sin ser visto. Pero ninguna de las parejas que surgían de vez en cuando de la niebla parecía estar prestando atención a la verja. En cualquier caso, la niebla se espesaba por momentos, de manera que en breve sería imposible que alguien viera el muro de ladrillos o la verja a menos que estuviera a corta distancia.

Se aferró a uno de los barrotes de hierro y tomó impulso. Colocó la puntera de una bota en uno de los adornos y se aferró a un punto superior.

Escalar la verja demostró ser pan comido, mucho más fácil que subir los escalones de salida de las grutas del laberinto. No hubo gritos de alarma. Cuando llegó a la parte superior del muro, invirtió la técnica, y se dejó caer al suelo casi sin hacer ruido.

Se levantó el cuello del gabán para ocultar su rostro y se caló el bombín sobre los ojos. La bufanda negra le serviría de máscara para la parte inferior de la cara en caso de que fuera necesario, pero, dado el espesor de la niebla que había invadido los jardines, estaba seguro de que no sería el caso.

Se movió con rapidez, manteniéndose oculto junto a los frondosos arbustos, podados hasta obtener artísticas formas. Tardó un momento en darse cuenta de que, en realidad, estaba rodeado por figuras eróticas.

La luz de la luna y los farolillos de colores iluminaban la niebla, arrancándole fantasmagóricos destellos que convertían en siluetas espectrales a las parejas junto a las que pasaba. En el extremo más alejado de la propiedad, la enorme mansión resplandecía entre la niebla, cual imponente castillo en un maléfico cuento de hadas.

Se cuidó de mantenerse alejado de los invitados que paseaban por los jardines, pero a medida que se acercaba a la mansión la tarea se fue complicando. Claro que los invitados masculinos solo parecían tener ojos para sus acompañantes femeninas, todas las cuales poseían un gran atractivo y estaban muy bien dotadas.

Pronto le resultó obvio que los hombres estaban borrachos. Las mujeres se reían, bromeaban y coqueteaban de forma profesional.

Slater distinguía una actuación cuando la veía. Las mujeres eran cortesanas profesionales. Unas cortesanas muy caras, seguramente. Sus vestidos eran elegantes y estaban al último grito de la moda.

Al pasar junto al laberinto, escuchó risillas y carcajadas ebrias procedentes del interior. También distinguió otros sonidos: gemidos guturales y gruñidos de los hombres embargados por la lujuria. El interior del laberinto parecía la planta superior de un burdel.

Siguió hacia la casa y se detuvo a pocos metros de la terraza iluminada por las lámparas. Las cristaleras de un salón de baile tenuemente iluminado estaban abiertas de par en par. En su interior, las parejas bailaban y coqueteaban a la luz de las lámparas cubiertas por tulipas que habían sido recortadas para crear un efecto desorientador. Dichas lámparas colgaban del techo y se movían, balanceándose y rotando de manera que el efecto de la luz sobre la multitud cambiaba de forma constante.

Slater consideró sus opciones. Los invitados y sus cortesanas estaban ataviados con atuendos formales y a la moda. Él se había vestido para una velada de discreta vigilancia, no para asistir a una fiesta. No podía arriesgarse a entrar en el salón de baile. El gabán y el bombín llamarían la atención de inmediato. Aunque se los quitara, seguiría asumiendo un riesgo. Había pasado gran parte de los últimos diez años fuera de Londres y no se había relacionado con la alta sociedad desde su regreso, pero tal vez hubiera alguien capaz de reconocerlo aun en una estancia en penumbra.

En una noche como esa, con tantos invitados a los que atender de una forma tan espléndida, seguramente hubiera un buen número de sirvientes ajetreados cerca de la cocina. Las puertas traseras, así como la puerta de servicio, estarían abiertas para permitir que el aire fresco de la noche aliviara el calor reinante en la estancia por culpa de los fogones.

Enfiló la fachada de la mansión orientada a los jardines, en dirección al extremo más alejado, donde suponía que se emplazaría la cocina.

Al cabo de unos metros, se descubrió en una zona que evidentemente no estaba preparada para los invitados. Allí no había bonitos farolillos, si bien la luz de las ventanas y la tenue luz de la luna que se filtraba entre la niebla bastaban para iluminar su camino entre los arbustos.

Estaba cerca de su objetivo cuando escuchó a una mujer al otro lado de un seto. Hablaba con voz ronca por la ira y el pánico, si bien no alzó la voz. Su acento era el de una dama respetable que trataba de mantener la compostura con desesperación.

—Me está haciendo daño, señor. Por favor, suélteme. Hay reglas.

—Las reglas no se aplican a los invitados. Eres una puta, mi puta concretamente, al menos por esta noche. Desde luego que he pagado una buena suma de dinero por ti.

La voz del hombre delataba su estado de embriaguez. La ira vibraba bajo la superficie.

—Si no me deja tranquila, gritaré —le advirtió la mujer.

Sin embargo, mantuvo la voz baja y algo le dijo a Slater que no se atrevería a gritar pidiendo ayuda.

—Zorra estúpida —masculló el hombre—. Sabes tan bien como yo que si empiezas a gritar acabarás en la calle. Antes de que te des cuenta, estarás atendiendo a tus clientes apoyada en la pared de un sucio callejón. O tal vez acabes en el río como le sucedió a tu amiga hace unas cuantas semanas, ¿eh?

El comentario estuvo acompañado por una cruel risotada.

—¿No le apetece bailar de nuevo? —preguntó la mujer, que trató de mostrarse coqueta.

—Ya he bailado bastante. Cállate. Vamos a entrar en mi carruaje y harás exactamente lo que yo te diga.

—No iré a ningún sitio con usted. No puedo. Ninguna de las mujeres del Pabellón puede abandonar la propiedad. Lo sabe usted, señor. Las reglas...

—No me recites las malditas reglas. Aunque parezcas una dama y hables como ella, los dos sabemos que solo eres una puta barata.

—Me vuelvo al salón de baile —sentenció la mujer con trémula determinación—. No... no puede obligarme a salir de... Mmm...

Slater estaba seguro de que el hombre le había tapado la boca con una mano.

—Voy a enseñarte a contradecirme —profirió el hombre con furia.

Slater salió del escondrijo que le proporcionaba el seto y vio a la pareja. Solo eran un par de siluetas oscuras entre la niebla. El hombre forcejaba para someter a la mujer. Le había rodeado el cuello con un brazo, ahogándola. Ella luchaba con desesperación, pero era evidente que su fuerza la sobrepasaba.

Ninguno de los dos se percató de su presencia hasta que Slater aferró el brazo del atacante.

—Suéltala —dijo Slater en voz baja.

El atacante se sobresaltó de tal forma que soltó a la mujer y se dio media vuelta. Escudriñó entre la niebla tratando de ver la cara de Slater, pero le fue imposible. Él se había cuidado de colocarse de espaldas a la luz, de manera que sus rasgos quedaban ocultos por las sombras.

—Déjanos —masculló el hombre—. Es mía. Búscate a otra puta. Tengo planes para esta.

—No parece interesada en tus planes —comentó Slater.

—No puedes quedarte con ella. —El hombre entrecerró los ojos, tratando de verlo mejor en la penumbra—. ¿Eres uno de los dichosos guardias? Si es así, lárgate ahora mismo. Esto no te incumbe.

—Me temo que te equivocas.

El atacante trató de asestarle un puñetazo con torpeza. Slater esquivó el golpe fácilmente y respondió asestándole uno de su cosecha en el abdomen, que fue seguido por un segundo puñetazo en un lateral de la cabeza.

El borracho cayó desmadejado al suelo, inconsciente.

Slater miró a la mujer, que a su vez lo observaba con recelo.

—Gracias —dijo. Parecía agradecida, pero cauta—. Quería que violara las reglas. Intentaba llevarme a un carruaje particular. Se supone que no debemos abandonar la propiedad con los invitados, tal como estoy segura de que sabe. La señora Wyatt ha insistido con firmeza en ese punto.

Slater asintió con la cabeza y se acercó al hombre inconsciente.

—¿Quién es?

—Su apellido es Hurst —contestó la mujer, que titubeó y añadió—: Usted no es un invitado, ¿verdad?

—No.

—No me lo parecía.

—¿Porque no voy vestido acorde a la ocasión?

—Por eso y por el hecho de que no actúa como si hubiera bebido la ambrosía que han servido esta noche. ¿Quién es usted?

—Un espectador curioso.

—La curiosidad puede ser peligrosa aquí, en el Club Olimpo.

—¿Así se llama este lugar? —preguntó él.

—¿No lo sabía?

—Ahora lo sé. ¿Puedo preguntar cómo te llamas?

La mujer titubeó.

—Supongo que se ha ganado el derecho después de lo que ha hecho por mí. Puede llamarme Evangeline.

Slater esbozó una sonrisilla. Todo el mundo guardaba secretos, pensó. Una cortesana profesional seguro que tenía unos cuantos.

—¿Debo suponer que Evangeline es su nombre artístico?

—Sí —contestó ella, desafiándolo en silencio a que le preguntara algo más.

—Bonito nombre —replicó Slater—. ¿Hurst estaba borracho a causa de la ambrosía que has mencionado?

—Por supuesto —respondió ella, que agitó una mano enguantada para abarcar los inmensos jardines—. Todos lo están. Los invitados disfrutan de la droga en varias presentaciones. Se añade al licor. A veces la fuman en forma de cigarros. El Olimpo es el único lugar de Londres donde se sirve, ¿entiende? Por regla general, la ambrosía fortifica a los hombres hasta el punto de que solo pueden pensar en ir en busca de una mujer, ya esté dispuesta o no. Si toman una cantidad suficiente, sufren maravillosas alucinaciones y experimentan un intenso placer. Pero a veces las alucinaciones pueden ser muy intensas y aterradoras. —Miró al hombre que seguía inmóvil en el suelo—. Y a veces la droga afecta a los hombres tal como ha afectado esta noche a Hurst.

—¿La ambrosía los vuelve violentos?

—Sí. —Evangeline lo miró, tratando de distinguir sus rasgos ocultos por la intensa luz que tenía a la espalda—. Al parecer, me ha salvado de una paliza o de algo peor —añadió con un deje trémulo—. Hurst se comportaba de forma extraña. Normalmente es un hombre tranquilo, pero esta noche parecía encolerizado. Tal vez ha tomado demasiada droga. Algunas de las otras Ninfas han informado de reacciones similares cuando los invitados toman más de la cuenta. —Hizo una pausa—. No debería estar hablando con usted. Solo se nos permite hablar con los hombres que nos presenta la señora Wyatt.

—Lo entiendo. Gracias por haber respondido a mis preguntas.

—Gracias por haberme salvado de Hurst. —Evangeline hizo una mueca—. La verdad, no sé qué bicho le ha picado esta noche. Se rumorea que el dueño del club ha conseguido recientemente una versión más fuerte de la ambrosía.

Se dio media vuelta para regresar al salón de baile.

—Una pregunta más antes de que te vayas —dijo Slater.

Evangeline se detuvo y lo miró por encima del hombro.

—Muy bien, pero que sea rápido.

—Tu amiga, la que acabó en el río...

Evangeline se quedó petrificada.

—Nicole. Dicen que se quitó la vida.

—Pero tú no lo crees, ¿verdad? ¿Qué crees que sucedió?

—Todas estamos seguras de que violó las reglas y abandonó la propiedad con un hombre que enloqueció después de consumir demasiada droga.

—¿Crees que el invitado la mató?

—No puedo asegurarlo, señor. Pero tal como le he dicho, todo el mundo sabe que algunos de los invitados se comportan de forma extraña cuando consumen la droga. Por eso hay reglas y guardias. Pero tal como ha visto esta noche, los dichosos guardias nunca están cerca cuando se los necesita.

—¿Qué es esta ambrosía exactamente? ¿Alguna variante del opio?

—No podría decirle, señor. Las Ninfas tenemos prohibido beberla.

Evangeline se recogió de nuevo las faldas de satén y se dio media vuelta para marcharse.

—¿Te preocupa la idea de que Hurst te ocasione algún problema cuando vuelva en sí? —preguntó Slater.

La risa cristalina de Evangeline flotó en la niebla.

—Es poco probable que recuerde mucho de lo sucedido, señor, dada la gran cantidad de droga que parece haber consumido. Pero, si lo hace, espero que le haya dado usted un buen susto.

Se alejó de forma apresurada y no tardó en desaparecer tras el seto.

11

Había otra mención a una perfumería.

Ursula examinó las líneas que había intentado transcribir del cuaderno de taquigrafía de Anne. Recordó que la poesía podía ser complicada y llena de matices, por no mencionar absolutamente metafórica. Algunos poemas eran del todo incomprensibles. Y después estaba el hecho de que Valerie no era una escritora profesional. Usaba la poesía para calmar sus destrozados nervios.

De todas formas, casi todos los versos del cuaderno de taquigrafía tenían sentido una vez transcritos. En cambio, las líneas que acababa de anotar en una hoja aparte no lo tenían. De hecho, parecían una dirección.

Cabía la posibilidad de que Anne se aburriera de los trágicos poemas que Valerie le dictaba y que apuntase algunas notas privadas. Tal vez un recordatorio de una cita, o, en ese caso, la dirección de una perfumería que alguien le había mencionado. Desde luego, sería algo normal en Anne que comprase perfumes y jabones caros.

Ursula recordó el frasquito de perfume vacío que había encontrado en el escritorio de Anne. Picada por la curiosidad, hojeó el cuaderno de taquigrafía. La referencia a la perfumería aparecía bastante al principio, unas tres semanas después de que Anne empezara a trabajar para Valerie. Se había colado entre dos versos de un poema.

Como el de una flor por el sol es el anhelo que mi corazón alberga,

Perfumes y Jabones Rosemont. Stiggs Lane, 5

Sin embargo, es la noche lo que ansío porque mis sueños hacia ti vuelan...

Anne no les había hablado de la compra de perfume a sus compañeras secretarias y eso era extraño. Siempre estaba encantada de enseñarles sus nuevas adquisiciones. Una semana antes de su muerte, más o menos, había recibido un precioso cinturón de cadena de plata de manos de un cliente agradecido: un delicado recordatorio. De la cadena colgaba un diminuto cuaderno de taquigrafía de plata y un lápiz, unidos por una cadenita de plata. Anne se lo había puesto todos los días para ir a la oficina. Todo el mundo lo había admirado.

Si Anne hubiera comprado perfume o hubiera recibido un regalo, lo habría mencionado sin lugar a dudas.

Ursula cogió el lápiz. Un sonido amortiguado en los escalones de la entrada la paralizó. Se le erizó el vello de la nuca.

Miró el reloj. Era casi medianoche. Nadie iría a verla a esa hora.

Algo metálico chocó con otra pieza metálica, y el ruido era inconfundible, aunque fuera apenas audible. Ursula se puso en pie de un salto mientras los nervios se apoderaban de ella y le provocaban un escalofrío. Alguien acababa de meter algo en su buzón.

Se acercó a la ventana y apartó la cortina. La calle cubierta de niebla estaba muy tranquila. No vio carruajes, pero sí una figura oscura recortada por la luz de la farola. La figura pertenecía a un hombre envuelto en un gabán y con un bombín. Se alejaba de su puerta a toda prisa. Mientras observaba, lo vio desaparecer en la noche.

No escuchó ruidos procedentes de la habitación de la señora

Dunstan. Claro que haría falta un disparo o el advenimiento del Juicio Final para despertarla una vez que se tomaba su mezcla especial de láudano antes de dormir.

«Estás dejando que la imaginación se imponga a la razón y al sentido común», se dijo. Pero sabía que no sería capaz de dormir si no bajaba para asegurarse de que el vestíbulo de entrada estaba tranquilo.

Las lámparas de gas estaban al mínimo, pero ofrecían luz suficiente para andar con seguridad. Vio el paquetito sobre las baldosas blancas y negras antes de llegar al último escalón. El escalofrío se extendió por todo su cuerpo y amenazó con consumirla. No cabía duda de que alguien había introducido un paquete por el buzón de latón... a medianoche.

El mal presentimiento que la envolvía la golpeó como un mazazo. Le costó la misma vida encontrar el valor necesario para bajar la escalera.

Recogió el paquete. Su contenido parecía ligero y flexible. Hojas de papel, concluyó, o un cuaderno de notas.

Se llevó el paquete de vuelta a su despacho, lo dejó sobre el escritorio y encendió una lámpara. Tras sacar unas tijeras de un cajón, cortó las cintas que ataban el paquete y apartó con cuidado el papel marrón.

Esperaba que lo que fuera que estuviera dentro la dejase descompuesta, pero un extraño estoicismo se apoderó de ella cuando vio la revista. Era un folletín truculento. La ilustración en blanco y negro de la portada representaba a una mujer en un camisón muy sugerente, con el pelo suelto alrededor de los hombros. Estaba sentada en una cama revuelta, con las sábanas contra el pecho. El artista se había asegurado de que hubiera un buen trozo de pierna desnuda al descubierto.

La mujer de la ilustración no estaba sola en el dormitorio. La acompañaba un hombre. Estaba en mangas de camisa, con la corbata desanudada y el cuello de la camisa desabrochado. La chaqueta descansaba sobre el respaldo de un sillón.

La mujer y el hombre miraban sorprendidos la puerta del dormitorio, donde una mujer elegantemente vestida y a todas luces escandalizada permanecía de pie. Llevaba un arma en una mano enguantada.

El título de la revista proclamaba su contenido:

EL DIVORCIO DE LOS PICTON

Una transcripción minuciosa del testimonio
de la señora Euphemia Grant y de otros.
¡Adulterio! ¡Escándalo! ¡Intento de asesinato!

Ursula abrió la revista con manos temblorosas. Una nota manuscrita se deslizó de entre sus páginas y cayó sobre el escritorio.

Ha sido descubierta. Puede comprar el silencio. Espere órdenes.

Ursula se dejó caer despacio en la silla. Siempre había temido que algún día alguien descubriera su verdadera identidad. Siempre supo que si eso sucedía, su nueva vida se haría añicos y tendría que enfrentarse una vez más al desastre. Había guardado una buena cantidad de dinero por si se presentaba esa eventualidad. Se le había pasado por la cabeza comprar un pasaje para Australia o para Estados Unidos, donde empezar de cero, si era necesario.

Pero mientras releía la nota, fue la rabia, y no el miedo, lo que corrió por sus venas. Había hecho planes para abandonar el país si alguien descubría su pasado. Sin embargo, no había contado con la posibilidad de que alguien quisiera chantajearla.

Necesitaba un nuevo plan.

12

—Es una máquina asombrosa —dijo Griffith.

La expresión de su cara era de intensa fascinación, tal vez incluso de sobrecogimiento. Slater comprendía dicha reacción. Él mismo estaba impresionado. Aunque había visto máquinas de escribir, ya que durante los últimos años habían empezado a hacer acto de presencia en las oficinas de diversas partes del mundo, nunca había visto un modelo tan avanzado en su diseño como la máquina que les estaba enseñando Matty Bingham.

—Es mi último modelo —dijo Harold Fenton, henchido de orgullo—. Tiene muchas características novedosas y mejoradas. Pero se necesita a una mecanógrafa con el excepcional talento de la señorita Bingham para obtener los mejores resultados.

—Desde luego tiene una gran habilidad —convino Griffith, que observaba hipnotizado cómo volaban los dedos de Matty—. Es como ver a una dama tocar el piano.

Matty parecía ajena a su interés. Mantuvo en todo momento una actitud profesional, aunque sus mejillas adquirieron un intenso tono rosado. Griffith tenía razón, pensó Slater. Los dedos de Matty se movían sobre las teclas exactamente como si estuviera tocando un instrumento musical. Sus manos eran elegantes y gráciles.

Slater se sacó el reloj de bolsillo para consultar la hora. Griffith y él habían llegado a las oficinas de la Agencia de Secretarias

Kern hacía un rato y solo habían encontrado en ellas a Matty Bingham y a Fenton.

Fenton parecía un gnomo. A juzgar por su abrigo manchado de tinta y aceite, había ido a las oficinas directamente desde su taller. Se estaba quedando calvo. El poco pelo canoso que le quedaba llevaba mucho tiempo sin pasar por las manos de un barbero. Tras los cristales de sus anteojos, sus ojos grises relucían por la pasión que sentía por su creación.

—La señora Kern y yo hemos entablado una asociación profesional —dijo Fenton—. En mis anuncios digo que mis modelos se prueban aquí, en la Agencia de Secretarias Kern. Dicha información atrae a los mejores compradores, gracias a la reputación del negocio de la señora Kern. Mi objetivo es vender una máquina de escribir Fenton en todas las oficinas del país.

Sacó una tarjeta de visita, que Slater aceptó y procedió a ojear.

MÁQUINAS DE ESCRIBIR FENTON

PROBADAS POR LAS EXPERTAS MECANÓGRAFAS
DE LA AGENCIA DE SECRETARIAS KERN

Matty dejó de mecanografiar y sonrió.

—Cada vez que el señor Fenton hace una mejora a sus máquinas, nos trae una para que la probemos. —Le dio unas palmaditas afectuosas a la máquina que tenía delante—. Señor Fenton, esta es la mejor hasta la fecha. Creo que se ha superado a sí mismo. Ni las teclas ni los tipos se atascan. No tengo que aminorar la velocidad o detenerme en ningún momento.

Griffith se inclinó sobre el hombro de Matty para ver de cerca el teclado. Frunció el ceño de modo que sus cejas se unieron.

—¿Por qué están dispuestas las teclas de esta forma tan extraña? Q, W, E, R, T, Y. Esas son las primeras letras. ¿No deberían ser A, B, C, D, E?

Fenton resopló.

—Por desgracia, tras el éxito de las máquinas de escribir de

Remington, todo el mundo se ha acostumbrado a la distribución de este teclado. Es una lástima, pero eso es lo que se consigue cuando un fabricante de armas se interesa por otros productos.

Slater lo miró.

—¿Un gatillo?

—No, la producción en masa. —Fenton parecía desolado—. Hay tantas máquinas Remington funcionando ya con el teclado QWERTY que se ha convertido en la norma en lo que al público se refiere. He cejado en el empeño de intentar que la gente se acostumbre a otra disposición de las letras en el teclado. Ninguno de mis competidores ha tenido éxito tampoco. Pero eso no quiere decir que no haya margen para mejorar las máquinas.

—El señor Fenton no para de mejorar la eficiencia y la velocidad —les explicó Matty—. Muchas máquinas se quedan trabadas cuando se teclea demasiado rápido. He oído decir que ese es el verdadero motivo de que las letras estén dispuestas de esta forma tan rara en el teclado, para retrasar al mecanógrafo, de forma que las teclas y los tipos no se traben unos con otros.

Fenton sonrió de oreja a oreja.

—Ahora mismo estoy trabajando en un mecanismo que cambiará por completo el diseño de los tipos. Todas las letras y los números irán en una bola rotatoria. Es algo revolucionario y...

Dejó la frase en el aire cuando se abrió la puerta de la oficina. Slater se volvió y vio a Ursula. Supo al instante que había sucedido algo antes incluso de que se quitara el velo y el sombrero. Tenía los hombros tensos. La mirada, gélida y seria. Saltaba a la vista que no había dormido bien.

Cuando lo vio, Slater habría jurado que por un instante atisbó algo parecido al pánico en su rostro. Sin embargo, desapareció casi de inmediato, oculto tras un aura de gélido distanciamiento.

—Buenos días a todos —los saludó mientras se despojaba de

los guantes y los dejaba a un lado—. No es habitual que tengamos tantas visitas tan temprano. Señor Fenton, veo que nos ha traído un nuevo modelo.

—Mucho más mejorado —le aseguró el aludido.

—Apenas da problemas —comentó Matty.

Fenton sonrió de oreja a oreja.

Ursula saludó a Griffith con un gesto de la cabeza y después miró a Slater con gesto desafiante.

—¿Qué le trae hoy por aquí, señor Roxton? —le preguntó.

De nuevo era el señor Roxton. Definitivamente algo había sucedido durante la noche, pensó. Se preguntó cuánto tiempo tardaría en convencerla de que le contara lo que la había alterado.

—Espero poder persuadirla para que me acompañe a ver una exposición de antigüedades en un museo esta mañana —respondió—. Mi intención es indagar un poco a fin de prepararnos para nuestro proyecto de catalogación.

Ursula pareció sorprendida en un primer momento y después recelosa.

—Me temo que hoy tengo trabajo.

—Creo que su otra clienta, lady Fulbrook, no requerirá de sus servicios hasta mañana. Puede considerar su visita al museo como una salida profesional. Tengo la intención de tomar notas y deberá ser usted quien las redacte. Va a necesitar su cuaderno de taquigrafía.

Ursula lo miró durante unos segundos como si estuviera dispuesta a discutir, pero al ver que le lanzaba una mirada elocuente a Matty con el rabillo del ojo, acabó por comprender la situación. Matty no estaba al tanto de la investigación.

—Muy bien. —Ursula respiró hondo, como si estuviera haciendo acopio de todas sus fuerzas—. En ese caso, vámonos. Estoy segura de que Matty puede encargarse de cualquier cosa que surja hoy en la oficina.

—Sí, por supuesto —convino la susodicha con entusiasmo—. No hay nada extraordinario en la agenda para hoy. Yo me encargo de todo sin problemas. Ah, por cierto, he contratado a la señorita Taylor. Empezará con su formación mañana.

Ursula asintió con la cabeza. Un gesto breve para expresar que aceptaba a la nueva empleada.

Slater miró a Griffith, que seguía revoloteando cerca de Matty.

—Griffith —dijo—. Si no te importa...

El aludido se enderezó de inmediato.

—De acuerdo entonces. Un placer conocerla, señorita Bingham. Muchas gracias por la demostración.

Matty sonrió. Sus mejillas adquirieron un tono más rosado y sus ojos parecían muy brillantes.

—De nada, señor Griffith.

Era muy probable que esa fuera la primera vez que lo habían llamado «señor Griffith», reflexionó Slater. Semejante honor pareció dejarlo asombrado. Siguió en el centro de la estancia, mirando a Matty obviamente embobado.

Slater carraspeó con sorna.

—Señor Griffith —dijo con retintín—, si no le importa...

Griffith se repuso de inmediato.

—Sí, señor, el carruaje.

Se despidió de Matty llevándose una mano a la gorra y echó a andar hacia la puerta. La mirada de Matty se mantuvo clavada en él hasta que desapareció por el pasillo.

Ursula cogió de nuevo el sombrero y los guantes. Slater la tomó del brazo. Aunque se tensó un poco, no se apartó de él. Había estado en lo cierto acerca de la tensión que emanaba de su persona. La percibía mucho más al tocarla, una especie de corriente eléctrica que recorría todo su cuerpo.

La invitó a caminar hacia la puerta.

—Ursula, espera —dijo Matty, que arrastró la silla sobre el suelo al levantarse—. Se te olvida el maletín. Vas a necesitar el cuaderno y los lápices si quieres ayudar al señor Roxton.

Ursula se detuvo.

—Sí, por supuesto, gracias, Matty.

La aludida sonrió mientras cogía el maletín de la mesa de Ursula y le guiñó un ojo al entregárselo.

—Que te diviertas en el museo —le dijo al tiempo que miraba a Slater con gesto elocuente—. Estoy segura de que las antigüedades serán fascinantes.

La expresión de Ursula resultaba inescrutable. Slater la invitó a salir al pasillo. Esperó hasta que estuvieron sentados en el carruaje y se pusieron en marcha antes de hablar.

—¿Me equivoco o la señorita Bingham y Griffith se estaban mirando el uno al otro como si estuvieran interesados en algo mucho más personal que la nueva máquina de escribir? —preguntó.

Ursula pareció quedarse perpleja en un primer momento.

—¿De qué está hablando?

—No importa —respondió él, que buscó otro tema de conversación neutral y abandonó el esfuerzo. Nunca se le había dado bien hablar de asuntos triviales. La experiencia vivida en la isla de la Fiebre y la carrera profesional que había elegido después de aquello no habían mejorado sus habilidades sociales—. ¿Qué demonios le pasa, Ursula?

—Todo el mundo me pregunta lo mismo. No me pasa absolutamente nada. —Aferró con fuerza el asa de su maletín—. ¿Por qué no me dice cuál es el verdadero motivo por el que me ha pedido que lo acompañe al museo?

—La verdad sea dicha, lo he hecho por dos motivos —confesó—. El primero es porque quiero hablar con usted en privado. Tengo noticias.

De esa forma consiguió llamar su atención. Lo miró fijamente a través del velo.

—¿Ha descubierto algo sobre la muerte de Anne?

—No podría asegurárselo todavía. Pero he descubierto algo sobre Fulbrook que puede resultarnos de utilidad o tal vez no.

—Pues resulta que anoche empecé a transcribir las notas de Anne y yo también he descubierto algo que es bastante desconcertante. Antes de que intercambiemos detalles, será mejor que me diga cuál es el segundo motivo por el que me ha invitado a visitar el museo tan temprano.

—Se me ha ocurrido que visitar juntos la nueva exposición de antigüedades reforzará la idea de que nuestra relación es de índole personal, no solo profesional.

Ursula meditó al respecto.

—Entiendo. ¿Por qué le parece que es sensato?

—Porque, basándonos en lo que descubrí anoche, es posible que esta investigación tome un sesgo peligroso. Si alguien la está vigilando, quiero que esa persona sea consciente de que tiene un amigo capaz de crear muchos problemas si algo le sucede.

Ella lo miró fijamente.

—Lo dice en serio.

—Muy en serio. Maldita sea, Ursula, ¿qué demonios descubrió anoche que la ha puesto tan nerviosa? No creía que hubiera algo en el mundo capaz de alterarla.

Ursula sujetó fuertemente el maletín que llevaba en el regazo.

—He descubierto una referencia a una perfumería en el cuaderno de Anne. Una dirección. Me resultó extraño.

Slater esperó. Era cierto, concluyó. Pero no le estaba diciendo toda la verdad. Al ver que no añadía nada más, le hizo una pregunta.

—¿A Anne Clifton le gustaban los perfumes?

—Oh, sí. Pero esa no es la cuestión. Es que me resultó extraño descubrir una dirección anotada en el mismo cuaderno de los poemas de lady Fulbrook. Dígame, ¿cuáles son sus noticias?

Estaba cambiando el tema de conversación demasiado rápido, decidió Slater. Pero no era el momento adecuado para presionarla. El carruaje acababa de detenerse delante del museo. Extendió un brazo para abrir la portezuela.

—Me temo que mis noticias pertenecen a la misma categoría que la suya. Extraña e inusual, pero tal vez poco esclarecedora —contestó—. Se lo explicaré cuando estemos dentro.

13

—Es una falsificación, ¿lo sabía? —dijo Slater.

Ursula contemplaba la estatua de Venus. La diosa desnuda estaba esculpida en una pose reclinada muy elegante, con la cabeza vuelta para mirar por encima de su hombro derecho. La expresión de su rostro sugería sorpresa, como si la hubiera descubierto un intruso cuando estaba a punto de darse un baño. El escultor se había esforzado al máximo para enfatizar las voluptuosas y generosas curvas del cuerpo femenino. La sensualidad de la figura era inconfundible, y rayaba en el erotismo.

Todavía era muy temprano. La galería que exhibía la Colección de Antigüedades Pyne no estaba muy concurrida. Ursula fue muy consciente de repente del hecho de que estaba contemplando a Venus desnuda en compañía del hombre más fascinante que había conocido en la vida. Agradeció la presencia del velo que ocultaba sus acaloradas mejillas.

—No —respondió ella esforzándose en fingir, de manera que su interés en la naturaleza pareciera puramente académico. No iba a permitir que él descubriera su bochorno—. No sabía que era una falsificación. ¿Cómo se ha percatado?

—El trabajo de esculpido del cabello es torpe y la expresión de su rostro es insípida —contestó Slater, con un deje claramente impaciente por tener que enumerar los detalles de su análisis. Parecía muy académico—. Las proporciones de los pechos y de las caderas son exageradas. Es el tipo de figura que uno esperaría encontrarse decorando el pasillo de un burdel exclusivo.

—Entiendo. —Ursula le dio la espada a la escultura—. Bueno, supongo que los romanos también tenían que amueblar sus lupanares.

—Desde luego. Pero, por regla general, sus estatuas eran de mayor calidad. Le aseguro que bajo ninguna circunstancia habrían decorado sus establecimientos con esta estatua en particular.

—¿Por qué está tan seguro?

—Porque lleva el sello del trabajo de Peacock.

Ursula parpadeó.

—¿Quién es Peacock?

—Belvedere Peacock. Lleva años produciendo lo que él gusta en llamar «fieles reproducciones artísticas». Ha logrado colar sus obras en las colecciones de algunos de los coleccionistas más reputados del país. Tendré que pasarme por su taller y felicitarlo por haber conseguido exhibir una de sus estatuas en este museo. Todo un logro.

Ursula se alejó un poco para inspeccionar un bonito carro de bronce y madera. La plaquita de bronce aseguraba que era de origen etrusco.

—¿Va a decirle algo de la Venus al personal del museo? —preguntó.

—Por supuesto que no —contestó él, que se había puesto a su lado—. Solo ofrezco una opinión al respecto de estos temas si se me consulta. En este caso, nadie me ha pedido opinión sobre la Venus. —Examinó el carro durante unos minutos y meneó la cabeza—. De cualquier forma, la tarea de identificar todas las falsificaciones y piezas fraudulentas que forman parte de los museos y de las colecciones privadas requeriría un tiempo excesivo por mi parte. La locura por las antigüedades ha dado lugar a la creación de un mercado en alza de «fieles reproducciones artísticas».

Ursula enarcó las cejas.

—¿Va a decirme que este carro no es etrusco?

Slater observó el carro con desdén.

—Parece obra de Albani. Tiene una tienda en Roma.

Ursula sonrió con ganas.

—Creo que lo de guardarse las opiniones personales tiene su aquel —comentó—. Estaría disfrutando mucho más de la exposición si no me hubiera informado de que muchas de las piezas son falsas.

Slater la miró con gesto impaciente y adusto.

—No la he traído aquí para estudiar los objetos.

—Cierto. —Ursula se acercó a una urna de gran tamaño, decorada con una gran profusión de figuras tanto masculinas como femeninas demostrando lo que parecían ser dificultosas posiciones gimnásticas—. Me ha dicho que tenía asuntos que discutir.

Slater se acercó a ella.

—El primero de ellos es que anoche seguí a Fulbrook hasta un club privado. El Olimpo.

—¿Y qué pasa? Casi todos los aristócratas son miembros de distintos clubes.

—Este es bastante inusual, dado que había cierto número de mujeres presentes.

—Por el amor de Dios. —Ursula se volvió de inmediato—. Qué moderno. En la vida he oído que un club masculino admita damas.

—No creo que el Club Olimpo se haya ganado el mérito de colaborar en la lucha por los derechos de la mujer. Las damas iban ataviadas tan a la moda y con prendas tan caras como las aristócratas que frecuentan los bailes de la alta sociedad, pero todas eran empleadas de un exclusivo burdel conocido como el Pabellón del Placer. La propietaria es una tal señora Wyatt.

—Ah, entiendo. —Titubeó, consciente de que no debería haber hecho la primera pregunta que le había pasado por la mente.

Pero fue incapaz de resistirse—. ¿Conoce usted dicho burdel y a la señora que lo regenta?

—No. Pero tengo la intención de hacer averiguaciones.

—¿Por qué? —Aunque su intención no había sido hablar con brusquedad, la pregunta salió de sus labios con un deje un tanto imperativo. Como si tuviera derecho a preguntarle por qué quería hacer averiguaciones sobre un burdel exclusivo, pensó. La verdad, no era de su incumbencia. Muchos hombres frecuentaban burdeles. No debería sorprenderle descubrir que Slater era uno de ellos.

—Porque estamos investigando a Fulbrook —contestó como si ella no fuera muy lista—. Su afiliación al Club Olimpo puede ser importante.

—¿En qué se basa para creerlo? —le preguntó.

—Mientras estaba en la propiedad del club anoche tuve ocasión de hablar con una de las empleadas del burdel. Se hace llamar Evangeline.

Ursula lo miró al punto.

—¿Qué quiere decir con eso de que «se hace llamar» Evangeline?

—Dudo mucho que sea su verdadero nombre. Es una cortesana profesional, Ursula. Por definición, está interpretando un papel.

—Sí, claro, entiendo a lo que se refiere.

«De la misma manera que yo estoy interpretando un papel —pensó—. No soy la mujer que usted cree que soy.»

¿Le importaría a Slater descubrir la verdad sobre ella? No había manera de predecir cómo podría tomarse las noticias sobre su pasado. Muchos caballeros se escandalizarían, por supuesto. Pero Slater era distinto. En todo caso, contarle su historia conllevaba el riesgo de destruir su frágil relación.

Se recordó que tenía un plan para solucionar el problema que había surgido durante la noche.

—Evangeline me dijo que el club distribuye entre sus miembros una droga que llaman «ambrosía». Afecta a cada persona de una forma diferente —siguió Slater—. Induce fantasías placenteras y alucinaciones en la mayoría de los hombres, pero algunos demuestran un carácter violento cuando están bajo su influencia. Evangeline afirma que la nueva versión de la droga parece mucho más potente. Está convencida de que hace poco una de las mujeres del Pabellón del Placer fue asesinada por un miembro del Olimpo que había consumido la ambrosía.

—¡Por el amor de Dios!

—A las empleadas del Pabellón del Placer se les dijo que su compañera, Nicole, saltó de un puente, pero no se lo creen.

Ursula reflexionó un instante.

—Es interesante, pero ¿qué tiene que ver con la muerte de Anne?

—Tal vez nada. Pero Fulbrook es miembro del Club Olimpo. Seguramente consuma la droga. Al menos una de las mujeres que ofrecen favores sexuales a los miembros del club ha muerto recientemente. Anne trabajaba en la residencia de los Fulbrook y ahora está muerta. Ambos hechos podrían estar relacionados y conformar un patrón.

—Pero Anne no murió de una paliza. No había marcas en su cuerpo. Yo misma lo comprobé. Si la asesinaron, lo más probable fue que usaran veneno. ¿Y si la droga demuestra ser mortal en dosis altas?

—Es posible. ¿Cree que Fulbrook podría haberla convencido de que trabajara como cortesana en el club?

—No —contestó ella—. Por supuesto que no.

—No quiero faltarle el respeto a su amiga, pero comentó usted que poseía un temperamento bastante aventurero. Sugirió que tal vez estuviera involucrada en una relación sentimental.

—Exacto... una relación —enfatizó Ursula—. No trabajaba de prostituta.

—¿Cómo puede estar tan segura?

Ursula agitó una mano para descartar el tema.

—Entre otros motivos, porque carecía del vestuario necesario para ese tipo de profesión.

Eso frenó a Slater en seco.

—Ah —dijo—. No había considerado ese aspecto de la situación.

—Sin duda por su condición de hombre. Ha dicho que la mujer que conoció anoche, Evangeline, y las otras prostitutas presentes en la propiedad del club iban ataviadas como las damas de la alta sociedad durante un baile.

—Cierto. No entiendo mucho de moda, pero saltaba a la vista que el vestido de Evangeline era caro. También llevaba pendientes grandes de oro con piedras engarzadas.

—Le aseguro que Anne no poseía vestidos de fiesta, ni caros ni baratos. Tenía algunas joyas, pero no de las que se usan para ir a un evento de la alta sociedad. Sus joyas eran más bien prácticas, de las que usamos las mujeres cuando vamos de compras o a tomar el té con las amigas. Un reloj muy bonito que puede prenderse en el abrigo. Un camafeo. Un medallón. Lo más caro es un cinturón de cadena que lleva unidos un cuadernillo y un lápiz. Se lo regaló un cliente y a ella le encantaba. Pero ninguna de sus joyas era adecuada para un salón de baile como tampoco lo eran sus vestidos. Le aseguro que si hubiera tenido en su poder algún objeto caro o a la moda, habría sido incapaz de resistir la tentación de enseñárnoslo a las demás en la oficina.

—¿Está segura?

—Segurísima —respondió Ursula.

—De todas formas, creo que es algo más que una mera coincidencia que dos mujeres que estaban relacionadas con Fulbrook o con su club hayan muerto. Creo que deberíamos concertar una entrevista con la señora Wyatt, la propietaria del burdel.

—Si está ganando una buena suma de dinero suministrando prostitutas para los miembros del Club Olimpo, es improbable que vaya a hablar de sus transacciones con nosotros.

—Espero que Lilly pueda convencerla de que hable con nosotros.

—¿Su madre la conoce?

—Los contactos de mi madre lo cubren todo —contestó Slater.

Ursula sonrió por la interesante elección de palabras.

—Sí, me dio esa impresión cuando estuve trabajando para ella —replicó—. Ciertamente, es una de las clientas más interesantes que he tenido.

Slater estaba a punto de decir algo, pero se detuvo. Ursula se percató de que su cuerpo estaba tenso, en alerta, totalmente concentrado en algo o en alguien que se encontraba en el otro extremo de la estancia.

Cuando se volvió para seguir la dirección de su mirada, descubrió a un caballero joven, apuesto y de apariencia distinguida, acompañado por una dama muy atractiva ataviada con un vestido amarillo y azul. El hombre era alto, rubio y de constitución atlética. Sus ademanes lo identificaban como uno de esos hombres seguros de sí mismos que heredaban dicho rasgo de personalidad gracias al estatus y a la riqueza familiar. La dama parecía pertenecer al mismo mundo. Ambos estaban examinando la estatua sensual de Venus.

—Es hora de irnos —anunció Slater.

Era una orden, no una sugerencia. Ni tampoco esperó su respuesta. Al contrario, la tomó del codo y echó a andar hacia la entrada posterior de la galería. Ursula no se resistió.

—¿Ha sucedido algo? —preguntó en voz baja.

—Alguien, no algo.

—¿Debo suponer que estamos huyendo de la exposición a causa del caballero y de la dama que acaban de llegar? —indagó.

—No estamos huyendo, maldición.

Sin embargo, aminoró el paso de inmediato. Ursula sabía que no le había gustado la insinuación de que estaba huyendo de los recién llegados.

—Bueno, entonces, ¿por qué? —insistió—. ¿A qué vienen tantas prisas? ¿Tenemos una cita urgente con alguien?

—Hágame caso, es mejor que Torrence y yo no estemos en la misma habitación —masculló Slater.

—Así que ¿ese es lord Torrence, su compañero en la expedición a la isla de la Fiebre?

—Y su esposa, lady Torrence.

—Ahora entiendo por qué desea marcharse —repuso Ursula—. Si los cotillas y la prensa descubren que Torrence y usted han coincidido en el mismo museo, las especulaciones serán imparables.

—Exactamente.

—Pero ¿por qué evitar a lord Torrence? Lo más seguro es que en el futuro se encuentren ustedes en algún sitio. La alta sociedad es un mundo muy reducido en muchos aspectos. Le sugiero que se limite a actuar como si no ocurriera nada fuera de lo común.

—Gracias por el consejo —replicó Slater, que parecía hablar entre dientes—. Pero da la casualidad de que me importan un rábano Torrence y los cotillas. Lo que trato es de protegerla a usted.

—¿A mí? —Estaba atónita—. Pero yo no tengo nada que ver en su disputa con Torrence.

—Eso no impedirá que Torrence trate de encontrar el modo de utilizarla para hacerme daño.

En esa ocasión, la sorpresa la dejó espantada.

—Estoy segura de que esas paparruchas sobre la animosidad existente entre ustedes solo son invenciones de la prensa y de los folletines truculentos.

—En absoluto. Aunque, en realidad, es una enemistad unilateral. Él es quien ha procurado evitarme desde mi regreso, Ursula.

—Mmm...

—¿Qué demonios significa eso?

—Nada. Un pensamiento fugaz. No es de mi incumbencia, la verdad.

—Salgamos de aquí.

Slater la condujo por la galería pasando junto a urnas, estatuas y un diverso surtido de partes de armaduras romanas. Estaban a punto de escapar. Sin embargo, justo cuando iban a atravesar la puerta, se interpuso en su camino una oronda y enorme figura.

—Roxton. —La voz jovial del gordo resonó por toda la galería y reverberó en las paredes—. Ha venido a examinar mi colección, ¿verdad? Me siento honrado, señor. Muy honrado. Me habían dicho que Torrence planeaba hacer acto de presencia, pero debo admitir que verlo a usted es una sorpresa. Según se dice, no se prodiga demasiado últimamente. Estoy encantadísimo de que haya hecho una excepción para ver mi modesta exposición. Si es tan amable me gustaría conocer a su acompañante...

Los habían pillado, pensó Ursula. Las cabezas se volvían para mirarlos. Era imposible escapar de la escena. Percibía que Slater había llegado a la conclusión de que estaba atrapado. La detuvo de inmediato.

—Señora Kern, permítame presentarle a lord Pyne, el generoso coleccionista que ha donado estas antigüedades al museo —dijo Slater con un deje frío y formal.

—Lord Pyne —murmuró Ursula.

—Señora Kern, es un placer conocerla. —Pyne se inclinó sobre la mano enguantada de Ursula y después se enderezó al punto—. ¿Quiénes son las personas que están admirando mi Venus? Creo que se trata de Torrence y de su encantadora esposa. Vaya, vaya, vaya. Roxton y Torrence. Dos de los expertos en antigüedades más afamados de Inglaterra han venido a inspeccionar mis objetos. Me siento muy satisfecho.

—Es una colección interesante —afirmó Slater, que aferró el brazo de Ursula con más fuerza—. Pero me temo que la señora

Kern y yo debemos marcharnos. Tenemos un compromiso urgente.

—Por supuesto, por supuesto. Pero antes dígame cuál es su opinión sobre la Venus. —Pyne alzó la voz, aunque no era necesario—. También me gustaría escuchar la suya, Torrence.

—La figura es muy... robusta —dijo Slater.

Torrence y su mujer se acercaron hacia el lugar donde Slater y Ursula se encontraban con Pyne.

—Tu Venus llama ciertamente la atención —repuso Torrence, que evitó mirar a Slater.

—¿Y las damas? —Pyne rio entre dientes—. Sería una negligencia por mi parte no pedirles opinión.

—Sé muy poco sobre antigüedades —reconoció lady Torrence con deje tenso—. Mi marido es el experto en ese campo. —Consiguió esbozar una sonrisa recatada, pero estaba observando a Slater con los ojos abiertos de par en par y una expresión que rayaba en el horror.

—¿Señora Kern? —dijo Pyne—. ¿Qué opina de mi Venus?

—Obviamente es la estrella de su fascinante colección, señor —contestó Ursula—. Y ahora, si no le importa, el señor Roxton tenía razón. Tenemos otro compromiso.

—Nada más lejos de mi intención que retrasarlos —comentó Pyne—. Pueden marcharse, los cuatro. Le agradezco una vez más que haya venido esta mañana a ver mi colección, Roxton. Su opinión positiva, junto con la de Torrence, garantizarán la asistencia de un numeroso público. De hecho, espero que tanto su visita como sus comentarios aparezcan reflejados en los periódicos matinales. Dentro de poco, descubriré que la Colección Pyne es famosa en el mundo entero.

—No me cabe la menor duda —replicó Slater.

Tras haber llegado a la evidente conclusión de que cualquier intento por evitar a Torrence y a su esposa era en vano, se decidió por afrontar el problema de forma directa. En vez de tratar de escapar por la puerta trasera, le dio un apretón a Ursula en el codo y la condujo de regreso a la entrada principal de la galería.

El camino los llevó directamente al lugar donde se encontraban Torrence y su aterrada esposa. Ursula le ofreció a la mujer lo que esperaba que fuese una sonrisa educada y reconfortante, pero lo único que consiguió fue asustar más si cabía a lady Torrence, que se aferró al brazo de su marido.

Torrence observaba a Slater como un hombre que observara a un tigre, como si estuviera esperando que la bestia se abalanzara sobre él.

Slater decidió tomar la iniciativa y lo saludó con un brusco asentimiento de cabeza sin aminorar siquiera el paso.

Torrence apretó los dientes y entrecerró los ojos. Respondió al saludo con una inclinación de cabeza igual de brusca. Ursula se percató de que Slater titubeaba un instante. Tuvo la impresión de que estaba planteándose la posibilidad de volverse para enfrentarse a Torrence. De modo que lo obligó con determinación a seguir caminando.

—Maldición —dijo, pero de manera que solo lo escuchó ella.

Ursula no se detuvo hasta que estuvieron a salvo en la calle.

—Ha sido un poquito incómodo —comentó tras un repentino silencio—. Creo que lady Torrence estaba asustada por la posibilidad de que su marido y usted se enzarzaran a puñetazos en mitad del museo.

—¿Por qué iba a enzarzarme en una pelea con Torrence?

—Bueno, según algunas fuentes, existe la posibilidad de que su antiguo socio y supuesto amigo accionara de forma deliberada la trampa que estuvo a punto de matarlo en las grutas del templo. Tras el desastre, Torrence navegó de vuelta a Londres con el fabuloso tesoro que los dos habían descubierto. Un tesoro que desde entonces ha desaparecido, debo añadir. Se diría que son motivos más que suficientes para que exista una inquina y una desconfianza manifiesta entre dos hombres.

Slater la miró como si le hicieran gracia sus palabras. La luz del sol se reflejaba en los cristales de sus anteojos.

—¿Qué fuentes está citando, señora Kern?

—Las habituales. La prensa sensacionalista.

—Lo imaginaba. Me temo que está desinformada.

Ursula sonrió.

—Qué escándalo. ¿La prensa? ¿Desinformada?

—No todos los datos son incorrectos. Pero hay una cosa clara: Torrence me odia por haber sobrevivido en la isla de la Fiebre. —Soltó un hondo suspiro—. No sé por qué, pero es una conclusión evidente.

—Ah, no —se apresuró a contradecirlo ella—. Lo que he percibido en él y en su esposa no es odio.

—Entonces, ¿qué es?

—Miedo.

—Eso no tiene sentido.

—Lo tiene si él cree que lo culpa por lo que sucedió en la isla de la Fiebre. Sé que no es de mi incumbencia, pero ¿le importaría contarme exactamente qué pasó?

—Teniendo en cuenta que la historia de nuestro encuentro con lord Torrence y su esposa estará en boca de todo Londres mañana a la hora del desayuno, creo que tiene derecho a obtener ciertas respuestas.

14

—Señora Kern, es un auténtico placer darle la bienvenida una vez más. —La cicatriz del señor Webster se arrugó mientras miraba a Ursula con una sonrisa—. La señora Webster también se alegrará mucho. Se lo diré enseguida.

—Gracias, Webster —repuso Ursula, conmovida por el cálido recibimiento.

Slater miró fijamente a Webster.

—Ni que la señora Kern hubiera regresado de dar la vuelta al mundo. Estuvo aquí hace un par de días, por si te falla la memoria.

—Sí, por supuesto, señor —dijo el mayordomo—. Es que el personal se temía que no volviera pronto. Es una sorpresa maravillosa.

Se escucharon pasos acelerados por el pasillo. La señora Webster salió a escena.

—Señora Kern, ha vuelto —exclamó como si fuera la heroína de una obra que acabara de descubrir que un pariente lejano estaba vivo después de todo—. ¡Es maravilloso volver a verla!

—Gracias, señora Webster —dijo Ursula. Sonrió—. Me temo que no me quedaré mucho tiempo...

Dejó la frase en el aire porque la fuerte mano de Slater se cerró en torno a su codo. Tiró de ella en dirección a la biblioteca.

—La señora Kern y yo tenemos trabajo que hacer —anunció él por encima del hombro—. Por favor, que nadie nos moleste.

La señora Webster lo miró con expresión gélida.

—Querrán tomar el té.

Slater gimió.

—De acuerdo. Tráiganos la bandeja del té, pero asegúrese de que haya también café y luego de que tengamos intimidad.

La señora Webster se relajó y sonrió con aprobación.

—Por supuesto, señor. Tardaré unos minutos nada más.

Slater condujo a Ursula por el pasillo y la instó a entrar en la biblioteca. Cerró la puerta y se dio la vuelta.

—Los Webster la han echado de menos —comentó él.

—Son una pareja muy agradable. —Ursula se recogió el velo sobre el ala del pequeño sombrero—. Y muy poco convencional.

—Mi madre se ofreció a contratar el personal en mi nombre hace dos meses porque yo no tenía ni idea de cómo hacerlo ni tampoco tenía ganas de aprender a hacerlo como es debido.

—Por supuesto que no —replicó Ursula—. Estoy segurísima de que contratar al personal doméstico no es algo que les enseñen a los hombres. Es el trabajo de la mujer de la casa.

Su expresión se volvió muy adusta, más de lo que era habitual en él, pensó Ursula. Lo vio colocarse detrás del sillón de su escritorio y aferrar el respaldo con ambas manos.

—Hay ocasiones en las que vivir en una casa llena de actores fracasados y otras personas relacionadas con el mundo del teatro es como vivir en mitad de un melodrama —dijo—. Los actores son especialmente inconstantes. Renuncian al puesto en un abrir y cerrar de ojos si creen que pueden conseguir un papel importante en alguna obra. Después, cuando la obra se cancela tras dos noches, vuelven pidiendo su antiguo puesto. Claro que tampoco tengo muchas alternativas. No puedo ponerlos de patitas en la calle.

—¿Por qué no? —preguntó Ursula con voz calmada.

La pregunta lo descolocó un momento.

—En fin, entre otros motivos, porque me costaría encontrar personal más profesional y capacitado —repuso con firmeza. Soltó el aire despacio—. Muy pocos criados bien entrenados soportarían lo que la prensa y los rumores se regodean en llamar «mis excentricidades».

—Mmm. Tal vez. Pero no creo que sea el único motivo por el que no despide a los Webster y a los demás.

—¿No? —Enarcó las cejas—. No se me ocurre un motivo mejor.

—No despide a sus criados porque se compadece de ellos. Si han acabado llamando a su puerta es porque su madre los ha enviado para que solicitaran un puesto. Si no los acepta y no les da trabajo hasta que llegue el siguiente papel, algunos de ellos, en especial las mujeres, acabarán en la calle. Y algunos no sobrevivirán.

—¿Soy una organización benéfica para los desempleados del mundo teatral? —Hizo una mueca—. ¿Es eso lo que quiere decir?

—Es posible. En cuanto a organizaciones benéficas, parece una muy buena. Desde luego que es uno de los motivos por los que acepté trabajar para usted al principio de nuestra relación laboral.

La miró fijamente.

—Y después renunció —replicó en voz muy baja.

—En fin, pero no era mi intención hacerlo. Mi deseo era volver.

—¿De verdad?

—Si me permite... ¿qué clase de excentricidades posee que cree que desanimarían a posibles aspirantes a criados?

Slater soltó el respaldo de la silla y extendió las manos.

—¿Tiene idea de lo difícil que es encontrar un cocinero que sirva platos vegetarianos en todas las comidas?

Ursula parpadeó, totalmente sorprendida. Intentó contener la risa, pero no lo consiguió.

—Por el amor de Dios —dijo con fingido espanto—. ¿Es usted una de esas personas? ¿Un vegetariano?

Slater pareció algo incómodo por la broma, como si no supiera muy bien cómo interpretarla. Se quitó los anteojos, sacó un blanquísimo pañuelo y comenzó a limpiar los cristales.

—¿Es tan raro? —preguntó él—. No tiene por qué mirarme como si me hubiera salido otra cabeza o me hubiera vuelto verde.

Sonrió al escucharlo.

—Lo siento. No me esperaba esa respuesta, la verdad.

Slater dejó de limpiar los cristales. Sus brillantes ojos la miraron fijamente. Una vez más, Ursula se preguntó por qué se molestaba en ponerse anteojos.

—¿Qué clase de excentricidad esperaba que admitiese? —quiso saber él.

Ursula agitó una mano en el aire para restarle importancia, consciente de que empezaba a gustarle la situación.

—Han publicado muchas especulaciones rarísimas en la prensa —contestó—. Estaba dispuesta a rechazarlas todas como falsas, por supuesto, pero cuando ha mencionado que los aspirantes podrían dudar a cuenta de sus excentricidades, me ha entrado la curiosidad de saber a qué se refería exactamente. Quédese tranquilo, porque ser vegetariano no es lo primero que se me pasó por la cabeza.

Slater hizo ademán de ponerse los anteojos, pero después, con gesto medido, los dejó en el escritorio. Por primera vez, vio un brillo travieso en sus ojos.

—¿Por qué no se sienta, señora Kern, y me cuenta qué clase de excentricidades se le han pasado por la cabeza? —sugirió él.

Debería haber sabido que era un error bromear sobre su condición de vegetariano. No sabía qué la había instigado. Por algún motivo, no pudo resistirse a hacer el comentario gracioso. Claro que debería haberle hecho caso a su intuición, que le decía que cualquier conversación de índole íntima con ese hombre era algo muy peligroso.

Se sentó en un sillón y se arregló las faldas, consciente de que estaba un poco sonrojada.

—Creo que deberíamos cambiar de tema.

—Puede que se sorprenda por lo que voy a decirle, pero yo también leo la prensa —comentó Slater—. Creo que hay preocupación en ciertos círculos por la posibilidad de que tenga una estancia secreta en mi residencia y de que mis criados tengan prohibida la entrada.

—Vaya por Dios, así que se ha enterado de esa estupidez, ¿verdad? Le aseguro que no le doy el menor crédito a esa historia.

—Es evidente que hay quien está convencido de que engaño a mujeres ingenuas para que entren en mi estancia secreta y que practico exóticos rituales con sus personas.

—La definición de «ritual exótico» depende de la persona que lo vive, ¿no cree?

—¿Eso cree? —preguntó Slater.

—En lo que a mí respecta, la necesidad de lucir ropa elegante que parece más una armadura y que pesa prácticamente lo mismo, con faldas tan pesadas y voluminosas que hasta algo tan sencillo como andar supone un esfuerzo titánico, es un ritual exótico. Sin embargo, las damas londinenses lo hacen todos los días. —Hizo una pausa para darle mayor énfasis—. Incluida yo.

Se sentía muy osada, se dio cuenta. Tal vez incluso un poco imprudente. Estar a solas con él le causaba ese efecto.

Slater pareció sorprendido por su respuesta y se quedó callado un par de segundos, pero luego soltó esa carcajada ronca y breve.

—Me alegra saber que tiene una opinión tan ilustrada de los rituales exóticos —comentó él.

Abrió la boca, decidida a aprovechar esa oportunidad para instarlo a que la conversación tomara un rumbo más seguro, pero un golpe seco en la puerta la detuvo. Webster abrió como si se tratase de la entrada a una cripta y se hizo a un lado para que la señora Webster pasase con la bandeja del té. El ama de llaves dejó la bandeja en la mesita cerca del sillón de Ursula y retrocedió unos pasos.

—¿Quieren que les sirva? —preguntó la mujer con deje esperanzado.

—No, gracias —contestó Slater—. Podemos hacerlo solos.

La señora Webster no se molestó en ocultar su decepción.

—En ese caso, me marcho. Avisen si necesitan algo.

—Lo haremos —replicó Slater.

Esperó a que la puerta se cerrase tras el ama de llaves antes de mirar a Ursula una vez más. La sensación sensual y distendida que había cargado el ambiente de la biblioteca durante un momento se disipó. Ursula cogió la cafetera y sirvió dos tazas.

Slater salió de detrás del escritorio y atravesó la estancia para aceptar la taza y el platillo que ella le ofrecía. Regresó junto al escritorio y se colocó delante.

—Soy consciente de que, además de las irritantes especulaciones acerca de rituales exóticos en una estancia secreta, la prensa también ha sugerido que mi experiencia en la isla de la Fiebre me ha afectado la mente —dijo—. Y, la verdad, tal vez sea cierto. Desde luego que me cambió de un modo que cuesta explicar.

—Es absolutamente comprensible —repuso ella.

Habló con voz pausada y baja, ya que quería dejarle claro que podía contarle la historia a su ritmo, cuando quisiera. Ella misma tenía secretos. Sabía que si se contaban, debía hacerse con mucho cuidado.

—Torrence y yo éramos amigos. —Slater soltó la taza y el platillo en el escritorio, sin haber tocado el café—. Compartíamos nuestro interés por las antigüedades. Enseguida la leyenda de la isla de la Fiebre nos llamó la atención. En algún momento del camino, la búsqueda de la isla se convirtió en una obsesión para ambos. Estuvimos dos años investigando antes de encontrar la primera pista real que nos llevaría a la localización del dichoso sitio.

Se interrumpió mientras organizaba sus pensamientos. Ursula esperó sin hacer ademán alguno para que se diera prisa.

—Los mapas que descubrí estaban ocultos en el cuaderno de bitácora de un viejo capitán y eran muy vagos, por decirlo suavemente —continuó él—. Torrence se temía que fueran producto de una mente enferma, pero accedió a que intentáramos encontrar la isla. Al final, el capitán del barco que contratamos descubrió el lugar más por casualidad y buena suerte que por los mapas.

Slater se colocó delante de una de las ventanas. Clavó la vista en el jardín.

—A juzgar por lo que vimos, la isla de la Fiebre estaba deshabitada —siguió—. Torrence y yo descubrimos la entrada a un antiguo templo y lo que parecía un laberinto interminable de cámaras funerarias y de salas del tesoro, excavado todo en la base de un volcán. Le pusimos el nombre de «Ciudad de las Tumbas». —Hizo una pausa y negó con la cabeza—. Era del todo... increíble.

Ursula permaneció inmóvil mientras observaba su pétreo perfil. Sabía que Slater estaba viendo las grutas del templo en ese momento, no el jardín envuelto por la niebla.

—Debió de ser un descubrimiento maravilloso —comentó ella.

—Totalmente distinto a cualquier cosa que haya visto en la vida. Fue como si hubiéramos entrado en un mundo de fantasía.

Slater volvió a quedarse callado. Ella bebió un poco de café y permaneció a la espera.

—Llevábamos con nosotros un pequeño grupo de hombres para que nos ayudara en la excavación —continuó—. A las tumbas se accedía por un largo pasadizo de piedra que conducía al interior de la montaña. Al final del túnel había una cámara enorme. Todo estaba pintado con colores brillantes, tanto las paredes como el suelo. Había estatuas de criaturas fantásticas por doquier: grandes aves y reptiles que no se parecían en nada a lo que Torrence y yo habíamos visto hasta entonces. Todas ellas estaban decoradas con increíbles piedras preciosas.

—Vi la estatua del Ave Fastuosa que lord Torrence exhibió en el Museo Británico a los pocos meses de su regreso —dijo Ursula—. Era extraordinaria. Fue un escándalo cuando la robaron.

—Había tantos objetos acumulados en la cámara del templo que supusimos que los habían reunido a lo largo de mucho tiempo..., tal vez a lo largo de varios siglos.

—¿Cree que eran de origen egipcio o griego?

—De ninguna de esas dos civilizaciones —contestó él—. Estoy convencido de ello, aunque sí tenían similitudes con ambas. Pero estoy seguro de que descubrimos las tumbas de una cultura tan antigua, tan rica y tan poderosa que tal vez dejara su huella en las grandes civilizaciones que la siguieron tras su desaparición.

Sintió que el asombro se apoderaba de ella.

—Por el amor de Dios, ¿cree que lord Torrence y usted descubrieron las tumbas reales de la Atlántida?

Slater negó con la cabeza.

—La Atlántida es una leyenda.

Sonrió al escucharlo.

—Déjeme decirle que usted mismo es considerado algo así como una leyenda. Las historias no salen de la nada. Suelen contener algo de verdad.

Slater se encogió de hombros.

—Dudo mucho que alguna vez descubramos la verdad acerca de la isla de la Fiebre, al menos, nosotros no viviremos para conocerla. El volcán de la isla entró en erupción hace unos cuantos años, enterrando las tumbas bajo ríos de lava y montañas de ceniza. Solo puedo decirle que había indicios que aseguraban que la población contaba con unas matemáticas y una literatura muy avanzadas, desde luego equiparables a las de la Antigua Grecia, Roma o Egipto.

—Debió de emocionarse al entrar por primera vez en las grutas del templo.

Slater la miró por encima del hombro, con una ceja enarcada.

—Estaba emocionado... hasta que se accionó la trampa y me quedé atrapado en aquella cámara funeraria.

La emoción y el asombro de Ursula se evaporaron. Le tembló la taza que sostenía en la mano. Se apresuró a soltarla.

—No puedo ni imaginarme lo que debió de sufrir —dijo ella—. Sin duda creyó que estaba enterrado en vida.

—Esa fue mi primera conclusión —admitió—. Supe enseguida que no había posibilidad de que Torrence y los demás pudieran rescatarme.

—¿Por qué no?

—Me di cuenta de que con toda seguridad creerían que estaba aplastado por las toneladas de roca que cayeron. Pero aunque albergaran la más mínima esperanza, no tenían medios con los que abrirse paso entre los pedruscos que bloqueaban el pasadizo que conducía a la cámara principal.

—¿Cómo sobrevivió?

—La trampa que bloqueaba el pasadizo de salida estaba diseñada para proteger el tesoro y los sarcófagos de las cámaras funerarias. La única parte de la Ciudad de las Tumbas que quedó destruida fue el pasadizo que conducía al mundo exterior.

—¿Cómo escapó?

—Había pasadizos que salían de la cámara funeraria en la que me encontraba. Las paredes estaban decoradas con unos murales impresionantes. Cada pasadizo contaba una historia distinta. Uno hablaba de una leyenda épica con batallas interminables. El segundo pasadizo hablaba de alguna venganza. Por suerte, y llevado por la intuición, escogí la tercera leyenda. Me condujo hasta un pasadizo que resultó ser un laberinto, pero con una meta.

—¿Se refiere a que conducía a un punto central?

—Sí —contestó Slater—. A otra salida, para ser exactos.

—Gracias a Dios. Pero cuando salió, descubrió que se encontraba solo en la isla. No tenía forma de saber cuándo llegaría otro barco. La soledad debió de resultarle... inquietante.

Slater sonrió y se volvió para mirarla.

—La prensa se equivocó a ese respecto. No estaba solo en la isla.

Ursula no daba crédito.

—Nadie mencionó ese detalle.

—Cierto. Desde luego que yo nunca se lo he contado a nadie. En cuanto a Torrence y al resto de la expedición, no podían saber que había un pequeño grupo de personas viviendo en la isla.

—¿Los descendientes de las personas que construyeron las tumbas?

—No —respondió Slater—. Las personas que conocí habían llegado de distintos puntos del mundo para crear una especie de monasterio, un lugar de refugio y meditación. Llamaban a su comunidad la Orden de los Tres Caminos. Algunos de los que recalaron en la isla de la Fiebre se quedaron poco tiempo. Las enseñanzas y la disciplina de la Orden no eran para ellos. Otros florecieron con su instrucción y esparcieron sus conocimientos por el mundo. Otros se quedaron en la isla para convertirse en profesores.

—Es increíble —dijo Ursula—. No se ha publicado una sola nota en prensa que hablase de una orden religiosa en la isla de la Fiebre.

—No era una orden religiosa. Podría describirse como una comunidad filosófica. Los ejercicios físicos y mentales podrían antojárseles esotéricos o muy excéntricos a casi todas las personas.

—Entiendo. —Hizo una pausa—. Supongo que se hizo vegetariano durante su estancia en la isla.

Slater esbozó una sonrisa breve.

—Eso me temo. De cualquier modo, un barco arribó un año

después de que yo saliera de las grutas del templo. A esas alturas me había convertido en un iniciado de la Orden.

—En fin, no parece que la isla tenga nada de especial salvo estudiar lo que enseña esa Orden.

En los ojos de Slater apareció un brillo guasón.

—Cierto. Pero descubrí que lo que enseña la Orden encajaba con mi personalidad. Los maestros me dijeron que era un alumno nato.

—Esos maestros... ¿hablaban inglés?

—Algunos. Como le he dicho, procedían de diferentes partes del mundo. Del Lejano Oriente, de Europa. Incluso había un norteamericano en el monasterio, un capitán de barco que encontró el rumbo a la isla y decidió quedarse.

—Pero usted decidió marcharse cuando se le presentó la oportunidad.

—Volví a Londres el tiempo justo para demostrar a mis padres que seguía vivo y que estaba sano y salvo, pero descubrí que Londres ya no era mi hogar. Le comuniqué a mi padre que quería recorrer mundo para intentar descubrir mi camino. Lo primero que hizo fue dejarme sin dinero. —Slater soltó una carcajada—. Una respuesta muy lógica teniendo en cuenta las circunstancias.

—Tal vez, pero seguro que coartó mucho sus exploraciones arqueológicas. Financiar ese tipo de expediciones es caro.

Slater volvió a mirar por la ventana.

—Encontré otras formas de ganarme la vida.

—¿Descubrió su verdadero camino? —quiso saber ella. Pero ya tenía la impresión de que la respuesta sería negativa.

Slater esbozó una sonrisa torcida y negó con la cabeza.

—Llevaba un año recorriendo mundo cuando volví a la isla de la Fiebre porque creía necesitar más instrucción y adiestramiento. Tenía preguntas. Pero, durante mi ausencia, el volcán había entrado en erupción. La destrucción fue absoluta. No quedaba nada que indicase la existencia del monasterio.

—Así que retomó su búsqueda hasta que las obligaciones familiares lo trajeron de vuelta a casa.

—Donde me veré obligado a permanecer, al menos en el futuro más cercano. No puedo administrar las propiedades de mi padre desde la distancia.

—Es evidente que en algún momento su padre y usted se reconciliaron —comentó Ursula.

—Creo que acabó respetando, muy a su pesar, el hecho de que escogiera labrarme mi camino.

—No creo que lo respetase muy a su pesar. Según lo que tengo entendido, le confió toda su fortuna y sus propiedades.

Slater se encogió de hombros.

—No había nadie más.

—Siempre hay otras formas de controlar ingentes cantidades de dinero —dijo Ursula—. Es evidente que su padre confiaba en usted.

Slater no replicó, ni tampoco discutió, ese punto.

—¿Va a decirme cómo se ganó la vida durante los años que estuvo recorriendo el mundo sin el respaldo de la fortuna paterna? —preguntó ella—. Por eso me ha traído hoy aquí, ¿verdad?

La miró de reojo.

—A veces me entiende demasiado bien, Ursula.

—¿Eso lo ofende?

—Me resulta inquietante, pero no, no me ofende. Solo necesito un poco de tiempo para acostumbrarme. En respuesta a su pregunta, me gané la vida recuperando objetos perdidos o robados.

—Qué... inusual. ¿Se puede uno ganar la vida en ese sector?

—Se puede uno ganar la vida, sí, y muy bien además. Los coleccionistas son muy obsesivos y excéntricos. Estarían dispuestos a pagar casi cualquier precio con tal de poseer los objetos que anhelan. El negocio me envió a los lugares más recónditos de la Tierra. He tenido tratos con algunos personajes complicados.

Lo miró fijamente.

—¿Cómo define «complicado» en este caso?

—Peligroso.

Se quedó sin aliento.

—Entiendo.

—Los coleccionistas y las personas que se mueven en el mercado negro de las antigüedades suelen contratar a personajes violentos para que roben los objetos de su deseo. Contratan a personajes peligrosos para proteger sus posesiones. Construyen cámaras acorazadas y cajas fuertes para encerrarlas tras complicados mecanismos. Algunos están dispuestos a asesinar para obtener ciertos objetos. En resumidas cuentas, mis clientes están obsesionados con la idea de perseguir leyendas.

—Lo contrataron para que persiguiera esas leyendas en su lugar.

—Y a veces la situación se volvía violenta. —Slater se dio la vuelta. Su intensa mirada se clavó en ella—. El motivo de que la haya traído hoy aquí, Ursula, es para explicarle que, durante una época de mi vida, descubrí que la malsana emoción de mi trabajo, incluso la violencia esporádica, era gratificante. No puedo emplear otra palabra. Y esa es la verdad acerca de mi naturaleza excéntrica.

—¿Se supone que debo escandalizarme?

—¿No lo está?

—No tan escandalizada como seguramente debiera sentirme. Pero deje que le diga algo, Slater, la vida me ha llevado por unos derroteros bastante ajetreados y he descubierto que la experiencia ha hecho que sea bastante tolerante con los derroteros que han tomado los demás.

—Demuestra usted gran amplitud de miras —replicó él con sequedad.

—¿Cree que lord Torrence accionó la trampa a propósito para poder escapar él solo con el Ave Fastuosa?

—No. Lo que creo es que quitar el Ave de su pedestal fue lo

que accionó la trampa. Pero dado que el mecanismo era muy antiguo, no funcionó como era debido. Actuó muy despacio y de forma errática. Por eso Torrence y los demás tuvieron tiempo de llegar a la salida.

Ursula recordó la expresión que había visto en el rostro de lady Torrence.

—Tal vez debería dejarle claro a lord Torrence que no lo culpa.

Slater hizo una mueca seria, aunque un tanto burlona.

—Creo que sabe muy bien lo que pienso al respecto. No le interesa mantener una conversación personal acerca de la isla de la Fiebre.

—¿Por qué no?

—Creo que cabe la posibilidad de que sospeche que yo sé lo que sucedió en realidad con el Ave Fastuosa.

—¿Qué quiere decir? Fue robada.

—Me ganaba la vida buscando objetos perdidos o robados, ¿recuerda?

De repente, se hizo la luz y lo entendió todo.

—Por el amor de Dios. Sí, claro. Seguro que se enteró del robo en su momento.

—Causó sensación entre los coleccionistas y los museos. Varios clientes me ofrecieron una suma importante por encontrarla. Pero fui en su busca por mi cuenta.

—La encontró, ¿a que sí?

Se produjo un breve silencio.

—Sé lo que le sucedió —admitió Slater.

—Según la prensa, el Ave Fastuosa se ha convertido en leyenda. Dicen que es el origen de la animadversión entre lord Torrence y usted.

Slater la miró fijamente.

—Me importa un bledo el Ave Fastuosa.

Lo observó en silencio. Estaba diciendo la verdad, pensó Ursula.

—Sí, me doy cuenta de que el destino que corriera el Ave le da igual —dijo—. Su experiencia en la isla es más importante para usted que el tesoro.

—El tiempo que pasé en el monasterio me ha cambiado, Ursula.

—¿Qué quiere decirme, Slater?

Se acercó muy despacio y con gesto seguro a ella, y se detuvo a escasos centímetros.

—Quiero decirle que conocerla me ha vuelto a cambiar. No tengo la sensación de estar observándola desde el patio de butacas. Cuando estoy cerca de usted, como ahora, la siento en cada poro de mi piel.

Ursula se quedó de piedra. Abrió la boca para hablar, pero no le salían las palabras.

—Tengo que preguntarle algo —siguió él.

Se quedó inmóvil, temerosa de que le preguntase por su pasado. El emocionante deseo que había sentido se tornó en un miedo atroz al punto. No creía que hubiera adivinado su secreto, pero debía recordar que alguien, el chantajista, lo había hecho. A saber quién más estaba al tanto de su pasado.

—Lo que tengo que preguntarle me ha tenido en vela todas las noches desde que la conocí —dijo Slater.

Se armó de valor.

—¿De qué se trata?

—Lleva luto riguroso. Pero me han dicho que su marido murió hace unos cuantos años. ¿Cree posible dejar atrás su pena y sentirse dispuesta a crear un vínculo con otro hombre?

Estaba tan sorprendida que durante unos segundos solo fue capaz de mirarlo, sin dar crédito. Algo peligroso y atormentado asomó a los ojos de Slater, sacándola de su trance.

—Por el amor de Dios, Slater, no estoy atrapada en un luto riguroso —le aseguró con voz acerada debido al alivio—. Todo lo contrario. Estuve casada menos de dos años. Cuando mi marido por fin se rompió el cuello al caer por la escalera de un burdel, había destruido cualquier amor que sintiera por él. Sé que debería sentirme avergonzada por admitir algo así, pero, la verdad, incluso después de descubrir que había dilapidado en las mesas de juego hasta el último penique que teníamos, fue un alivio que saliera de mi vida. ¿Responde eso a su pregunta?

—Sí —dijo él—. Creo que la responde.

Ursula vio la pasión en sus ojos. La dejó sin aliento. Se le aceleró el pulso y sintió que la consumía un extraño temblor. Levantó la mano enguantada para tocarle la comisura de los labios con los dedos.

Él le tomó la cara entre sus fuertes manos y la acercó a su cuerpo.

La boca de Slater se apoderó de la suya y todo lo que ella sabía acerca de la pasión salió volando por la ventana.

La advertencia de Matty se coló en su cabeza: «Dicen que practica exóticos rituales sexuales con mujeres ingenuas.»

Saltaba a la vista que no todos los rumores acerca de Slater Roxton eran falsos.

15

Su boca era increíblemente cálida, dulce y sensual. Era el culmen de los sueños de todo hombre solitario. Mucho se temía que iba a despertarse para descubrir que estaba alucinando. Sin embargo, la respuesta de Ursula actuó como catalizador y lo arrancó de la remota dimensión desde la que observaba el mundo. Lo lanzó a un torbellino de pasión desatada.

Escuchó un gruñido ronco y sonoro, y se llevó una tremenda sorpresa al darse cuenta de que había brotado de algún lugar de su interior. Besar a Ursula era como abrir una puerta en un laberinto, como salir de un lugar oscuro a la luz del sol. Estaba vivo. Era libre. Las sensaciones lo asaltaron en oleadas, tan rápido y con tanta intensidad que casi no podía respirar. La sangre le corrió por las venas como un torrente.

Le soltó la cara y deslizó las manos por su elegante y ceñido torso hasta llegar a la curva de sus caderas. Las capas de ropa y las ballenas del corpiño del vestido evitaban que tuviera un contacto tan íntimo como ansiaba, pero de todas maneras sintió la emoción de saber que estaba muy cerca, de saber que la estaba tocando, de la certeza de que por fin la abrazaba... La emoción de saber que ella también parecía desearlo.

Temía exigirle demasiado antes de tiempo, pero cuando ella le echó los brazos al cuello, la cabeza empezó a darle vueltas.

En un abrir y cerrar de ojos, la tenía acorralada contra la estantería, con una pierna entre las suyas. Las faldas y las enaguas, que le llegaban por los tobillos, quedaron sobre su rodilla.

La mantuvo acorralada, con las manos plantadas a ambos lados de su cabeza, antes de apartar los labios de los suyos con mucho esfuerzo. Ursula se aferró a sus hombros, como si temiera caer al suelo por el asalto. Entretanto, él le acarició la sedosa piel del cuello con los labios. Su aroma, tan femenino, le enardeció los sentidos y tensó todos y cada uno de sus músculos. La tenía tan dura que le dolía.

—Slater. —Ella le habló al oído, con una voz más dulce y más ronca de lo habitual—. No esperaba esto.

—¿En serio? —Alzó la cabeza y clavó la vista en sus ardientes ojos, algo velados por la pasión—. Qué raro. Porque yo lo llevo esperando desde el día que la conocí.

—Entiendo. —Jadeaba y estaba ruborizada.

—¿De verdad?

—Ha dicho que durante su estancia en la isla de la Fiebre llevó una vida monástica y, si los rumores son ciertos, no ha entablado ninguna relación romántica en Londres. No es una condición normal para un hombre de su palpable naturaleza viril.

La realidad cayó sobre él como un jarro de agua fría.

—A ver si te he entendido bien —dijo con voz pausada y tuteándola de repente—. Crees que esto ha sucedido porque llevo demasiado tiempo sin una mujer, ¿es eso?

Ursula dio un respingo, a todas luces alarmada, e intentó apartarse, pero estaba acorralada contra la estantería.

—Solo quiero asegurarme de que sus sentimientos hacia mi persona no están motivados por su largo período de... esto... de celibato.

La miró fijamente un buen rato, sin saber si estaba bromeando o no.

—Se te olvidan los exóticos rituales sexuales en la cámara prohibida —dijo a la postre—. Unos rituales que practico con mujeres ingenuas.

Ursula entornó los ojos.

—Se burla de mí.

—¿Ah, sí?

Ursula se obligó a recuperar la compostura.

—No le doy crédito alguno a esas historias fantasiosas que publica la prensa.

—Tal vez deberías hacerlo —repuso él, que adoptó un tono peligroso a conciencia.

—Paparruchas.

Se le había ladeado el sombrerito negro y, en ese momento, le caía sobre un ojo. Slater apartó las manos de la pared para liberarla. Se enderezó y le colocó el sombrero en el ángulo correcto. El proceso le permitió tocar su pelo cobrizo.

Ursula se apartó con gesto brusco de la estantería y se volvió para mirarlo.

—No estoy rechazando sus avances —se apresuró a decir ella.

—Gracias por explicarlo. Solo por curiosidad, ¿cómo reaccionas cuando rechazas los avances de un hombre?

—No tiene gracia. Intento explicarle la situación.

—Excelente —dijo él—. Ya que estamos, hazme el favor de decirme si recibirás de buen grado más avances de índole íntima por mi parte. Porque si no te interesa semejante relación, prefiero saberlo ahora.

—No me opongo frontalmente a una relación romántica con usted, señor —repuso ella.

Cada vez estaba más desconcertado por esa apariencia tan alterada y sus comentarios contradictorios. Aunque también estaba más que frustrado, una «Ursula alterada» tenía un algo encantador.

—Me das esperanzas —dijo con voz seria.

—Solo quiero que los dos estemos seguros de lo que vamos a hacer —añadió ella, con más pasión que nunca.

Slater levantó una mano para silenciarla.

—Por favor, ni una palabra más. Vas a echar por tierra el momento. Por insignificante que haya sido, quiero atesorarlo.

Ursula alzó la barbilla.

—¿Está diciendo que el beso que hemos compartido es «insignificante», señor?

—Supongo que quieres saber la verdad.

—Por supuesto.

—Muy bien. En ese caso, confieso que ese beso no me satisface ni mucho menos. De hecho, se puede decir que me ha abierto el apetito. Pero, al parecer, tendrá que bastar de momento.

—Entiendo. —Parecía querer decir algo más, pero no le salían las palabras.

—Te toca, Ursula —dijo él en voz baja—. ¿Unos cuantos besos robados te bastan o crees que querrás algo más en un futuro cercano?

Para su sorpresa, Ursula pareció más alarmada si cabía.

—Señor Roxton —masculló—. ¿Tiene que ser tan... tan directo?

—Lo siento. Creo que ya te he comentado que el tiempo que he pasado fuera de Londres ha hecho que perdiera mi habilidad para mantener una conversación civilizada.

—Dudo mucho que pueda olvidarse de algo, señor —replicó ella—. Sencillamente no tiene paciencia para los subterfugios que exige la alta sociedad.

Slater asintió con la cabeza y gesto serio.

—Es verdad. Ursula, el asunto es que estuviste casada. Supongo que estás al tanto de la relación íntima que hay entre dos personas.

—Por supuesto que sí —masculló ella—. Lo sé perfectamente. Pero es evidente que usted es un hombre de fuertes pasiones. Si de verdad le interesa una relación íntima conmigo...

—Ah, sí que me interesa —la interrumpió en voz baja—. Me interesa muchísimo.

Ursula carraspeó.

—En ese caso, debe saber que mi naturaleza no es de extremos.

No la entendió.

—¿De extremos?

Ursula agitó una mano.

—Me refiero a la clase de pasiones extremas que su madre describe en sus obras.

—Nadie en su sano juicio se comporta como los personajes de los melodramas de mi madre. Me temo que te has internado demasiado en la maraña de eufemismos educados. Me he perdido. No tengo ni idea de a qué te refieres.

Ursula lo miró con irritación.

—Solo intento decirle que puede que no sea la mujer adecuada para un hombre de su naturaleza apasionada —repuso—. La verdad es que intento ponerlo sobre aviso.

Se estaba divirtiendo de lo lindo, reconoció Slater.

—Ah —repuso—. Volvemos a tu preocupación por esos exóticos rituales sexuales en la estancia secreta, ¿verdad? No temas, no te expondré a semejantes cosas a menos que me lo pidas.

—Maldita sea, Slater, se burla de mí a propósito.

Sonrió antes de contestar.

—Pues creo que sí. Creo que me gusta mucho tomarte el pelo. Es justo, ya que tienes unas preocupaciones ridículas acerca de tu talante.

Ursula suspiró.

—No se va a tomar mi advertencia en serio, ¿verdad?

—Propongo que examinemos la situación desde mi punto de vista.

Lo miró con expresión inquieta.

—¿Qué quiere decir?

—Teniendo en cuenta mi prolongado celibato, es muy probable que haya perdido la práctica en todo lo relacionado con los rituales sexuales. Seguramente me haya vuelto torpe, puede que hasta me haya convertido en un inepto.

—¿Un inepto?

—Cuando menos, estoy seguro de que he perdido el sentido de la oportunidad —continuó él.

—¿El sentido de la oportunidad?

—Si no me falla la memoria, y después de mi experiencia en la isla de la Fiebre no estoy muy seguro de que no me falle, creo que el sentido de la oportunidad es crítico en los contactos íntimos. Es evidente que hoy he actuado demasiado pronto, por ejemplo.

—No se trata de que haya actuado demasiado pronto —le aseguró ella—. Solo se trata de que me ha pillado desprevenida, nada más.

—Y es culpa mía —dijo.

—En fin, no del todo.

—Teniendo en cuenta mi ineptitud, mi pésimo sentido de la oportunidad y la poca práctica, es evidente que necesito a una mujer que sea paciente conmigo —adujo—. Una que sea comprensiva. Considerada. Cuidadosa.

—Es usted imposible, señor Roxton. —Lo fulminó con la mirada—. Es más, ya me he cansado de sus provocaciones verbales. Le sugiero fervientemente que no diga una sola palabra más acerca de su pésimo sentido de la oportunidad o de su ineptitud en los exóticos rituales sexuales. Si lo hace, daré por concluida nuestra sociedad y continuaré con la investigación yo sola. ¿Lo ha entendido, señor?

Alguien llamó a la puerta y los dos se sobresaltaron. Slater contuvo un gruñido.

Se sacó los anteojos del bolsillo y se los puso.

—Adelante.

La puerta se abrió. Webster apareció en el umbral.

—Lady Roxton está aquí, señor. Pide verlo. Insiste en que es muy importante. —El mayordomo titubeó un segundo antes de añadir con su tono más funesto—: Ha traído a los niños, señor.

—En ese caso, pase lo que pase, que no entren aquí —ordenó Slater—. La última vez que los niños visitaron mi biblioteca, pusieron todo su empeño en destruir mi colección. Miró por la ventana y se dio cuenta de que la niebla se había levantado—. Lleva a los niños al jardín y a lady Roxton a la terraza. Me reuniré allí con ella.

Fue evidente que Webster se sintió aliviado.

—Muy bien, señor.

El mayordomo se fue, cerrando la puerta al salir.

Ursula se volvió hacia Slater.

—Tiene invitados. Querrá intimidad. Yo debería volver a la oficina.

—Bien podrías quedarte y conocer al resto de la familia —dijo Slater.

Ursula lo miró con curiosidad, pero después se concentró en abrir el maletín.

—No quiero interferir en asuntos personales —dijo al tiempo que sacaba un pequeño espejo de mano. Frunció el ceño al ver su reflejo y se llevó una mano a la cabeza para quitar un largo alfiler de sombrero. Se colocó bien el sombrerito y volvió a sujetarlo con el alfiler—. Tengo entendido que su relación con la viuda y los hijos de su padre es complicada.

—Toda mi vida se ha complicado de un tiempo a esta parte —replicó. La vio cerrar el maletín—. Pero también se ha vuelto más interesante.

16

—Es un placer conocerla, señora Kern —dijo Judith Roxton—. Siento haber interrumpido su trabajo con Slater. Desde su regreso, ha estado tan ocupado con los asuntos relacionados con la propiedad de su padre que no ha podido dedicarle el tiempo necesario a su colección de antigüedades. Sé que le alivia poder dedicarse de nuevo a su catalogación.

—No ha interrumpido nada importante —le aseguró Ursula. Algo que era una mentira como una catedral, pero no iba a explicarle que Slater y ella estaban enzarzados en una discusión íntima sobre su extraña relación cuando llegaron Judith y los niños—. Ya habíamos acabado con la tarea del día.

Judith no era en absoluto como Ursula esperaba. Rubia, de ojos azules y vestida al último grito de la moda. Y no solo era guapa. Poseía un aura de fragilidad arrebatadora. No parecía consciente de su extraordinario atractivo. Ni tampoco parecía el tipo de mujer que usaba su belleza para manipular a los demás. Más bien lo contrario, pensó Ursula. Era una mujer que parecía necesitar que la rescatasen. Y esa cualidad sin duda también era un reclamo para el macho de la especie.

Judith también parecía ser una madre entregada a sus dos hijos pequeños, que estaban jugando en el jardín. Slater jugaba con ellos y alternaba entre lanzarles la pelota o atraparla. Crawford y Daniel tenían ocho y nueve años, respectivamente. Morenos de pelo y con ojos de color ambarino. Ambos guardaban un sorprendente parecido con su hermanastro, muchos años mayor que ellos.

Saltaba a la vista que adoraban a Slater. Se habían acercado corriendo a él en cuanto apareció en la terraza, y le habían exigido que jugara con ellos. Ursula llegó a la conclusión de que Slater se estaba divirtiendo. Jamás lo había visto con un aspecto tan joven ni tan relajado.

Al cuerno con los rumores de la enemistad entre los miembros de la familia, pensó.

Judith sonrió al ver a los tres hermanos entregados al vigoroso juego.

—Crawford y Daniel quieren mucho a Slater —comentó—. Cuando anuncié que iba a visitarlo hoy, insistieron en acompañarme. No he podido negarme. Slater es muy generoso con su tiempo. No todos los hombres en su posición serían tan amables con dos hermanastros que en el futuro heredarán el grueso de la fortuna familiar.

—El señor Roxton es único —replicó Ursula, tratando de parecer objetiva.

—Sé lo que se rumorea sobre nuestra familia —dijo Judith—. Y, tal como sucede con la mayoría de las leyendas, hay cierta verdad en los rumores. La madre de Slater y yo no frecuentamos los mismos círculos, ni tampoco tratamos de cambiar ese hecho. Pero respeto a la señora Lafontaine y ella nunca ha sido cruel conmigo ni con los niños, aunque es consciente de que heredarán lo que, por derecho de nacimiento, debería haber sido el legado de su hijo.

—Lilly Lafontaine es una mujer pragmática y puedo asegurarle que goza de una situación económica acomodada.

Judith siguió con la vista clavada en Slater y en los niños.

—Mi marido la quería. Mi matrimonio fue el típico arreglo mercantil, pero Edward siempre fue amable conmigo, y creo que a su modo me tenía cariño. No crea todo lo que lea en los periódicos. Le aseguro con total sinceridad que Edward estaba orgullosísimo de sus tres hijos. Cometió el error de tratar de controlar a Slater retirándole el apoyo económico, pero cuando dicho esfuerzo resultó en vano, su respeto por Slater aumentó.

El aludido arrojó la pelota una vez más y después envió a los niños a que jugaran al extremo más alejado del jardín. Acto seguido, enfiló el sendero de gravilla y subió los tres peldaños de piedra de la amplia terraza. Tras sentarse en un banco de hierro forjado con elegancia, cogió el vaso de limonada que le había servido la señora Webster.

—No te esperaba, Judith —dijo—. ¿Ha surgido algún problema?

Judith pareció angustiada.

—Lo siento —se disculpó—. Debería haberte enviado un mensaje preguntándote si sería conveniente hablar hoy contigo.

—No pasa nada —le aseguró Slater con voz paciente—. Dime qué ha pasado.

Judith pareció replegarse sobre sí misma.

—Me temo que se trata de lo de siempre.

—Hurley. —Slater pronunció el nombre como si estuviera cansado de hacerlo.

Judith asintió con la cabeza.

—Apareció esta mañana a primera hora. Entró hecho una furia en el comedor matinal.

—Te dije que le prohibieras el acceso a la casa.

Ursula comprendió que la conversación había tomado un rumbo muy personal. Se puso en pie e hizo ademán de bajarse el velo.

—¡Cielos, qué tarde es! —exclamó—. Debo marcharme. No se preocupen, Webster me acompañará a la puerta.

—No. —Slater se puso en pie—. Puede quedarse sin problemas.

Ursula miró de reojo a Judith.

—No creo que sea una buena idea.

Judith no pareció percatarse de que tenían una espectadora. Miró a Slater con expresión implorante y desvalida.

—La señora Brody lo dejó pasar sin pedirme permiso —adujo—. La amenazó.

Ursula hizo ademán de rodear a Judith para echar a andar hacia la casa. Sin mediar palabra, Slater le cogió una mano, inmovilizándola. No necesitó hablar porque la mirada que le dirigió lo dijo todo. Quería que se quedara. Ursula se dejó caer de nuevo en su silla y guardó silencio.

—No puedes permitir que Hurley amenace a tu ama de llaves —le dijo Slater a Judith—. Tendrás que deshacerte de ella. Necesitas a alguien fuerte en la puerta.

—Mi padrastro se limitará a sobornar o a amenazar a la siguiente ama de llaves. Últimamente, se muestra cada vez más agresivo. Como si no tuviera bastante con sus amenazas hacia mi persona. Esta mañana ha llegado a insinuar que si no le doy dinero, algo horrible les sucederá a los niños. Por eso he venido a verte. Tengo miedo, Slater.

Slater se quedó petrificado.

—¿Ha amenazado a los niños?

—Quizá fue una amenaza velada, pero lo fue al fin y al cabo. —Judith entrelazó las manos sobre el regazo—. Estoy aterrada, Slater.

—Se ha pasado de la raya —comentó Slater con serenidad—. Yo me encargaré de él. Entretanto, los niños y tú os iréis a la casa solariega y os quedaréis allí hasta que yo haya solucionado el problema con Hurley.

Los ojos de Judith se llenaron de lágrimas por el agradecimiento.

—Slater, no sabes cuánto te lo agradezco. Pero cuando Hurley descubra que te interpones en su camino, me temo que irá a por ti.

—Ya te he dicho que me ocuparé de él —repuso Slater, que miró hacia la casa—. Aquí viene la señora Webster con sándwiches y dulces. Que los niños coman mientras yo acompaño a la señora Kern a la puerta.

En ese momento fue cuando Judith pareció recordar la presencia de Ursula. Se volvió con rapidez hacia ella. Parecía extremadamente horrorizada y mortificada.

—Lo siento, señora Kern —se disculpó—. Es un asunto familiar muy desagradable. No debería haberla expuesto a los problemas que me ocasiona mi padrastro.

—No es necesario que se disculpe —le aseguró Ursula, que le tocó un brazo—. Esto no es de mi incumbencia, pero es evidente que tanto los niños como usted corren peligro. Ha hecho bien en venir.

Judith esbozó una trémula sonrisa.

—Me temo que mi marido dejó de forma deliberada el problema de mi padrastro en manos de Slater. Sé que los rumores aseguran que Slater me ha robado la fortuna con engaños, pero la verdad es que mi marido era muy consciente de que yo no podría proteger a los niños de Hurley. Si Edward me hubiera dejado al cargo de la fortuna familiar, Hurley habría hecho alguna monstruosidad para obligarme a darle lo que quiere.

—Lo entiendo. —Ursula vio que Slater se ponía en pie despacio—. El señor Roxton parece tener un buen número de problemas entre manos.

—Se acabó —dijo Slater, que extendió un brazo para tomar a Ursula de la mano—. La señora Kern tiene un negocio del que ocuparse. La acompañaré a la puerta y volveré dentro de un momento.

Slater tomó a Ursula del brazo y la acompañó de vuelta hasta la casa. Una vez dentro, siguieron por el pasillo en dirección a la puerta principal. Webster les abrió la puerta.

Acto seguido, la acompañó bajando los escalones hasta el carruaje, junto al cual Griffith charlaba amigablemente con el cochero de lady Roxton. Ursula observó el carísimo carruaje en el que habían llegado Judith y los niños a la casa de Slater.

—¿Debo suponer que Judith se casó con su padre en parte para escapar de un padrastro maltratador?

—Creo que Judith se habría casado con cualquiera con tal de escapar de sus garras —contestó Slater—. Mi padre necesitaba un heredero legítimo para el título y la propiedad. La situación fue beneficiosa para ambos. Mientras mi padre estuvo vivo, Hurley se cuidó de guardar las distancias. Pero ahora que yo controlo el dinero, se ha vuelto más osado.

—Parece una persona espantosa. ¿Qué va a hacer para mantenerlo apartado de Judith y de los niños?

—Los hombres con la escasa catadura moral de Hurley solo entienden una cosa.

—¿El qué?

—El miedo.

Ursula se detuvo en seco y se volvió para mirarlo.

—¿A qué se refiere? —susurró, consciente de la posibilidad de que Griffith o el cochero los escucharan.

Slater se vio obligado a detenerse también. Esbozó la que sin duda creía que era una sonrisa tranquilizadora.

—Hurley se verá obligado a entender que permanecer en Londres podría resultar un riesgo para su salud. Le ofreceré mi ayuda para emprender su viaje. Él será quien decida.

Lo dijo como si estuviera hablando del tiempo o del horario de un tren. Como si se tratara de un asunto mundano, no de algo que podría ser objeto de debate.

Ursula se quedó anonadada durante un instante. Y, después, lo entendió todo y el frío se apoderó de ella. La audacia de la amenaza le resultó sorprendente.

—¿Cree que se tragará su amenaza? —le preguntó.

Slater la ayudó a subirse al carruaje. Sus ojos tenían una gélida expresión serena tras los cristales de los anteojos.

—No será una amenaza —respondió.

—Slater, Judith dice que es un hombre violento.

Para su asombro, Slater sonrió.

—¿Te preocupas por mí? —preguntó, tuteándola de nuevo aprovechando que estaban a solas.

—Bueno, a decir verdad, sí.

—Me siento emocionado. De corazón.

—Espero que sepa lo que está haciendo.

—Ursula, admito que mis habilidades sociales son limitadas. Sin embargo, soy capaz de comunicarme con hombres como Hurley. Y ahora no te olvides de que esta noche cenaremos con mi madre. A las siete y media. —Se alejó del carruaje, cerró la portezuela y le hizo una señal con la mano a Griffith, que ya estaba sentado en el pescante. El vehículo se puso en marcha.

Ursula observó a través de la ventanilla a Slater mientras subía los escalones y desaparecía en el interior de la mansión. Esa tarde había algo distinto en él, pensó. Parecía más joven y su humor parecía más alegre. Era como si la oscuridad que lo rodeaba se hubiera aligerado un poco.

Seguramente fuera fruto de su imaginación, decidió.

17

—Claro que puedo facilitaros una reunión con la dueña del Pabellón del Placer. —Lilly sonrió a Ursula desde el otro lado de la mesa—. No puedo decir que la señora Wyatt y yo seamos amigas íntimas, pero, hace años, compartimos algunos conocidos. Fue antes de que conociera al padre de Slater, por supuesto. Nan Wyatt fue actriz en su día. Bastante buena, la verdad. Aparecimos juntas en *Caprichos del destino*.

—¿Cree que la señora Wyatt estará dispuesta a hablarnos de su asociación con el Club Olimpo? —preguntó Ursula.

—Por lo que recuerdo de Nan, su mayor motivación es el dinero. —Lilly miró a Slater, que estaba sentado en el extremo más alejado de la mesa—. Mientras reciba una buena cantidad por la información y sepa que todo será confidencial, creo que estará encantada de hablar de su relación con el Club Olimpo. Pero será cara.

La cena con la madre de Slater estaba siendo un momento sorprendentemente agradable, pensó Ursula. En un principio, no sabía bien qué esperar, ya que Lilly era impredecible en todos los aspectos. Sin embargo, el amor que sentía Lilly por todo lo relacionado con el teatro y con el drama quedó patente esa noche. Se mostró encantada de poder ayudar en la investigación.

La comida contaba con platos de pescado y de pollo. También había una sorprendente variedad de verduras más pasadas de la cuenta y un pan de nueces, con aspecto bastante asentado, que podría haber servido de tope para una puerta, la renuente concesión de la cocinera hacia el invitado que se declaraba vegetariano.

—No me molesta pagar por la información —dijo Slater mientras se tragaba un bocado de pan de nueces—. La experiencia me ha enseñado que suele ser la forma más barata de obtenerla. La señora Wyatt puede estar segura de que no revelaremos sus secretos. Pero el tiempo es oro.

—Me pondré en contacto con ella a primera hora de la mañana —afirmó Lilly, pero luego hizo una pausa—. No, le enviaré un mensaje esta noche. El negocio de la señora Wyatt requiere que trabaje por las noches. Dudo mucho que se levante antes del mediodía.

—Gracias por su ayuda —replicó Ursula—. Le estoy muy agradecida.

—Y yo estoy encantada de ayudar en vuestra investigación —repuso Lilly, que levantó su copa de vino—. Es lo más emocionante que he hecho en años. Me ha inspirado con un montón de nuevas ideas para mi siguiente obra.

Slater la miró con reprobación.

—No quiero ver nada de esto en tu nuevo manuscrito. Nos movemos en terreno peligroso con esta investigación.

—No te preocupes —replicó Lilly con gesto indiferente—. Te aseguro que no reconocerás a ninguno de los personajes ni los sucesos cuando termine de escribir la obra.

Slater la apuntó con el tenedor. Tenía una expresión tensa.

—Quiero que me des tu palabra de que me permitirás leer el guion antes de que se lo enseñes a cualquier otra persona.

—Sí, por supuesto —lo tranquilizó Lilly—. La discreción en todos los aspectos es mi ley de vida.

—¿En serio? —dijo Slater—. No me había dado cuenta.

—Le enviaré una nota a la señora Wyatt en cuanto terminemos de cenar. Come más pan de nueces, Slater. Si no te lo terminas, me veré obligada a echárselo a las ardillas. Nadie más come pan de nueces en esta casa.

Slater miró el ladrillo que estaba en el plato.

—Creo saber el porqué. Dile a tu cocinera que no se moleste en enviarle la receta a mi ama de llaves.

La idea de estar a solas en un carruaje a oscuras por la noche con Slater la había emocionado y puesto nerviosa a partes iguales. Sin embargo, al final se llevó un chasco al descubrir que no tenía nada por lo que preocuparse. Nada de nada.

Nada en absoluto.

Slater apenas le dirigió la palabra de vuelta a su casa. No se mostró desconsiderado, concluyó ella, solo pensativo. Observó la calle a través de la ventanilla durante casi todo el trayecto y, cuando llegaron a su destino, la acompañó a la puerta principal y la dejó en el vestíbulo sin apenas mediar palabra.

—Buenas noches, Ursula —se despidió—. Hablaremos mañana.

—Claro —repuso, ya que quería ofrecer una despedida igual de indiferente.

Se internó en el vestíbulo y cerró la puerta. Solo en ese momento se dio cuenta de que Slater tenía planes para esa noche. La intuición le indicó de qué tipo de planes se trataba.

Siseó, se volvió y abrió la puerta de golpe.

—Slater —masculló.

Lo vio al pie de los escalones de entrada mientras se dirigía al carruaje. Él se detuvo y se volvió hacia ella.

—¿Qué sucede? —preguntó con tono paciente.

—Por el amor de Dios, prométame que tendrá cuidado.

A la luz de la farola, Ursula se dio cuenta de que estaba sonriendo. Parecía complacido.

—Te preocupas por mí de verdad... —comentó—. Pero no es necesario que lo hagas. Tengo bastante experiencia en estos asuntos. No me he pasado estos últimos años haciendo calceta.

—Solo... tenga cuidado. Y, cuando haya terminado, hágame saber que está a salvo.

—Ya estarás acostada para entonces.

—No —lo corrigió ella—. Estaré observando por la ventana de mi dormitorio. Quiero que se detenga en la calle el tiempo suficiente para hacerme saber que está bien.

Cerró la puerta antes de que él pudiera replicar.

18

Roxton lo había estafado para quitarle todo lo que debería haber sido suyo y encima había perdido lo poco que le quedaba.

Hurley contempló las cartas dispuestas en la mesa. Estaba arruinado.

—Te entregaré el dinero a finales de semana —dijo.

Thurston esbozó su característica sonrisa carente de humor y observó a Hurley a través del humo.

—Es exactamente lo mismo que dijiste la última vez que jugamos, Hurley. No estoy seguro de poder confiar en tu palabra. De modo que, como favor para ambas partes, enviaré a un hombre mañana por la mañana para que recoja mis ganancias. —Su voz tenía un deje indolente.

Hurley se puso en pie de un brinco.

—He dicho a finales de semana, maldita sea. Tengo que hacer arreglos.

—Quieres decir que debes encontrar la manera de convencer a tu hijastra de que te consiga el dinero de parte del albacea de la fortuna de los niños. —Thurston levantó las cartas con un movimiento magistral de una de sus manos de dedos largos—. Sugiero que te pongas en marcha. Según dicen, Roxton no está dispuesto a complacerte. En ese aspecto, ha salido a su padre.

—Me cago en tus muelas, te he dicho que te daré el dinero. Dame al menos dos días.

Thurston pareció considerar la propuesta un instante y después se encogió de hombros.

—Muy bien, tienes dos días —accedió—. Pero que te quede claro: si no apareces con el dinero que me debes, mis hombres te harán una visita.

El corazón de Hurley latía desbocado. Tenía las palmas de las manos frías. Una visita de los matones de Thurston significaba una paliza. Todos los presentes en la estancia lo sabían.

Hurley se volvió sin mediar una palabra más y atravesó el salón en dirección a la puerta.

Una vez en el gélido exterior, se detuvo e intentó pensar. Tendría que ir a casa de Judith y convencerla de que le diera el dinero. Ella se preocupaba por sus hijos. Si se hacía con uno de los niños, Judith lograría que Roxton pagara lo que fuera con tal de recuperarlo.

El único problema del plan radicaba en que Roxton era un misterio. Corrían muchos rumores sobre él. Podría estar loco. Nunca se sabía lo que era capaz de hacer un loco.

Thurston, al contrario, no era un misterio. Se trataba de un hombre peligroso con una reputación en el mundo del hampa.

Cuando uno se descubría entre la espada y la pared, no tenía más remedio que elegir lo que se conocía y comprendía. El más peligroso y la amenaza más inmediata. En ese caso, Thurston.

Echó a andar por la calle con la esperanza de encontrar un carruaje de alquiler. Dos hombres surgieron de entre la niebla. Uno de ellos llevaba un gabán negro y largo que ondeaba en torno a sus botas como un par de alas oscuras. Llevaba el cuello levantado para cubrirse la cara. Al pasar por debajo de una farola, la luz se reflejó en sus anteojos. Lo acompañaba un gigante.

Hurley descartó al hombre de los anteojos de inmediato. Quien le preocupaba era el gigante. Estaba a punto de apartarse de la acera para dejarles paso al grandullón y a su acompañante.

Pero, en ese momento, el de los anteojos le habló.

—Buenas noches, Hurley. Me han dicho que podría encontrarte esta noche en este antro. No creo que nos hayan presentado. Slater Roxton.

Hurley se quedó petrificado. Había pasado casi toda la noche bebiendo y tenía la mente un poco embotada. Tardó unos instantes en comprender lo que estaba ocurriendo. Así que ese era Roxton.

Experimentó un repentino alivio. El bastardo no parecía ni loco ni peligroso. Parecía un erudito. Al contrario que su padre. Saltaba a la vista que el grandullón era un sirviente.

—¿Qué demonios quieres, Roxton? —preguntó.

—He venido esta noche para despedirme de ti —contestó Slater.

—No me voy a ningún sitio.

—Zarparás en un barco rumbo a Australia a primera hora de la mañana. Tu pasaje ya está pagado. El de ida. No regresarás. El señor Griffith, aquí presente, tiene el billete. Se encargará de que llegues sano y salvo a tus aposentos esta noche y te ayudará a hacer el equipaje. Una vez que reciba confirmación de que te encuentras en Australia te enviaré una pequeña cantidad de dinero para ayudarte a empezar una nueva vida. Después, tendrás que apañártelas solo.

—Estás loco de verdad —replicó Hurley—. No voy a abandonar Londres.

—La elección de marcharte o de quedarte es tuya, por supuesto.

—Desde luego que sí.

—Sin embargo, debo señalar que aunque tus acreedores están interesados en mantenerte con vida, al menos lo justo para que puedas hacerte con algún dinero de la fortuna de los Roxton, yo no tengo el menor interés. Más bien me resultas un inconveniente.

—¿Me estás amenazando?

—No, Hurley, te estoy haciendo la solemne promesa de que como no estés a bordo del barco que zarpa mañana a Australia, no tendrás por qué preocuparte por el pago de tus deudas pendientes. Tendrás otros... problemas.

—Bastardo. Ese dinero debería haber sido mío. Soy el padre de Judith. Tengo todo el derecho a gestionar los ingresos de la propiedad Roxton.

—Mi padre dejó unas instrucciones muy precisas en su testamento. No recibirás ni un penique de la propiedad. Por tanto, he usado mi propio dinero para comprarte el pasaje a Australia. De una forma o de otra, mañana desaparecerás de nuestras vidas, Hurley. Si no embarcas por la mañana, por la noche sacarán tu cadáver del río.

Hurley trató de hablar.

—No. ¡No!

Slater miró al gigante.

—Griffith, por favor, encárgate de acompañar al señor Hurley hasta su residencia y quédate con él hasta que suba al barco.

—Sí, señor —replicó Griffith.

—No puedes hacer esto... —gritó Hurley—. Estás loco de verdad.

Slater se quitó los anteojos con un gesto que denotaba un cansancio extremo y lo miró. No habló. No había necesidad. En ese momento, Hurley comprendió que si tenía que elegir entre la espada y la pared, el enemigo que tenía delante era el más peligroso.

Slater se puso los anteojos, se dio media vuelta y desapareció en la oscuridad de la noche.

19

Slater volvió a casa de Ursula en un carruaje de alquiler porque Griffith necesitaba el carruaje para llevar a Hurley y sus baúles al muelle.

La vio donde le había prometido que estaría, observando la calle desde una ventana de la planta alta. Había una vela medio consumida en el alféizar de la ventana que proporcionaba la luz justa para ver que Ursula se había envuelto en un chal. Tenía el pelo recogido en una trenza que le caía por uno de los hombros.

Verla allí hizo que la gélida tensión y la violencia que se acumulaban en su interior se transformaran en otro tipo de tensión, una tensión ardiente. El feroz deseo lo pilló desprevenido.

Se apeó del carruaje con la intención de subir los escalones de entrada. Ursula le abriría la puerta y él la llevaría a la cama.

Sin embargo, Ursula abrió la ventana y se asomó.

—¿Se encuentra bien? —le preguntó.

—Sí —contestó.

—Excelente. En ese caso, buenas noches, señor.

Cerró la ventana con un golpe seco y también los postigos. No podría haberlo dejado más claro.

Slater contuvo un gruñido y regresó al carruaje de alquiler.

20

A la mañana siguiente, Ursula se bajó de un carruaje de alquiler, le pagó al conductor y se adentró con prisas en la niebla. De vez en cuando, miraba la dirección que había encontrado en las notas taquigrafiadas de Anne. El conductor del carruaje se había mostrado muy amable, pero comenzaba a preguntarse si no habría cometido un error. Stiggs Lane parecía estar compuesta de casas abandonadas, con las ventanas y las puertas cubiertas por tablones. Los establos por los que había pasado un momento antes parecían el único negocio activo del vecindario.

Pero justo cuando estaba a punto de dar media vuelta vio el letrero sobre la casa número 5.

PERFUMES Y JABONES ROSEMONT

La tienda no invitaba a entrar ni por asomo. Pese a las sombras y a la humedad de la niebla, no había luz alguna encendida tras las oscuras y sucias ventanas. Los edificios adyacentes estaban vacíos. El inconfundible olor de los establos de la calle de al lado flotaba en el aire húmedo. En resumidas cuentas, era un emplazamiento extraño para una tienda de jabones y perfumes, pensó Ursula.

Se detuvo frente a la puerta y comprobó la dirección que había logrado descifrar del cuaderno de Anne. No había error.

Miró con atención el muestrario de objetos expuestos en el escaparate. Había unos pocos frascos de perfume de porcelana y cristal, todos ellos decorados con rosas. El diseño era idéntico al del frasquito vacío de perfume que había descubierto en casa de Anne. Una gruesa capa de polvo cubría todos los objetos dispuestos en el escaparate.

Trató de abrir la puerta principal y se sorprendió al descubrir que el pomo giraba. Cuando entró en la tienda, lo hizo acompañada por el sonido de una campanilla. Al instante, la asaltó una desagradable mezcla de efluvios químicos tan fuerte que se quedó sin aliento. Se cubrió rápidamente la nariz y la boca con una mano enguantada mientras echaba un vistazo a su alrededor. No había persona alguna tras el mostrador.

—¿Quién anda ahí?

La voz, aguda, débil y con un deje ansioso, surgió de detrás de una puerta entornada. La persona que había hablado podía ser mujer u hombre.

—He venido a preguntar por sus perfumes —respondió Ursula, que trató de forma instintiva de tranquilizar a la persona que se encontraba tras la puerta—. Una amiga mía tiene un pequeño frasco que asegura haber comprado en esta tienda. Estoy interesada en comprar uno para mí.

Tras la puerta se escucharon los ruidos típicos de alguien moviéndose con gran nerviosismo, tras lo cual salió un hombre visiblemente angustiado. Era tan delgado como débil parecía su voz, pequeño y de gestos nerviosos. Llevaba unos cuantos mechones de pelo castaño canoso adheridos a la parte superior de la cabeza. Tenía unos ojos muy claros, enmarcados por unos anteojos. Llevaba un delantal manchado y unos guantes, todo de cuero.

Miraba a Ursula con una mezcla de recelo y nerviosismo.

—¿Señor Rosemont? —preguntó ella, empleando la voz serena y segura con la que se ganaba la confianza de los clientes que deseaban contratar una secretaria que transcribiera información confidencial.

—Sí, soy yo —respondió el hombre, que se quitó los guantes y los guardó en uno de los bolsillos del delantal—. ¿Dice que la ha enviado una amiga?

—Exacto. —Ursula atravesó la estancia para acercarse al mostrador—. La señorita Clifton.

De momento, quería que Rosemont creyera que Anne seguía viva. Era poco probable que el hombre estuviera al tanto de que eso no era cierto. La noticia no había salido en los periódicos. Todos los días morían en Londres multitud de mujeres que carecían de familia y de contactos, dejando tras de sí poca huella de su existencia.

—No recuerdo haber tenido una clienta con ese nombre —se apresuró a decir Rosemont, demasiado rápido quizá.

—¿Está seguro? —insistió Ursula.

—Segurísimo. —Rosemont hizo ademán de regresar a la trastienda—. Si no le importa, estoy ocupado.

Ursula abrió el maletín y sacó el pequeño frasco de perfume que había pertenecido a Anne. Lo colocó en el mostrador.

Rosemont clavó la vista en el frasquito. Parecía espantado.

—¿De dónde lo ha sacado? —exigió saber.

—De casa de mi amiga. La señorita Clifton ha desaparecido. Estoy tratando de encontrarla.

—¿Desaparecido? ¡Desaparecido! —chilló Rosemont con voz de pito—. ¡Eso no es asunto mío, oiga! No puedo ayudarla.

—Estoy tratando de reconstruir sus movimientos durante los días previos a su desaparición. Según la agenda en la que anotaba sus compromisos, visitó esta tienda en varias ocasiones durante el año pasado. Y también lo hizo la semana pasada.

—Le he dicho que no recuerdo a ninguna señorita Clifton.

Aquello no iba bien, pensó Ursula. Había ido en busca de información, pero todo apuntaba a que se marcharía sabiendo lo mismo que sabía cuando llegó a la tienda.

No podía permitirse tentar a Rosemont con un jugoso soborno y algo le decía que el hombre no se dejaría persuadir con

151

una minucia. Asumiendo que quisiera hablar en primer lugar, claro estaba.

—Qué raro que no recuerde usted a una clienta tan fiel —comentó.

Rosemont se tensó.

—¿Cómo dice?

—Permítame refrescarle la memoria.

Ursula metió de nuevo la mano en el maletín y sacó el papel en el que había anotado varios pasajes descifrados del cuaderno de Anne. Rosemont observó con un pánico creciente cómo desdoblaba el papel y lo alisaba sobre el mostrador con una mano enguantada.

—¿Qué es eso? —chilló.

—Un registro de las visitas recientes que mi amiga hizo a su establecimiento. Empezaron hace ocho meses y siguieron de forma bimestral hasta el pasado miércoles. Ah, espere, creo que si analizamos las fechas con más atención, vemos que en los últimos meses empezó a comprar con más frecuencia. —Ursula meneó la cabeza, como si estuviera desconcertada—. Qué raro, ¿verdad?

Rosemont la fulminó con la mirada.

—A mí no me lo parece.

—Pues a mí sí. Verá, da la casualidad de que Anne se ganaba la vida de forma respetable con su trabajo de secretaria. De todas formas, no me imagino que pudiera gastarse tanto dinero en perfumes caros. Y en semejante cantidad. Me pregunto qué hacía con las fragancias. Desde luego que no las repartía entre sus compañeras de la agencia.

Rosemont miró el dichoso papel y después recuperó la compostura.

—Déjeme comprobar mis notas sobre los ingresos y las transacciones —dijo con brusquedad—. Espere aquí, no tardo.

Había ganado. Rosemont había claudicado.

Contenta por el éxito, esbozó una sonrisa benévola y afable.

—Lo acompaño, si no le importa. No me gustaría que se escabullera usted por la puerta trasera antes de que me cuente qué se traían entre manos Anne y usted con tanta compra de perfumes.

Rosemont cuadró los hombros, proyectando de repente una actitud desafiante. Después, los encorvó y soltó un suspiro.

—Muy bien, acompáñeme si no hay más remedio —dijo—. Le enseñaré mis archivos. Pero debo decirle que no tengo ni la más remota idea del motivo por el que la señorita Clifton compró semejante cantidad de perfume. —Se volvió y se adentró en la trastienda.

Ursula se levantó las faldas. Maletín en mano, se apresuró a rodear el mostrador.

—¿Venía con tanta frecuencia a su tienda porque tenía la costumbre de reunirse aquí con alguien, señor Rosemont? —preguntó—. Si ese es el caso, es muy importante que me diga usted el nombre de dicha persona. Quizá lo hayan sobornado para que guarde silencio o quizá crea que le debe cierta lealtad. Pero como su jefa y amiga, puedo asegurarle que ya no hay razón alguna para proteger a Anne.

Se detuvo justo al entrar en la trastienda. Si bien la tienda en sí estaba en penumbra, la oscuridad era aún mayor en ese lugar. Los olores químicos eran más fuertes en dicha estancia.

No vio ninguno de los objetos típicos de la trastienda de una perfumería. No había manojos de hierbas y flores secas colgando del techo. No había jarras con aceites olorosos. No había recipientes con peladuras de naranjas, ni frascos con canela en rama o vainas de vainilla.

En cambio, descubrió una caja de embalaje.

La tapa estaba abierta, revelando un buen número de fardos pulcramente ordenados en su interior. Bajo los fuertes olores químicos, detectó una nota herbal un tanto acerba y desagradable. El olor procedía de la caja de madera.

Cuando sus ojos se adaptaron a la tenue luz, reparó en las

dos librerías colocadas en una de las paredes. Estaban llenas de volúmenes con tapas de cuero. Libros de plantas y otros conocimientos relacionados con la botánica, pensó.

Echó un vistazo a su alrededor en busca de Rosemont. Había desaparecido tras una puerta situada entre las librerías. Alarmada por la posibilidad de que quisiera escapar, se apresuró a seguirlo.

—¿Señor Rosemont?

—Estoy aquí —contestó el hombre desde la habitación adyacente—. Venga, he dispuesto mi registro para que lo examine. Pero, por favor, tenga la amabilidad de hacerlo con rapidez. Cuanto antes abandone mi propiedad, mejor, en lo que a mí me concierne.

Ursula echó a andar hacia la puerta situada entre las librerías y descubrió tras ella una estancia oscura, iluminada por lámparas de gas. Las ventanas estaban cubiertas por gruesos tablones de madera clavados a las paredes. Vio que había dos bancos de trabajo atestados con material de laboratorio: vasos de cristal, matraces, básculas y un quemador. Un cuarto de trabajo muy bien equipado, pensó. Era evidente que Rosemont practicaba el antiguo arte de fabricar perfumes con una técnica muy científica.

—Bienvenida a mi laboratorio, señora —dijo el hombre, que se encontraba junto a un pequeño escritorio en el cual descansaba un enorme cuaderno que estaba abierto. Aún parecía nervioso, pero su voz ya era más firme. El tono de un hombre que había tomado una decisión y que quería ponerla en práctica—. Este cuaderno contiene el registro de las transacciones que le interesan.

Ursula atravesó la estancia y echó un vistazo al cuaderno. Las páginas estaban cubiertas con fechas, cifras y cantidades. Se inclinó un poco hacia delante, tratando de descifrar la menuda letra.

—Por favor, ¿podría señalarme la última anotación que muestre la visita más reciente de la señorita Clifton a su tienda? —preguntó—. No tengo tiempo para leerlo todo.

—Se equivoca, señora. No sé quién es usted, pero puede estar segura de que dispone de todo el tiempo del mundo para examinar ese cuaderno.

Ursula se enderezó y se volvió al punto, con la intención de correr hacia la puerta. Sin embargo, se detuvo al ver la pistola que empuñaba Rosemont.

—¿Qué narices cree que está haciendo? —preguntó—. ¿Se ha vuelto loco?

—Quédese ahí. —Rosemont retrocedió hacia la puerta—. No se mueva. Le juro que la mataré aquí mismo. Seguramente se habrá percatado de que no tengo muchos vecinos, y desde luego ninguno a quien le sorprenda un disparo. La garantía de privacidad fue el motivo que me impulsó a establecer aquí mi negocio.

La mano que empuñaba la pistola estaba temblando. Tal vez no fuera una buena señal. Rosemont era un hombre nervioso y desesperado. En ese momento, se encontraba tan alterado que incluso podría apretar el gatillo de forma accidental.

—Muy bien —replicó Ursula, empleando un tono de voz sereno—. Haré lo que usted me diga. —La única estrategia práctica que se le ocurría era que Rosemont siguiera hablando—. ¿Sabe usted que Anne está muerta?

—Supuse que era lo más probable cuando dijo que quería hacer indagaciones sobre sus visitas a esta tienda.

—¿La mató usted?

—¿Cómo? No. ¿Por qué iba a matarla? Las cosas iban bien. Pero me temía que el acuerdo no duraría mucho tiempo. Los pactos con el diablo y tal. De ahí que trazara otros planes por si sucedía esto.

—¿A qué planes se refiere, señor Rosemont? —quiso saber.

El hombre hizo caso omiso de su pregunta.

—¿Quién es usted?

—Soy la señora Kern. Era la jefa de Anne.

—Entiendo. En fin, pues ha sido tonta al implicarse en este asunto.

—¿En qué asunto? ¿Qué está sucediendo, señor Rosemont? Creo que me debe una explicación.

—No le debo nada, pero voy a decirle algo: lamento el día en el que accedí a fabricar la dichosa ambrosía. Las ganancias son fantásticas, pero no compensan los riesgos que debo asumir. —Regresó con rapidez a la estancia adyacente y cerró la puerta con fuerza.

Ursula escuchó el sonido metálico de una llave antigua en la cerradura.

—Grite pidiendo ayuda si quiere —le dijo Rosemont a través de la puerta. Su voz le llegó amortiguada—. Nadie la oirá. Aunque no gritará durante mucho tiempo. Esto acabará muy pronto, se lo aseguro.

21

Durante un segundo, se quedó muy quieta mientras el corazón le latía con ritmo frenético, casi presa del pánico. El crujido de los tablones de madera le indicó que Rosemont estaba moviéndose por la tienda. A saber qué pensaba hacer a continuación. Tal vez fuera a matarla de hambre. Aunque no tenía sentido. Le había dicho que todo acabaría pronto.

Se estremeció, inspiró hondo, hizo acopio de valor y empezó a registrar el lugar.

Había una segunda puerta que seguramente diera a un callejón. Como era de esperar, estaba cerrada. La llave no se encontraba en la cerradura. A continuación, comprobó la ventana. Los tablones que cubrían los cristales estaban clavados a la pared, pero creía poder soltar algunos con tiempo y con algún objeto con el que hacer palanca.

Empezó a buscar una herramienta por la estancia. Había grandes contenedores cerámicos alineados junto a una de las paredes. Levantó la tapa de uno con cuidado... y se apresuró a ponerla en su sitio a causa de los abrumadores efluvios que ascendieron.

Vio una larga barra de hierro en un rincón y decidió que podría servir. Sin embargo, Rosemont seguía moviéndose por el resto de estancias de la tienda. Arrancar los tablones que cubrían la ventana sería un proceso bastante ruidoso y largo. No quería llamar su atención. Le había dicho que se iría pronto. Decidió esperar a que eso sucediera para ponerse manos a la obra.

Miró los sacos que había en un rincón. A juzgar por el olor, contenían las mismas hierbas de los fardos de la caja de embalaje.

Uno de los sacos estaba abierto. Metió la mano y sacó un puñado de hojas secas. Tras buscar un pañuelo en el maletín, envolvió las hojas y le echó un nudo al pañuelo.

El suelo de madera crujió de nuevo. Creyó escuchar el golpe seco de la puerta exterior al cerrarse. Se hizo el silencio más absoluto. Estaba convencida de que se había quedado sola.

Metió el hatillo de hierbas secas en el maletín y corrió hacia la puerta que daba a la trastienda. Con un poco de suerte, Rosemont habría dejado la llave en la cerradura por la costumbre. Al fin y al cabo, estaba muy nervioso. En su otra vida, Ursula había aprendido unas cuantas cosas sobre las llaves. Una mujer sola nunca podía mostrarse demasiado precavida.

Escuchó una especie de siseo nada más arrodillarse delante del pomo de la puerta. El humo empezó a colarse por debajo de la madera.

Sintió un escalofrío aterrador. Había supuesto que una vez que Rosemont dejara la tienda, tendría tiempo de sobra para poder escapar. Se había equivocado. El perfumero le había prendido fuego a la tienda mientras huía.

La estupefacción la dejó sin aliento y estuvo a punto de paralizarla. El edificio se quemaba a su alrededor.

El humo que se colaba por debajo de la puerta empezaba a ganar consistencia. Olía muchísimo a hierbas. Rosemont había prendido la caja con las hierbas secas. Saltaba a la vista que el contenido era muy inflamable. La pared y la gruesa puerta que separaban el laboratorio de la trastienda le daría algo de tiempo, pero no demasiado.

Echó un vistazo por el ojo de la cerradura. El alivio la consumió al ver que la llave estaba, como había esperado, en la cerradura.

Se puso en pie y corrió hacia el banco de trabajo, donde había dejado su maletín. Sacó el cuaderno de taquigrafía, lo abrió y arrancó dos hojas. Regresó a la puerta a toda prisa, se agachó y pasó las hojas por debajo de la puerta. Ojalá que el fuego no las alcanzara antes de completar lo que se había propuesto.

Se quitó uno de los guantes y un grueso alfiler de sombrero, y después introdujo este último en la cerradura. Con mucho cuidado, empujó la llave hasta sacarla de la cerradura. Escuchó cómo tintineaba al caer al suelo, al otro lado de la puerta.

Se agachó con el fin de comprobar por la rendija si la llave había caído sobre el papel... e inhaló una fuerte dosis de humo especiado.

Empezó a darle vueltas la cabeza. Tenía la sensación de flotar. Una espantosa y aterradora emoción se apoderó de ella. Le resultaba tan desconcertante que creyó haber perdido el equilibrio por completo.

Se puso de rodillas y se cubrió la nariz y la boca con una mano de forma automática. Cuando se le pasó un poco la espantosa sensación, se levantó las faldas y cortó un jirón de sus enaguas. Se tapó la parte inferior de la cara con la tela a modo de mascarilla. Inspiró hondo y volvió a inclinarse para ver si había tenido éxito.

El alivio fue todavía más potente que la sensación provocada por el humo cuando vio que la llave de hierro había caído sobre una de las hojas de papel.

Con cuidado, tiró de la hoja sobre la que había caído la llave para hacerla pasar por debajo de la puerta.

Se le cayó el alma a los pies al descubrir que la llave estaba caliente. Si el calor era tan intenso en la trastienda, tal vez fuera demasiado tarde para salvarse.

Echó otro vistazo por el ojo de la cerradura y se dio cuenta de que sus peores temores eran ciertos. La otra estancia era un infierno de humo negro. No sabía cuánto aguantaría la gruesa puerta de madera contra las llamas.

Miró al otro lado del laboratorio, a la puerta cerrada que daba a un callejón, y después clavó la vista en la llave que había recuperado.

Ningún tendero se molestaría en colocar cerraduras que necesitasen dos llaves distintas para unas puertas que daban a la misma habitación.

Corrió hacia la puerta del callejón y metió la llave. Giró en la cerradura a la primera. La puerta se abrió, estaba libre. Estaba a punto de ponerse a salvo cuando recordó su maletín.

Se dio la vuelta, cruzó el laboratorio a la carrera y cogió el maletín. Acto seguido, traspasó el umbral para salir al estrecho callejón, envuelto en la niebla.

Un hombre con un gabán negro al viento corría por el callejón hacia ella.

—Ursula —gritó Slater.

Le rodeó la cintura con un brazo y tiró de ella hacia el extremo más alejado del callejón. A su espalda, el viejo edificio crujió por última vez y empezó a derrumbarse.

La explosión tuvo lugar poco después, en cuanto Slater la metió en el cabriolé. El caballo se encabritó. Griffith soltó un juramento y tuvo que emplearse a fondo para controlar al animal.

Slater entró en el carruaje.

—Sácanos de aquí —ordenó.

Griffith no discutió. El cabriolé salió disparado a toda velocidad.

Slater la miró.

—¿Qué demonios...?

—Productos químicos —consiguió decir ella. Respiró hondo unas cuantas veces—. El laboratorio estaba lleno de productos químicos. El fuego los ha hecho estallar.

22

—Me gustaría que se sentara, Slater —dijo Ursula—. Observarlo caminar de un lado para otro como un león enjaulado me está poniendo nerviosa. Y bastante tensión he sufrido por un día.

Se encontraban en su estudio. Estaba sentada en un taburete situado frente a la chimenea, secándose el pelo mientras se bebía la dosis medicinal de brandi que le había servido la señora Dunstan.

En el carruaje de alquiler habían intercambiado muy pocas palabras. Slater la había rodeado con un brazo, prácticamente aprisionándola. Se había limitado a repetir su nombre y a preguntarle una y otra vez si se encontraba bien. Ella le había asegurado en todo momento que sí lo estaba mientras disfrutaba en secreto del consuelo de su fuerza, de su calidez y de su olor.

Estaba acostumbrada a estar sola, pero tras el desastre que había estado a punto de sucederle, admitía que le alegraba mucho contar con su compañía. La sensación de intimidad no duraría mucho, pero de momento era una bendición inigualable.

En cuanto pisaron el vestíbulo de su casa, la señora Dunstan asumió el control, y la envió escaleras arriba para que se diera un baño caliente. Cuando salió, el temprano crepúsculo del día invernal había caído sobre la ciudad.

Se había puesto una bata y bajó la escalera hasta el estudio para secarse el pelo frente al fuego. Descubrir que Slater la estaba esperando la dejó pasmada.

Titubeó en el vano de la puerta. La cómoda y amplia bata con sus faldas largas y sus anchas mangas era bastante decorosa. La verdad, las revistas de moda tildaban dichas prendas de adecuadas para las damas a la hora del desayuno. Pero no podía dejar de pensar en la intimidad que sugería el uso de una bata. Al fin y al cabo, la prenda era de inspiración francesa.

Entró en el estudio, emocionada no solo por la presencia de Slater, sino por su propio atrevimiento. La mirada abrasadora con la que Slater la recibió la calentó como ninguna otra cosa podría haberlo hecho. Se quitó la toalla que le envolvía el pelo húmedo y se sentó en el taburete delante de la chimenea.

La señora Dunstan le llevó una bandeja con una cena ligera, consistente en sopa de verdura caliente, huevos duros, queso y pan. Slater habló poco. La ayudó con el queso y el pan, y se dedicó a caminar de un lado para otro de la reducida estancia mientras ella comía.

Una vez que la señora Dunstan se llevó la bandeja, Ursula se dio cuenta de que la expresión de los ojos de Slater se debía a la furia contenida y no al deseo. Estaba de un humor peligroso.

—¿Que te estoy poniendo nerviosa? —le preguntó—. ¿Cómo demonios crees que me sentí yo cuando me di cuenta de que la tienda de Rosemont estaba ardiendo y no había rastro de tu presencia?

Ursula se ajustó la toalla en torno a los hombros y cogió la copa de brandi.

—Muy bien —dijo, tratando de darle la razón con elegancia. Bebió un sorbo de brandi y soltó la copa otra vez—. Entiendo que haya podido sentirse un tanto alarmado por el fuego.

—¿Alarmado? —Slater acortó la distancia que los separaba con dos largas zancadas, extendió los brazos y la obligó a levantarse del taburete—. ¿Alarmado? Estaba a punto de volverme loco cuando te vi salir por la puerta del callejón. Es un milagro que ahora mismo no esté en un manicomio con una camisa de fuerza puesta.

El temperamento de Ursula estalló también.

—Siento mucho que se haya sentido tan molesto por los acontecimientos recientes, señor Roxton, pero le recuerdo que soy yo la que ha estado a punto de morir hoy.

—¡Por el amor de Dios, mujer! ¿Crees que no me he dado cuenta? Me has dado un susto tremendo. No lo hagas nunca más, ¿entendido?

—Mi intención no era acabar en un edificio incendiado.

—No deberías haber ido sola a esa tienda. Si no le hubieras mencionado tu destino al ama de llaves... —Dejó la frase en el aire y apretó los dientes.

—Era una perfumería, por el amor de Dios, un lugar que Anne había visitado con frecuencia.

—Exacto. Y te recuerdo que Anne Clifton está muerta. ¿En qué estabas pensando?

Ursula abrió la boca para protestar, pero no tuvo ocasión de hacerlo. Slater tiró de ella con brusquedad, la pegó a su torso y la besó con una ferocidad que le robó el aliento.

El beso no pretendía incitar una respuesta por su parte, ni tampoco era un beso seductor con el que tentarla a ir más allá. Fue un beso con la fuerza de un relámpago, cuya intención era desterrar cualquier atisbo de resistencia. Fue un beso exigente y subyugante, alentado por el ardor del deseo y de la voluntad. Slater la marcó con el beso como si tuviera la intención de reclamarla como su suya y de nadie más.

Fue un beso que enardeció sus sentidos.

Tras unos segundos de aturdimiento, la recorrió una sensación electrizante. Se sintió consumida por una urgencia febril y dolorosa, una necesidad que igualaba la fuerza atávica que presentía en Slater.

Lo rodeó con los brazos y se lanzó a la sensual batalla. Él respondió con un trémulo gemido que reverberó por todo su cuerpo. La toalla que le rodeaba los hombros cayó rápidamente al suelo.

Sin previo aviso, Slater puso fin al beso y la separó un poco, aferrándole los brazos.

—No te muevas —dijo.

La orden, pronunciada en voz baja y ronca, le provocó otra descarga que la dejó temblorosa.

Slater se apartó de ella, atravesó la estancia en dirección a la puerta y giró la llave en la cerradura. El amenazador sonido metálico del hierro contra el hierro resonó en el pequeño estudio como si fuera un trueno distante. Cuando regresó a su lado, deshaciéndose la corbata de un tirón, la sensual promesa que se atisbaba en sus ojos fue la causa de un escalofrío.

Una vez que llegó a su lado, la corbata colgaba sobre la camisa. Se detuvo frente a ella, sin tocarla. Ursula sabía que estaba esperando alguna señal.

Con dedos temblorosos, levantó las manos y le desabrochó el primer botón de la camisa.

No necesitó más. La aferró por la cintura, la levantó del suelo y la dejó sentada en el borde del escritorio. Antes de ser consciente de sus intenciones, Slater le subió la bata hasta las rodillas y se colocó entre sus piernas.

—¡Slater!

No dijo más. Dividida entre el pasmo y un deseo febril, fue incapaz de encontrar las palabras.

Slater la sostuvo colocándole una mano en la nuca y la besó de nuevo. Ella arqueó la espalda al tiempo que lo aprisionaba entre sus muslos. Saboreó la exótica droga que era su olor, esa mezcla de sudor, jabón y una esencia única que llevaba su nombre. Ningún otro hombre había abotargado sus sentidos hasta ese punto.

En ese instante, se percató de que le estaba desabrochando la bata. Las capas de terciopelo y encaje se apartaron bajo sus manos, como si fueran nubes y bruma. No había corsé o camisola que le obstruyera el paso. Una de sus manos se cerró sobre un pecho y Ursula cerró los ojos al tiempo que apoyaba la cabeza en uno de sus hombros para contener un grito.

—Casi todo Londres se pregunta por qué no he demostrado interés alguno en entablar una relación con una mujer —dijo Slater, mientras le pellizcaba el pezón con suavidad—. Yo mismo me lo he preguntado de cuando en cuando. Pero ya sé la respuesta.

Ursula lo miró con los ojos entornados y le besó el cuello.

—¿Y cuál es la respuesta? —le preguntó, atónita por el deje sensual de su propia voz.

La mano de Slater abandonó su pecho para trasladarse a una rodilla. De forma deliberada fue subiéndole la bata, recorriendo la suave piel de la cara interna de un muslo hasta dar con ese lugar ardiente y húmedo situado entre sus piernas. Ella contuvo el aliento y se estremeció en respuesta a la íntima caricia.

—Te estaba esperando —contestó Slater—. Pero no lo sabía hasta que te conocí.

—Slater...

En esa ocasión, pronunció su nombre con un gemido porque a esas alturas apenas si podía hablar.

Introdujo una mano bajo la camisa y la dejó descansar sobre su torso. Sentía la dureza de los músculos bajo la tibieza de su piel.

Slater la acarició, suscitando una respuesta que la tomó desprevenida. Sus caricias fueron como un terremoto para sus sentidos. La embargó una tensión desconocida. Nada más pellizcarle ese punto tan sensible situado en la parte superior de su sexo, Ursula le clavó las uñas en el pecho como si fueran garras.

Acto seguido, Slater la penetró con dos dedos. Ella contuvo el aliento y se tensó por instinto en reacción a la sensual invasión. Su respuesta solo sirvió para acrecentar la tensión.

Durante los primeros días de su matrimonio, antes de descubrir las debilidades del carácter de Jeremy, disfrutó de sus besos y se creyó satisfecha con la faceta física del matrimonio. Jeremy siempre se mostró amable y se tenía por un amante experto. Pero incluso en los albores de su relación, cuando ella aún estaba en la fase aturdida y esperanzada del amor, jamás había experimentado un nivel de excitación como el que la embargaba en ese momento.

Tal vez fuera el resultado de haber estado a punto de morir en el incendio. Tal vez los médicos estuvieran en lo cierto: la viudez afectaba al estado nervioso de las mujeres. Sin importar cuál fuera el motivo, la reacción que le provocaba Slater la dejó atónita.

—No puedo soportar más este tormento —dijo él con los labios contra su cuello—. Necesito estar en tu interior. Nunca había sentido una necesidad como esta.

Se abrió la bragueta para liberar su miembro erecto. Ursula se quedó atónita otra vez al ver el tamaño del pene.

Sin embargo, antes de poder decidir qué hacer a continuación, le separó más las rodillas, le aferró las caderas y se hundió en su ardiente humedad.

De forma instintiva, Ursula lo aprisionó con sus músculos, pero él se apartó y volvió a penetrarla una y otra vez hasta que estuvo sin aliento y desesperada.

Sin previo aviso, la tensión que se había apoderado de la parte inferior de su cuerpo se liberó en una serie de oleadas.

No sabía muy bien qué estaba sucediendo. Una especie de cascada infinita la arrastró sin que pudiera evitarlo. Se aferró a los hombros de Slater como si le fuera la vida en ello.

Él soltó un grito ahogado y la penetró por última vez. Sin embargo, en vez de derramarse en su interior, salió de ella. Al instante, alcanzó el clímax y Ursula sintió la calidez de su eyaculación en el muslo, escuchó su respiración entrecortada y percibió los estremecimientos que lo asaltaban.

Cuando todo acabó, apoyó las manos en el escritorio, a ambos lados del cuerpo de Ursula, y se inclinó hacia delante con los ojos cerrados. Tenía la frente perlada de sudor y la camisa empapada.

—Ursula —dijo—. Ursula...

En la estancia se hizo un extraño silencio. Ursula sabía que cuando la realidad regresara, nada sería lo mismo... para ella.

23

Rosemont avanzaba con dificultad por la calle a oscuras cubierta por la niebla, con una pesada maleta en cada mano.

No era tonto, se dijo. Sabía desde el principio que ese negocio era muy arriesgado, lo habitual en cualquier situación donde había mucho dinero de por medio y gente despiadada involucrada. Había trazado planes por si se producía la clase de emergencia que había tenido lugar ese día.

No respiró con tranquilidad hasta escuchar la explosión. En ese momento, se encontraba ya a varias calles de distancia, al amparo de un portal. El estruendo le proporcionó cierta tranquilidad y paz mental. Nadie podía sobrevivir a semejante explosión. La señora Kern estaba muerta y todos los relacionados con el Club Olimpo creerían que él también había muerto en el incendio que había destruido la tienda.

Una última transacción y saldría del peligroso negocio en el que se había metido un año antes.

Preparar la droga lo había convertido en un hombre muy rico, pero el dinero no podía calmar sus nervios. Llevaba meses sumido en un estado de alteración constante. Estaba ansioso por retirarse a un tranquilo pueblecito costero. Si se aburría, volvería al negocio de los perfumes y los jabones. Pero jamás volvería a destilar esa peligrosa droga. Sus nervios no lo soportarían.

Cierto que durante años había regentado un lucrativo negocio paralelo al crear su mezcla exclusiva de láudano y varios «tónicos» con los que ocultaba el arsénico de su composición. Sin embargo, fue algo muy discreto. Sus clientes eran casi exclusivamente esposas desesperadas por librarse de maridos difíciles y herederos que deseaban acelerar la marcha de algún familiar que tenía la desgracia de encontrarse en su camino a la herencia. Siempre había tenido el buen juicio de aceptar clientes que le llegaban por recomendación, a nadie más.

Pero su vida cambió después de aceptar la preparación de la ambrosía. Además de los peligrosos personajes involucrados, los productos químicos necesarios para preparar la droga eran muy volátiles. Estaba ansioso por olvidarse de todo ese asunto.

El ruido de los cascos de un caballo sobre los adoquines a su espalda hizo que se detuviera. Se volvió y vio cómo un carruaje oscuro se dirigía hacia él, atravesando la niebla. El vehículo parecía ordinario, uno más de los carruajes que se podían alquilar en la calle. Sin embargo, un pañuelo blanco ondeaba al viento. Era la señal convenida.

Soltó una de las maletas, se sacó un pañuelo blanco del bolsillo y señaló al cochero con gesto titubeante. El carruaje se detuvo delante de él. La portezuela se abrió. Un hombretón intimidante, ataviado con un pesado gabán y con la cara medio oculta por el ala de un sombrero de copa, miró desde el interior del cabriolé. Llevaba un bastón de caoba con incrustaciones doradas. Un anillo de oro con ónice y diamantes relucía en una de sus manos. Parecía tener cuarenta y pocos años, y era un hombre apuesto. Seguro que muchas mujeres se sentirían atraídas por un hombre así, pero en opinión de Rosemont, Damian Cobb tenía algo que recordaba a un depredador salvaje.

—Usted debe de ser Rosemont. Permítame que me presente. Cobb, a su servicio. Ya era hora de que nos conociéramos. Al fin y al cabo, somos socios desde hace meses.

Rosemont sabía desde el principio que Cobb era norteamericano y que vivía en Nueva York, de modo que el acento no lo sorprendió. Sin embargo, ese tono brusco y susurrante le crispó los nervios. Un villano se podía vestir con ropa elegante y tener unos modales impecables, pero no por ello resultaba menos peligroso. Todo lo contrario, pensó.

—Soy Rosemont —se presentó, echando mano de toda su voluntad para parecer firme y seguro de sí mismo.

—Por favor, entre. Le presento a mi ayuda de cámara, Hubbard. Cerraremos el trato y le dejaremos donde usted desee.

Rosemont se dio cuenta en ese momento de que había otro hombre sentado en las sombras, en frente de Cobb. De constitución delgada, con una calvicie incipiente y una cara tan escuálida que casi se podían ver los huesos tras la piel, parecía una mera sombra. Hubbard era el ayuda de cámara perfecto, concluyó Rosemont, totalmente anodino, salvo por la perfección de su vestimenta. Desde el nudo doble de la corbata y el cuello de la camisa hasta el corte de su abrigo y su elegante bastón, Hubbard era un modelo de las últimas tendencias de la moda. Claro que pocas personas se fijarían en él, pensó. Casi sintió lástima del ayuda de cámara. Sabía lo que se sentía cuando se era invisible para los demás.

Hubbard saludó con una inclinación de cabeza ínfima, a modo de presentación, y examinó a Rosemont con unos ojos tan gélidos que parecían los de una serpiente.

—Permítame que lo ayude con las maletas, señor —dijo Hubbard. Hablaba con un deje contenido, como si estuviera esforzándose por darle una pátina de clase a un acento que, a todas luces, procedía de los bajos fondos de Nueva York.

Rosemont le dio ambas maletas y subió al carruaje. Se sentó junto a Hubbard, dejando la mayor distancia posible entre ellos.

—Pueden dejarme en la estación de ferrocarril —dijo—. Me marcho de Londres esta noche.

—Entiendo —repuso Cobb. Levantó el bastón y golpeó el techo del carruaje dos veces. El vehículo se puso en marcha—. Creo que será mejor que corramos las cortinillas mientras concreta-mos nuestro negocio. Aunque me han asegurado que Londres es una ciudad muchísimo más civilizada que Nueva York, soy de la opinión de que es mejor pecar de cauteloso. ¿Hubbard?

Hubbard obedeció sin mediar palabra. Cerró las cortinillas con eficiencia y rapidez. Rosemont se descubrió hipnotizado por las manos enguantadas del ayuda de cámara.

—Gracias, Hubbard. —Cobb miró a Rosemont—. Recibí su mensaje. ¿A qué se debe el repentino pánico?

Rosemont apartó la vista de las manos de Hubbard, que en ese momento aferraban la empuñadura del bastón. El ayuda de cámara estaba tan inmóvil como una araña a la espera en su telaraña.

«Tranquilízate, hombre —se ordenó Rosemont—. Pronto terminará todo y estarás bien lejos de este desaguisado.» Tomó una entrecortada bocanada de aire.

—Una viuda muy elegante ha ven... ha venido a verme hoy —explicó. E intentó controlar el temblor de la voz—. Pregunta-ba por la señorita Clifton.

Cobb inclinó la cabeza con gesto apenado.

—Una mujer que, según tengo entendido, se quitó la vida hace poco.

Rosemont sintió cierto alivio.

—¿Eso quiere decir que fue un suicidio? —preguntó—. La señora Kern parecía sospechar que se trataba de un asesinato.

—O una sobredosis accidental —aventuró Cobb—. La nue-va versión de la droga tiene efectos impredecibles en algunas personas. Tengo entendido que la señorita Clifton usaba la am-brosía.

—Sí, sí, la usaba. Intenté advertírselo, pero... En fin. Suicidio o accidente. Supongo que eso lo explica todo. Durante un tiem-po me pregunté si... Da igual.

—¿Qué es lo que le preocupa, señor Rosemont? —quiso sa-ber Cobb—. ¿La señorita Clifton lo descubrió?

—Era una mujer atractiva y siempre fue muy agradable conmigo. —Rosemont suspiró—. Solo me sorprendió saber que había muerto. No me había enterado de la noticia hasta que la viuda se ha presentado hoy en mi tienda.

—Una muerte tan insignificante en una ciudad tan grande no es una tragedia tan notoria como para que aparezca en la prensa. —Cobb golpeó la empuñadura del bastón con un dedo enguantado—. ¿Dice usted que quiere llevar a cabo una transacción más y después retirarse del negocio?

—Así es. —Rosemont se irguió. Había cometido un asesinato esa misma tarde y había incendiado su tienda. Era mucho más duro de lo que se había imaginado—. En el almacén hay una gran cantidad de droga embalada y preparada para ser enviada. Debería bastar para satisfacer a sus clientes de Nueva York hasta que encuentre a otro químico que ocupe mi lugar.

—Entiendo. Habla en serio cuando dice que quiere salir del negocio.

—Desde luego. No soportaría otro día como el de hoy. —Rosemont se inclinó y abrió una de las maletas. Sacó el cuaderno que descansaba sobre la ropa pulcramente doblada—. He anotado las instrucciones necesarias para preparar la fórmula a partir de las hojas y las flores secas de la planta, así como el proceso para todas las presentaciones: en polvo, líquida o gaseosa. Cualquier químico experimentado puede producir lo que desee siempre que tenga acceso a la planta y a ciertos productos químicos.

—Entiendo. —Cobb cogió el cuaderno. Lo abrió y ojeó las fórmulas y las instrucciones que contenía. Asintió con la cabeza, satisfecho, y cerró el cuaderno. Lo dejó en el asiento—. ¿Quién era esa mujer, la viuda, que ha ido a su tienda preguntando por Anne Clifton?

—Se presentó como la señora Kern. Dijo que era la jefa de la señorita Clifton. Al principio, intentó convencerme de que la señorita Clifton le había recomendado mis perfumes. Supe enseguida que era mentira, claro. En cuanto me mostró el pequeño frasco de perfume que le di a la señorita Clifton, supe que había sucedido algo espantoso. Solo uso esos frasquitos para la presentación líquida de la droga.

—¿Por qué cree que la viuda está haciendo preguntas sobre la muerte de la señorita Clifton?

—No tengo la menor idea. Pero me di cuenta enseguida de que poseía información bastante peligrosa.

El depredador apareció y desapareció deprisa en los ojos de Cobb.

—¿Qué clase de información?

—Tenía una lista con las fechas en las que la señorita Clifton había venido a la tienda para entregar las plantas secas —contestó Rosemont.

—Entiendo. Es bastante inquietante, desde luego. La señorita Clifton debía de llevar un registro de sus citas.

Rosemont extendió los brazos.

—Al fin y al cabo, era una secretaria profesional. Estoy seguro de que llevaba registros detallados de muchas cosas.

—Una idea más inquietante todavía. —Cobb meditó un momento y después miró a Rosemont fijamente—. Supongo que no le habrá hablado de nuestros tratos a la señora Kern, ¿verdad?

—Pues claro que no. —Rosemont hizo una pausa—. Aunque ya da igual. Tenía preparativos para la eventualidad de un desastre parecido. La encerré en el laboratorio y preparé una explosión que originó un incendio. Murió en la detonación.

—¿Está seguro?

—Totalmente. —Rosemont ansiaba descorrer las cortinillas para ver si se encontraban cerca de la estación de ferrocarril. Miró las manos de Hubbard, unidas con gesto elegante, y resistió el impulso de descorrer las cortinillas.

El cochero golpeó dos veces el techo del cabriolé. El carruaje se detuvo.

—Creo que hemos llegado —anunció Cobb.

—Gracias a Dios. —Rosemont se armó de valor—. Como le

he dicho, el último cargamento está en el almacén. Me gustaría recibir el pago ahora, si no le importa.

—Me temo que sí me importa. —Cobb metió la mano en su gabán.

Rosemont se quedó petrificado. Se le perló la frente de sudor y empezó a temblar.

Cobb esbozó una sonrisilla desdeñosa. Con movimientos deliberados, sacó una pitillera de oro del bolsillo interior del gabán.

—De verdad, señor Rosemont... Los ingleses tienen muy mala opinión de sus antiguas colonias. No todos los norteamericanos somos forajidos que van armados hasta los dientes. Hubbard, por favor, acompaña a nuestro invitado a su destino.

El aludido separó las manos y abrió la portezuela. Una niebla espesa, cargada con el hedor del río, entró en el carruaje. Rosemont acababa de respirar, aliviado, pero en ese momento el pánico lo asaltó de nuevo.

—No estamos en la estación del ferrocarril —dijo.

—¿Ah, no? —Cobb se encogió de hombros—. Perdóneme. Soy nuevo en la ciudad. Las calles de Londres se me antojan un laberinto. Fuera, Rosemont. Como ya no somos socios, no le debo favores. Estoy seguro de que encontrará algún carruaje de alquiler.

Hubbard desplegó los escalones de una patada y se apeó. Mantuvo la portezuela abierta.

Rosemont se deslizó por el asiento hacia la portezuela. Estaba aterrado, pero no por el barrio en el que se encontraban.

—¿Qué pasa con mi dinero? —consiguió decir.

Cobb parecía hastiado.

—Hubbard se encargará de que reciba el pago en su totalidad. Si es tan amable de bajar de mi carruaje, tengo que atender otros asuntos esta noche.

Rosemont se apeó a toda prisa y se volvió para sacar sus maletas del carruaje. Miró por última vez al hombretón del cabriolé y supo sin lugar a dudas que había tenido mucha suerte al escapar con vida esa noche.

Se dio la vuelta y echó a andar deprisa. La niebla permitía el paso de la luz de la luna, lo suficiente para indicarle que se encontraba en mitad de una calle sin iluminar con almacenes a ambos lados.

Tardó un momento en darse cuenta de que el carruaje de Cobb no se había movido. Un pánico atávico se apoderó de él. La sensación de que una espantosa bestia lo perseguía lo abrumó con tal ferocidad que se detuvo y se dio la vuelta.

Las lámparas del interior del carruaje estaban muy bajas, pero veía a Cobb dentro. Se estaba fumando un cigarrillo, como si no tuviera citas urgentes. No había ni rastro de la araña que era el ayuda de cámara.

Corrió hacia una esquina. Escuchó unos pasos a su espalda e hizo ademán de darse la vuelta, pero ya era demasiado tarde. El dolor se apoderó de él un segundo cuando el estilete se le clavó en la nuca.

Y después ya no sintió nada más.

24

Slater se había repantingado en el sillón orejero mientras analizaba el agradable sopor y la profunda satisfacción que lo calentaban por dentro. Comprendió que llevaba mucho tiempo con frío. Pero se había acostumbrado hasta tal punto a esa sensación que le parecía algo natural. Se equivocaba. Ursula lo había iluminado al respecto, y de una manera espectacular además.

La observó mientras se abotonaba la bata y llegó a la conclusión de que se conformaría con observarla mientras se vestía en cualquier momento. Aunque sería más gratificante verla quitarse la ropa.

—No me cabe la menor duda de que Anne estaba involucrada en algún asunto peligroso relacionado con Rosemont y su laboratorio —dijo Ursula, que empezó a pasearse por la estancia—. Pero no me imagino de qué podía tratarse.

—Antes de que hablemos sobre Rosemont y su interesante laboratorio, me gustaría hacerte una pregunta —dijo Slater.

Ursula se detuvo y lo miró con el ceño fruncido.

—¿Cuál?

Él señaló la toalla arrugada que descansaba en el suelo. Ursula la había utilizado para limpiarse el muslo de los restos de su eyaculación.

—¿Vamos a hablar de lo que acaba de suceder aquí mismo? —le preguntó.

Ella dio un respingo, aunque se recuperó rápidamente.

—¿Hay algo sobre lo que hablar? —replicó con cautela.

El alma, que hasta hace poco estaba en perfectas condiciones, se le cayó a los pies. Exhaló un profundo suspiro. ¿Qué esperaba de ella? ¿Una declaración de pasión eterna? Esa tarde había vivido un infierno. Sin duda, su estado de nervios era frágil, y él se había aprovechado de dicho estado de vulnerabilidad. Debería haberla consolado, no haberla involucrado en un ardiente encuentro sexual.

Se puso en pie despacio. Ursula se ruborizó y no tardó en darse media vuelta mientras él se aprestaba a abotonarse la bragueta y la camisa. Al cuerno con la intimidad que había creído que existía entre ellos. Se preparó para ofrecerle la disculpa que sabía que le debía.

—Lo siento, Ursula —dijo.

Ella lo miró de nuevo, sorprendida.

—¿Cómo?

—Sé que una disculpa no basta dadas las circunstancias, pero no puedo ofrecerte otra cosa.

Ursula lo miró con los ojos entornados.

—Exactamente, ¿por qué se está disculpando, señor?

Slater miró la toalla y después la miró a los ojos.

—Por lo que ha sucedido entre nosotros. Yo he sido el culpable.

—¿Ah, sí?

No supo muy bien cómo interpretar su tono de voz. Parecía enfadada. Seguramente se lo tenía merecido.

—Esta tarde has estado a punto de morir asesinada —siguió, al tiempo que flexionaba los dedos de una mano mientras pensaba en Rosemont—. Ahora mismo tienes los nervios alterados. Debería haberme dado cuenta de que no estás bien. Me he aprovechado de tu fragilidad y...

—¡Que me aspen, señor! ¿Cómo se atreve a disculparse conmigo?

Estaba furiosa. La miró, sin saber cómo lidiar con la situación.

—Ursula, estoy tratando de explicarte que...

—Sí, lo sé. —Lo miró con una expresión feroz—. Quiere explicar que me tiene por una boba de tal calibre que no sabía lo que estaba haciendo cuando... cuando... —Dejó la frase en el aire al tiempo que agitaba una mano en dirección a la toalla y al escritorio.

—Tu estado de nervios...

—A mis nervios no les pasa nada malo. Es mi temperamento lo que debería preocuparle. ¿Está insinuando que no soy capaz de tomar una decisión?

—No, desde luego que no —respondió. Empezaba a sentirse atrapado. Eso, también, era una experiencia novedosa.

—En ese caso, ¿qué intenta decirme? ¿Que se arrepiente de lo que hemos hecho?

—No, maldita sea. —Su temperamento también estaba a punto de estallar—. La experiencia me ha resultado muy satisfactoria.

Ursula cruzó los brazos por debajo del pecho.

—En ese caso, no hay más que decir.

Algo la había enfurecido, pero que lo colgaran si sabía cuál era el problema.

—¿Te arrepientes? —La observó tratando de descifrar su expresión—. Porque si es así, prefiero que me lo digas ahora para que esto no vuelva a repetirse.

—Voy a decirlo por última vez: sabía lo que estaba haciendo y no me arrepiento. ¿Le basta eso para asegurarse de que no tengo los nervios destrozados por completo?

—Gracias —respondió él.

Ursula comenzó a tamborilear con los dedos sobre sus brazos.

—¿Y bien? Parece que está esperando que yo diga algo más.

Slater carraspeó.

—Este tal vez sea un buen momento para que me digas que nuestro encuentro te ha resultado al menos parcialmente gratificante si no del todo satisfactorio.

Ella abrió los ojos por la sorpresa.

—Oh, sí. Bueno, en cuanto a eso, no estoy segura.

Slater hizo una mueca.

—Aunque pensándolo bien, tal vez sea mejor cambiar de tema. A este paso, acabarás castrándome por completo.

—El asunto es que ha sucedido algo... algo que me resulta... desconocido.

—Hablando en términos generales, no es el tipo de cosa que pueda confundirse con otras actividades.

Ursula empezó a pasearse otra vez de un lado para otro.

—Creo que he experimentado lo que los médicos llaman un paroxismo. Un paroxismo catártico.

—Ni siquiera sé cómo se escribe paroxismo. ¿Qué demonios es eso?

Ursula se detuvo y lo fulminó con la mirada.

—Ya sabe a lo que me refiero. Al placer... físico.

—¿Estás intentando decirme que has llegado al clímax?

La vio alzar la barbilla.

—En el ámbito médico, se denomina paroxismo cuando le sucede a una mujer. Supongo que no creen posible que las mujeres seamos capaces de experimentar placer de la misma manera que los hombres, de manera que lo han catalogado con un nombre que lo hace parecer un caso de nervios destrozados.

Un alivio tan enorme casi como el placer que había experimentado un poco antes estuvo a punto de abrumarlo. Iba a sonreír, pero contuvo el gesto a tiempo.

—Ah —dijo—. Entiendo.

Ella lo miró con recelo.

—¿Qué es lo que entiende?

A esas alturas, no pudo contener más la sonrisa. Tras acortar la distancia que los separaba, le tomó la cara entre las manos.

—Sé que llevas viuda mucho tiempo. Tal vez haya pasado bastante desde que disfrutaste de este tipo de cosas.

Ursula hizo un mohín.

—Nunca lo había disfrutado de esa manera. Supongo que por eso no reconocí la sensación en un primer momento.

—¿Tu matrimonio no fue feliz? ¿Ni siquiera al comienzo?

—Me dije que estaba contenta, al menos lo estaba hasta que descubrí que Jeremy apostaba y que tenía querencia por los burdeles. Comprendí demasiado tarde que se había casado conmigo para poder acceder a la modesta herencia que me había dejado mi padre. No era consciente de que faltaba algo en nuestras relaciones físicas. Sospecho que a muchas mujeres les sucede lo mismo. Desde luego, explica por qué muchas de ellas visitan a sus doctores para que las traten de congestión y de histeria.

—¿Me estás diciendo que hay un tratamiento para... mmm...?

—Creo que incluye un instrumento médico llamado «vibrador».

—Estás hablando en serio, ¿verdad?

A esas alturas, Ursula estaba colorada como un tomate.

—Sí, muy en serio. Matty, mi asistente, concertó una cita con un médico el mes pasado para el tratamiento. Cuando regresó a la oficina, sonreía de oreja a oreja. Dice que planea concertar otra cita pronto. Me ha recomendado la terapia. Encarecidamente.

Slater estaba anonadado. Y después sonrió de nuevo. La sonrisa acabó convirtiéndose en una risilla. Y, de repente, empezó a reír a mandíbula batiente. Ursula lo observó con interés.

Al final, recobró la compostura y descubrió que se sentía muy animado, algo poco habitual en él.

Le dio un beso fugaz en los labios y después le dijo:

—Prométeme que lo consultarás conmigo antes de concertar una cita con un médico.

Ursula se ruborizó aún más y después sonrió. Fue una sonrisa deslumbrante y maravillosa. Un brillo sensual iluminó sus ojos.

—Lo haré —replicó.

Slater se percató de que volvía a tener una erección. Ansiaba alzarla en brazos y llevarla de vuelta al escritorio para demostrarle que lo que había experimentado no era una ocurrencia singular.

Gimió mientras la pegaba a él.

—Me encantaría hacerte el amor otra vez, pero me temo que tenemos otros asuntos más urgentes.

—Rosemont y su laboratorio. —Ursula levantó la cabeza—. Y la relación de Anne con la distribución de la droga, que parece remontarse a unos meses atrás en el tiempo. La verdad, no lo entiendo.

—Yo tampoco, al menos de momento. Pero su complicidad ha podido llevarla a la muerte.

—Por cierto... —Ursula se apartó de sus brazos y se acercó a su maletín, que descansaba en el escritorio—. Tengo que enseñarte algo —añadió, tuteándolo—. He recogido una muestra de las hierbas secas que descubrí en el laboratorio de Rosemont. Creo que las usaba para preparar la droga. No vi ninguna otra planta en todo el lugar. Y dijo que se arrepentía del día que accedió a preparar la ambrosía.

—¿Admitió que estaba fabricando la droga?

—Sí.

Slater la observó abrir el maletín y sacar un hatillo creado con un pañuelo anudado. Cuando desató el nudo y extendió el pañuelo de lino, descubrió un puñadito de hojas y flores secas.

—No reconozco esa planta —dijo—. No se parece en nada a la adormidera.

—Yo tampoco la había visto antes.

—De un modo u otro, debemos considerar que es peligrosa. Rosemont estaba dispuesto a cometer un asesinato y a destruir su propio laboratorio para proteger sus secretos. Si no te importa, le llevaré la muestra a un experto botánico que conozco. Era un amigo de mi padre. Tal vez él reconozca las hojas.

—Supongo que podría preguntarle a lady Fulbrook sobre la hierba.

—No —la contradijo Slater—. No sabemos qué está sucediendo en el hogar de los Fulbrook. No debes decirle a nadie, ni a lady Fulbrook, lo que te ha pasado hoy. Ni mucho menos confesar que has descubierto estas hojas.

—Muy bien.

—Necesitamos más información —dijo Slater.

—¿Sobre la planta, quieres decir?

—Sobre eso también. Pero me refiero a los detalles sobre lo que sucede en el Club Olimpo.

—Pensaba que ese era el motivo de que queramos concertar una cita con la dueña del burdel, la señora Wyatt.

—No creo que debamos esperar sonsacarle mucha información. No si está involucrada en el negocio de la droga. Se verá obligada a proteger sus propios intereses.

—¿Vas a hablar con algún miembro del club? —preguntó Ursula.

—Ese sería el mejor método. Por desgracia, hay un problema. No soy miembro del club, y debido al hecho de haber estado fuera del país durante la mayor parte de la pasada década, carezco de los contactos sociales necesarios para granjearme la confianza de un miembro del club. Pero hay otras formas de recabar información.

Ursula se mantuvo en silencio.

—¿Qué estás pensando? —le preguntó Slater.

—Estoy pensando que tu socio, lord Torrence, podría serte de ayuda —contestó ella.

—Te refieres a mi antiguo socio, quien es evidente que no puede verme ni en pintura.

—Ya te he dicho que no creo que Torrence te odie. Creo que te tiene miedo.

—Y yo creo que te equivocas, pero aunque estés en lo cierto, la conclusión es la misma. No me ayudará.

—Tu tarea será convencerlo de que cambie de opinión. Entretanto, se me acaba de ocurrir que quienquiera que estuviese abasteciendo a Rosemont debe de ser un experto jardinero. Tal vez sea interesante echarle un vistazo concienzudo al invernadero de lady Fulbrook mañana.

Slater sintió un escalofrío espectral en la nuca.

—No creo que debas regresar a esa casa.

—No hay nada de lo que preocuparse. —Ursula esbozó una sonrisa tranquilizadora—. Al fin y al cabo, Griffith estará delante de la mansión mientras yo estoy dentro.

25

Matty levantó la vista de la máquina de escribir cuando Ursula abrió la puerta de la oficina.

—Buenos días —la saludó su asistente—. Llegas tarde. Empezaba a preguntarme si te encontrabas mal.

Ursula se quitó el sombrero y lo soltó en la mesa.

—De una vez por todas, no estoy enferma. —Arrojó los guantes sobre la mesa, junto al sombrero.

Matty parpadeó un par de veces antes de sonreír.

—No, no lo estás. De hecho, esta mañana creo que rebosas buena salud.

—¿Qué se supone que significa eso?

—Nada —contestó Matty—. Es que tengo la impresión de que no vas a necesitar pedirle una cita al doctor Ludlow para el tratamiento de la congestión y la histeria.

Ursula suspiró y se dejó caer en su sillón.

—¿Tan evidente es?

—¿Que el señor Roxton y tú os habéis hecho muy buenos amigos? —Matty se echó a reír—. Sí, lo es, y te felicito.

—No estoy segura de que haya motivos para felicitarme.

—Pamplinas. Las dos hemos dejado atrás la edad en la que debíamos preocuparnos por nuestra reputación. Mientras seamos discretas, no hay motivo para no disfrutar de los pocos beneficios al alcance de las viudas y las solteronas.

Ursula estaba a punto de abrir un cajón del escritorio, pero se detuvo.

—¿Las dos? —preguntó.

Matty esbozó una lenta sonrisa y miró las flores que tenía en la mesa.

—El señor Griffith se ha pasado a verme a primera hora de la mañana —dijo.

—¿Griffith te ha traído flores?

—Son bonitas, ¿verdad?

En ese momento fue Ursula quien sonrió.

—Sí que lo son.

—El señor Griffith es un caballero impresionante —afirmó Matty—. Se pasó años viajando por el país y por Norteamérica con una compañía teatral.

—Lo sé. —Ursula hizo una pausa—. Es un hombre muy grande.

—Sí, lo es. —Matty parecía complacida—. Creo que es puro músculo.

—No me cabe la menor duda. —Ursula entrelazó los dedos sobre el escritorio—. ¿Te acuerdas del maletín de Anne?

—Sí, claro. ¿Por qué?

—Me desperté de madrugada y recordé que no se encontraba junto a sus pertenencias. Si haces memoria, recordarás que metimos todas sus pertenencias así como su ropa en dos baúles. Los he revisado esta mañana. El maletín no aparece por ninguna parte.

Matty enarcó las cejas.

—Era un maletín muy bonito. ¿Te acuerdas de que nos lo enseñó cuando se lo compró? Me pregunto si se lo habrá quedado su casera.

—Encontré las joyas de Anne detrás del excusado, pero no había sitio para esconder un maletín de cuero tan grande. —Ursula recorrió la oficina con la mirada—. ¿Dónde esconderías un maletín?

Matty meditó su respuesta un segundo.

—No sé. Nunca me lo he planteado.

—Si quisiera ocultar algo tan grande como un maletín y no dispusiera de una caja fuerte o de otro lugar seguro, tal vez lo dejara en un sitio donde un ladrón no mirase.

—¿Dónde dejarlo en una casa?

—En una casa no, Matty. —Ursula se puso en pie de un salto—. En una oficina.

Empezó a abrir cajones. Matty hizo lo propio.

Al cabo de un rato, Ursula descubrió el maletín al fondo de un cajón de un archivador.

—La idea de que alguien le robase su nuevo maletín debía de asustarla mucho —comentó Matty—. Me pregunto qué hay dentro.

Ursula dejó el maletín encima de una mesa y lo abrió.

Dentro encontró un puñado de cartas. Ursula escogió una al azar.

—Es del señor Paladin —dijo—. Editor y dueño del *Paladín Literario Trimestral* de Nueva York.

—¿Quién es el señor Paladin? —preguntó Matty.

—El editor de lady Fulbrook. —Ursula sacó la carta del sobre y la leyó a toda prisa.

Querida señorita Clifton:

He recibido su relato corto, *La proposición de una dama*. Es una historia muy inteligente e intrigante, justo lo que interesaría a nuestros suscriptores. Si tiene relatos de contenido y estilo similares estaría encantado de tenerlos en cuenta para su publicación en nuestra revista literaria trimestral.

Atentamente,

D. PALADIN

—En fin, con razón Anne ocultaba con tanto celo esas cartas —dijo Matty—. Seguro que lady Fulbrook se pondría furiosa si se enterase de que su nueva secretaria vendía en secreto historias cortas al *Paladín Literario Trimestral.*

—¿Tú crees? —preguntó Ursula.

—Desde luego. Seguramente habría considerado a Anne como una competidora.

26

—Su sugerencia de que nos traslademos a trabajar al invernadero es excelente, señora Kern. —Valerie se levantó despacio del sillón, como si su espíritu soportara la pesadísima carga de una losa tan grande que apenas era capaz de moverse. Hizo sonar una campanilla y echó a andar lentamente hasta la puerta de la biblioteca—. Mis plantas y mis flores siempre son una fuente de inspiración.

Ursula cogió su cuaderno de taquigrafía y su maletín y se puso en pie.

—Solo era una idea —comentó a la ligera—. Me alegro de que crea que puede tener un efecto beneficioso en su poesía.

—Señora Kern, hay pocas cosas que me animen. Pero encuentro cierta paz en el invernadero.

El plan, tal cual estaba trazado, no podía ser más simple, pensó Ursula. No era botánica ni mucho menos, pero había dibujado un esbozo de las hojas secas y de las florecillas de la planta que había recogido en el laboratorio de Rosemont. Se creía capaz de reconocerla si la veía plantada en el invernadero.

Valerie la guio por un largo pasillo y después salieron al exuberante jardín. Una doncella las seguía a cierta distancia. Atravesaron un pequeño patio adoquinado y enfilaron un sendero ornamental.

El enorme mastín atado con una pesada cadena se puso en

pie y las observó con la mirada fija de un lobo. Ursula no le quitó la vista de encima. En la visita anterior al invernadero, Valerie le había explicado que soltaban al perro por las noches para que vigilara la propiedad. El animal parecía capaz de arrancarle el cuello alegremente a cualquiera.

En un momento dado, Valerie miró por encima del hombro a la doncella.

—Las odio a todas —confesó en voz baja.

—¿A las criadas? —preguntó Ursula, también en voz baja.

—Me vigilan día y noche. No puedo salir de la casa a menos que mi marido me acompañe. Él y esa bruja del ama de llaves contratan a todos los miembros del servicio doméstico. Son sus espías y sus carceleras. No confío en ninguna de ellas.

Cuando llegaron al enorme y elegante edificio de paredes de cristal, Valerie se sacó la llave del bolsillo de su vestido mañanero y se la entregó a la doncella de gesto adusto, que la usó para abrir la puerta.

Una cálida bocanada de aire húmedo cargada con los olores de la tierra fértil y de las plantas salió por la abertura. Valerie aspiró la exuberante fragancia. Parte de su tensión y de su ansiedad desaparecieron al instante, y el efecto fue visible en ella, de la misma manera que sucedió la última vez que Ursula la acompañó al invernadero.

—Eso es todo de momento, Beth —dijo. Le quitó la llave a la doncella y se la guardó en el bolsillo—. La señora Kern y yo no queremos que nos molesten.

—Sí, señora. —La doncella miró a Ursula con una expresión reprobatoria que rayaba en el recelo, hizo una genuflexión y se apresuró a salir del invernadero.

—Zorra —susurró Valerie.

Ursula observó sus alrededores. La primera vez que acompañó a Valerie al invernadero se limitó a echar un vistazo sin más. El lugar era enorme, el invernadero más grande que había visto en la vida. Helechos, palmeras, orquídeas y un sinfín de grandes plantas de hojas verdes llenaban la estancia de cristal. El follaje era tan denso que en muchos lugares conformaba un dosel que ni la luz del día era capaz de penetrar.

Ursula miró a Valerie.

—Espero que no le importe si digo lo mucho que admiro su invernadero. Es realmente magnífico.

—Gracias. Siempre me han interesado la horticultura y la botánica. Pero, después de casarme, este invernadero se convirtió en mi pasión. —Valerie enfiló despacio un pasillo formado por hileras de plantas de enormes hojas que se arqueaban sobre su cabeza formando un túnel natural—. Es el único lugar que conozco donde puedo encontrar paz y tranquilidad. Nadie entra aquí sin mi permiso, ni siquiera mi marido.

—¿Lord Fulbrook no comparte su pasión por la jardinería? —preguntó Ursula, tratando de que la pregunta pareciera lo más inocente posible.

Valerie se detuvo en el otro extremo del verde túnel y sonrió. Por primera vez desde que la conocía, Ursula creyó reconocer el brillo de la sorna en sus ojos.

—Mi marido evita este lugar como si estuviera plagado de sustancias venenosas, algo cierto en su caso.

Ursula se encontraba a mitad del túnel. Se detuvo para observar algunas flores tropicales con cierto temor.

—¿Cultiva usted plantas venenosas? —preguntó.

—Tranquilícese, señora Kern. Dudo mucho que aquí haya algo que pueda hacerle daño. Si le afectara tanto el aire como a Fulbrook, estoy segura de que ya lo habría notado a estas alturas. Al fin y al cabo, ya ha estado aquí en una ocasión.

—Entiendo. —Ursula se relajó y siguió caminando por el túnel—. ¿Su marido es una de esas personas que padece los síntomas de un resfriado cuando se halla cerca de ciertas plantas y árboles?

Valerie rio entre dientes.

—Se le congestiona la nariz hasta tal punto que se ve obligado a respirar por la boca. Se le ponen los ojos rojos. Estornuda, tose y, en general, lo pasa muy mal.

—Con razón no le gusta entrar en su invernadero —comentó Ursula, que titubeó a sabiendas de que debía ir con cuidado—. Tiene usted suerte.

El brillo alegre desapareció de los ojos de Valerie.

—¿En qué sentido, si puede saberse, señora Kern?

—Algunos maridos insistirían en echar abajo un invernadero que provoca los mismos síntomas que un resfriado.

Valerie paseó la mirada por su verde reino.

—Mi marido le ve cierto valor a mi invernadero. Al igual que mi poesía, me mantiene entretenida y eso hace que sea un estorbo menor para él.

—Entiendo.

—¿Tiene usted algún interés especial en la jardinería y en la horticultura, señora Kern?

—Ah, pues sí —contestó Ursula. No tuvo que fingir su entusiasmo por el tema—. De hecho, me encantaría poder permitirme tener un lugar como este.

—Pero eso no es posible, ¿verdad? —replicó Valerie, con una sonrisa cruel y demoledora—. Considerando sus circunstancias.

«Supongo que ese comentario me ha puesto en mi lugar», pensó Ursula.

—No, lady Fulbrook —dijo—. No es posible.

—Parece disfrutar de una situación próspera, entendiéndolo desde la perspectiva de la clase media, digamos; pero un invernadero de esta magnitud siempre estará fuera del alcance de una mujer en su posición.

La fina ironía expresada con el comentario heló el ánimo de Ursula.

—Tiene usted mucha razón, lady Fulbrook. Solo una mujer poseedora de una gran fortuna podría permitirse este lugar o su preciosa mansión.

—Cierto. La única solución para usted es casarse con un hombre muy por encima de su estatus social.

—Supongo.

—Pero esos sueños son meras ilusiones para las mujeres como usted, señora Kern.

Ursula aferró el maletín con más fuerza.

—¿Está tratando de decirme algo, señora?

—Intento avisarla, señora Kern. Me han informado de que la han visto en compañía del señor Slater Roxton. Sí, soy consciente de que ha llegado hoy en su carruaje y de que el mismo carruaje la estará esperando cuando se marche, tal cual sucedió en la ocasión anterior. También se comenta en los periódicos que visitó cierta exposición de un museo con Roxton. Voy a ser franca. Es obvio que usted es su amante.

Ursula esbozó una sonrisa acerada.

—Lady Fulbrook, por un instante me había alarmado. Temía que estuviera a punto de acusarme de intentar seducir a su marido, algo que sería una estupidez.

Lady Fulbrook dio un respingo, como si la hubiera abofeteado. La sorpresa se reflejó en sus ojos. Seguida de la ira. No estaba acostumbrada a recibir una réplica mordaz de alguien que ocupaba un estrato tan inferior al suyo en la escala social.

—¿Cómo se atreve a hablarme de esas cosas? —le soltó.

—Le recuerdo que ha sido usted quien ha sacado el tema a colación al decir que era obvio que soy la amante del señor Roxton.

—Solo trataba de ofrecerle un consejo sensato —replicó lady Fulbrook con tirantez—. Un hombre con la fortuna y los contactos de Roxton jamás se planteará la idea de casarse con una mujer de su ralea. Aunque sea un bastardo y su madre fuera actriz, puede permitirse el lujo de apuntar mucho más alto, y le aseguro que lo hará, cuando decida que ha llegado el momento de contraer matrimonio. Pero dudo mucho que se tome en serio mi advertencia. Al igual que hizo Anne Clifton.

La curiosidad le ganó la partida al mal humor.

—¿Le ofreció usted un consejo similar a la señorita Clifton? —preguntó Ursula.

—La muy tonta se creyó tan lista como para seducir a un hombre que estaba totalmente fuera de su alcance. —Valerie echó a andar poco a poco a lo largo del espacio que separaba dos bancos de trabajo—. Eso fue lo que la llevó a la muerte, que lo sepa.

Ursula la siguió a una distancia prudente.

—Es lo primero que oigo. Por favor, ilústreme.

—Debió de llegar a la conclusión de que sus sueños jamás se harían realidad. —Valerie extendió un brazo y arrancó una flor—. Estoy segura de que por eso se quitó la vida.

—Parece muy familiarizada con el estado mental de Anne en el momento de su muerte.

—La señorita Clifton y yo pasamos mucho tiempo juntas durante los últimos meses. Hablábamos con frecuencia del amor y de la pasión, porque mi poesía versa sobre esas cuestiones. Acabó desarrollando la costumbre de confiar en mí.

Eso era algo difícil de creer, pensó Ursula. Anne era lista, resolutiva y ambiciosa; una superviviente decidida que había aprendido por las malas a no confiar en quienes tenían poder sobre ella. Confió en alguien cuando tenía diecisiete años, mientras trabajaba como institutriz, y acabó violada por el padre de los niños.

La madre la culpó y la echó de inmediato. Un resultado habitual en dichas circunstancias. Lo que enfureció a Anne y despertó en ella el recelo con el que se enfrentaba a sus futuros clientes fue el hecho de que la mujer se negara a pagarle el salario de los tres meses que le debía y que también se negara a darle referencias. Eso le imposibilitó la tarea de encontrar otro empleo durante un tiempo. Anne estuvo a punto de venderse en las calles para poder comer.

No, pensó Ursula, era muy improbable que Anne hubiera confiado en Valerie.

—¿Está segura de que Anne mantenía una relación sentimental? —le preguntó.

—Yo no diría que fuese una relación sentimental. —Valerie arrancó otra flor y siguió caminando por el pasillo—. Fue una seducción o, más bien, un intento de seducción. El objeto de su deseo apenas era consciente de su existencia. A sus ojos era poco más que una sirvienta. No voy a decir que aprobara su comportamiento, pero sí diré que lo entendía.

—¿En qué sentido?

—Sé perfectamente cómo se sentía. —Valerie cogió unas tijeras de podar y cortó una hoja de palmera que estaba lacia—. Yo misma soy poco más que una sirvienta a ojos de mi marido.

En algún lugar situado a espaldas de Ursula sonó una campanilla. Estaba tan concentrada en la conversación que el inesperado sonido la sobresaltó.

—Le dije a Beth que nadie nos interrumpiera —dijo Valerie, molesta. Miró hacia el otro extremo del túnel verde con el ceño fruncido—. Es el ama de llaves. Discúlpeme, ahora mismo vuelvo. —Se alejó por el túnel verde en dirección a la puerta del invernadero.

Ursula esperó hasta que escuchó que la puerta se abría y después se levantó las faldas y recorrió con rapidez el pasillo formado por los parterres, las jardineras y los bancos de trabajo. A lo lejos podía escuchar la voz de Valerie, que le hablaba bruscamente al ama de llaves, pero le era imposible distinguir las palabras.

No vio hojas ni flores que se parecieran a las hojas y flores secas que había cogido en el laboratorio de Rosemont. Cuando llegó al final del pasillo, giró hacia la derecha y siguió un sendero de gravilla.

—¿Señora Kern? —la llamó Valerie—. ¿Dónde está? No la veo.

—Estoy disfrutando de sus especímenes —respondió con voz cantarina—. Tiene usted una colección extraordinaria. Sería un honor si me guiara usted en un recorrido completo.

—Venga ahora mismo. Debe marcharse. Ya no necesitaré más de sus servicios.

«Diantres», pensó. Valerie la estaba despachando. Jamás podría regresar al invernadero.

—Ya voy —replicó—. Es muy difícil encontrar el camino en este lugar, ¿verdad? Ni siquiera veo la puerta principal.

—Quédese donde está, señora Kern. Yo la acompañaré a la salida.

Ursula siguió moviéndose, intentando que sus pasos no delataran su posición. Siguió examinando las plantas, pero ninguna de ellas se parecía a las hojas secas.

—¡Señora Kern! ¿Dónde está?

Ursula se sorprendió al escuchar el repentino vigor que resonaba en la voz de Valerie. No era simple impaciencia. Había otro tipo de energía vibrando bajo la superficie. Emoción.

—¡Señora Kern, no tengo tiempo para esto! Debe marcharse de inmediato.

—Lo entiendo, señora. Pero es que no veo más que follaje. Me siento muy desorientada.

—Quédese quieta. La encontraré. ¿Me ha entendido?

Ursula obedeció, no por la orden, sino porque acababa de toparse con una pared de cristal y con una puerta cerrada con llave. En ese momento, comprendió que el invernadero estaba dividido en dos. La parte posterior era más pequeña que la principal. Dicha estancia estaba repleta de plantas de un verde intenso con flores doradas. Estaba segura de que lo que veía era un buen alijo de las plantas que usaba Rosemont para fabricar la ambrosía.

Valerie se acercó procedente de un grupo de palmeras. Tenía la cara arrebolada y en sus ojos se apreciaba un brillo febril. Se había levantado las faldas con las manos, de manera que la tela le subiera hasta las rodillas para poder caminar más rápido.

La luz se reflejó brevemente en un objeto adherido a sus enaguas. Un botón o algún otro tipo de adorno, pensó Ursula. La mayoría de las mujeres usaba cintas y encajes para añadir un toque travieso a su ropa interior.

—Aquí está —dijo Valerie, que se soltó las faldas—. Venga conmigo y no se demore.

Ursula la siguió con actitud obediente.

—¿Puedo preguntarle por qué me está despidiendo?

—No es asunto suyo, pero da la casualidad de que acabo de recibir la noticia de que pasado mañana llegará un invitado procedente de Norteamérica. Yo... nosotros no lo esperábamos hasta el mes próximo.

—Entiendo.

—Tengo muchas cosas que hacer. Se alojará con nosotros, por supuesto. —Valerie soltó una carcajada que más bien pareció una risilla tonta—. A mi marido no le hará gracia. No le gustan los norteamericanos. Los encuentra carentes de buenos modales. Pero el señor Cobb es un socio de negocios. Debemos tratarlo con el debido respeto.

—Tal vez su marido sugiera que el señor Cobb reserve una habitación en un hotel.

—Un hotel es inaceptable. El señor Cobb nos atendió de forma espléndida en su mansión hace unos meses, cuando visitamos Nueva York, de modo que debemos devolverle la cortesía. Mi marido se consolará con la idea de que la estancia no será muy larga. Solo estará con nosotros unos días, de hecho.

—Una visita extremadamente corta habida cuenta del viaje tan largo que ha hecho el señor Cobb.

—El señor Cobb es un hombre muy ocupado —replicó Valerie—. Como le iba diciendo, ya no necesitaré sus servicios de taquigrafía, señora Kern.

—¿Quiere que le envíe una copia mecanografiada de sus últimos poemas?

—No es necesario.

El ama de llaves aguardaba junto a la puerta de entrada del invernadero. Sus rasgos, los de una mujer de mediana edad, estaban marcados por la expresión de una persona que había aprendido mucho tiempo atrás que la clave para conservar su puesto radicaba en su habilidad para guardar los secretos de sus patrones.

—Acompañe a la señora Kern a la puerta —ordenó Valerie.

27

Griffith estaba apoyado en el tronco de un árbol en el pequeño parque situado al otro lado de la mansión de los Fulbrook. Cuando vio a Ursula se enderezó y se apresuró a abrir la portezuela del carruaje.

Miró la mansión con expresión interrogante.

—Ha terminado antes de tiempo, señora Kern. ¿Va todo bien? Sé que al señor Roxton le preocupaba la idea de que viniera hoy.

—Lady Fulbrook acaba de despedirme. —Ursula se recogió las faldas y subió los escalones para entrar en el carruaje. Se sentó y miró a Griffith—. Sin previo aviso y sin darme referencias, por cierto.

—Aunque no las necesita.

—No, gracias a Dios. Pero tengo novedades, Griffith. Convencí a lady Fulbrook para que me volviera a llevar al invernadero y vi una gran cantidad de la planta de la ambrosía creciendo en una estancia especial.

Griffith entornó los ojos.

—¿Está segura?

—Tan segura como puedo estar sin haberlas examinado de cerca.

—¿Eso quiere decir que Fulbrook está cultivando la planta? Ursula negó con la cabeza.

—No lo creo. Es evidente que Fulbrook no tolera el ambiente del invernadero. Le provoca los síntomas de un resfriado bastante fuerte. Creo que lady Fulbrook cultiva la planta para él. Tengo que contárselo a Slater ahora mismo.

—Después de que la deje en su oficina, lo buscaré y le daré la información —se ofreció Griffith.

—Por favor, lléveme a casa. Tengo que hacer algo allí.

—Sí, señora. —Griffith hizo ademán de cerrar la portezuela. Ursula extendió un brazo para detenerlo.

—Hablando de Slater, ¿sabe dónde se encuentra hoy?

—Ha ido a ver al experto botánico que era amigo de su padre.

Griffith cerró la portezuela, saltó al pescante y azuzó las riendas. Ursula observó la puerta principal de la mansión hasta que la perdió de vista.

Lady Fulbrook se había mostrado más que alterada por la idea de recibir la visita de alguien llegado desde Norteamérica. Se había mostrado emocionada. Era evidente que no tenía problemas para tolerar los rudos modales del socio mercantil de su marido.

La señora Dunstan abrió la puerta de la casa con aire preocupado.

—Ha vuelto pronto a casa, señora Kern. ¿Va todo bien? ¿Todavía está alterada por la espantosa experiencia de ayer? Es absolutamente normal, en mi opinión. Le dije que no debería ir a trabajar hoy.

—Agradezco su preocupación, señora Dunstan, pero me encuentro muy bien, gracias. —Ursula se quitó el sombrero y los guantes—. He vuelto antes a casa porque mi clienta me ha despedido. Ha recibido la noticia de que un invitado procedente de Norteamérica llegará pasado mañana. Estaba muy alterada por todo el asunto. Le habría dicho a Griffith que me llevara a la oficina, pero he recordado que tengo que ocuparme de algo aquí en casa.

—Entiendo. —La señora Dunstan se despidió de Griffith con la mano y cerró la puerta—. Ha llegado una nota mientras estaba fuera. La he dejado en su estudio.

—¿Una nota? —Ursula dejó el sombrero y los guantes en las capaces manos de la señora Dunstan y echó a andar a toda prisa por el pasillo en dirección al estudio—. ¿Es del señor Roxton por casualidad?

—Si es suya, se le ha olvidado poner su nombre en el sobre —contestó la señora Dunstan a su espalda.

Ursula abrió la puerta del estudio. Había vuelto a casa para revisar con más atención la correspondencia entre Anne y Paladin, el editor de la revista trimestral. Pero cuando vio la nota en su escritorio, reconoció la letra enseguida. Se le formó un nudo en el estómago. Se olvidó de las cartas.

Abrió el sobre despacio, temerosa de lo que sabía que iba a encontrar dentro. Se recordó que tenía un plan. Dejaron de temblarle las manos.

Leyó deprisa el contenido de la misiva. Ciertamente, el chantajista le había puesto precio a su silencio.

... Como puede ver, una suma insignificante. Un trato estupendo. Deje el dinero en la cripta del ángel doliente del cementerio de Wickford Lane. Asegúrese de que lo deposita antes de las cuatro de esta tarde o la prensa se enterará de su verdadera identidad.

No era la cantidad de dinero indicada lo que hizo que la rabia la consumiera. El precio que el chantajista le había puesto a su silencio no era tan alto como había esperado. Lo que la enfurecía era la certeza de saber que ese pago sería el primero de una interminable lista de exigencias.

Dobló la nota.

Tenía un plan. Había llegado el momento de llevarlo a cabo.

Fue hasta la caja fuerte dorada situada en un rincón de la estancia, se agachó e introdujo la combinación para abrirla. Apartó algunos recuerdos de su otra vida: una fotografía de sus padres, las últimas cartas que su padre le habían enviado antes de morir a causa de unas fiebres en Sudamérica y la alianza de su madre.

Tras guardar el último mensaje del chantajista junto a la bolsa de terciopelo donde estaban las joyas de Anne y las cartas de Paladin, sacó la pequeña pistola que su padre le había dado. Le había enseñado a usarla antes de partir en el que sería su último viaje al extranjero. «Una dama nunca sabe cuándo tendrá que defenderse.» Por aquel entonces, ella tenía dieciocho años.

Comprobó que la pistola estuviera cargada antes de cerrar de nuevo la caja fuerte.

Se puso en pie, metió la pistola en el maletín y recorrió el estudio con la mirada en busca de algo que pudiera pasar por billetes. Un periódico del día anterior estaba en el escritorio. Cortó varios trozos, los dobló y los metió en un sobre, que metió a su vez en el maletín.

Recogió el maletín y corrió hacia el vestíbulo. Estaba cogiendo la capa gris de la percha cuando la señora Dunstan apareció desde la cocina, limpiándose las manos con el delantal.

—¿Sale otra vez, señora? —preguntó el ama de llaves. Miró por la ventana lateral de la puerta—. Empieza a haber niebla.

—Acabo de acordarme de que tengo una cita con un nuevo cliente esta tarde. Casi se me olvida.

—Es un poco tarde para ver a un cliente, ¿no le parece?

—Los clientes pueden ser muy exigentes.

La señora Dunstan abrió la puerta con evidente renuencia.

—¿Quiere que llame a un carruaje de alquiler?

—No será necesario. Será más rápido si atravieso el parque.

—¿Dónde vive ese cliente? —preguntó la señora Dunstan, más inquieta si cabía—. Después de lo que sucedió ayer...

—No se preocupe por mí, señora Dunstan. El cliente reside en un vecindario muy tranquilo. En Wickford Lane.

28

La antigua iglesia y el cementerio de Wickford Lane se encontraban en un lamentable estado de abandono. Las ventanas y la puerta de la capilla estaban cerradas a cal y canto. Las malas hierbas cubrían el cementerio adyacente. La verja estaba abierta y colgaba de sus goznes. No había flores frescas en las tumbas. Los monumentos y las criptas que surgían de forma amenazadora de entre la niebla acusaban los rigores del tiempo y, en muchos casos, estaban agrietados y rotos.

Ursula se abrió paso despacio entre el jardín conformado por las lápidas de piedra, en busca de un ángel doliente. A la postre, estuvo a punto de darse de bruces con un ala rota.

Se apartó con presteza y miró la figura que guardaba la entrada de una cripta. Era un ángel de piedra de gran tamaño, con la cara cubierta por las manos.

La verja de hierro forjado que otrora impidiera la entrada a la cripta se encontraba abierta de par en par.

Unos pasos amortiguados por la niebla en algún lugar del cementerio le provocaron un gélido ramalazo de temor. El chantajista se encontraba en algún lugar cercano, vigilándola. Resistió el impulso de darse media vuelta y buscarlo. Se dijo que no debía darle indicio alguno de que había descubierto su presencia.

Atravesó la entrada de la cripta. Sus ojos tardaron un instante en acostumbrarse a la penumbra. Dado que no había ventanas y que la luz que entraba por la puerta era muy tenue, apenas fue capaz de distinguir el banco de piedra designado como un lugar para sentarse y contemplar la mortalidad.

Sacó el sobre del maletín y lo dejó en el banco.

Cumplido el cometido, salió de la cripta y echó a andar sin detenerse hacia la verja del cementerio. Mientras caminaba, aguzó el oído y creyó escuchar unos pasos amortiguados por la niebla. Parecían moverse en dirección a la cripta, pero no estaba segura.

Se apresuró a salir del cementerio, confiada en poder perderse entre la niebla gracias a su capa gris. Se aseguró de que sus pasos resonaran en la calzada durante un rato, con la esperanza de dar la impresión de estar abandonando el lugar. Después, haciendo el menor ruido posible, se agachó bajo el arco de la puerta de la iglesia.

Desde ese lugar, apenas veía los postes de la verja de entrada del cementerio, ocultos por la niebla. Que ella supiera, esa era la única entrada y salida del lugar.

Esperó con el corazón desbocado al pensar en lo que pretendía hacer.

En un primer momento, no hubo movimiento alguno entre la niebla. Empezó a temer que su plan hubiera fracasado, que el chantajista se le hubiese escapado. Tal vez se hubiera equivocado al creer que escuchaba pasos. Aunque estaba segura de que la estaba esperando y vigilando, se corrigió. Lo lógico era que quisiera coger el pago antes de que cualquier vagabundo en busca de refugio lo encontrara por accidente.

Estaba en el proceso de tratar de urdir un nuevo plan por si acaso el primero fallaba cuando vio una figura que se movía entre la densa niebla que cubría el cementerio. Se quedó muy quieta, temerosa de albergar la esperanza de que su plan hubiera funcionado y renuente a pensar en lo que debía hacer a continuación. Ya había tomado una decisión. No debía perder el valor.

La figura que se movía entre la niebla resultó ser la de un

hombre ataviado con un gabán raído. Llevaba el cuello levantado y un bombín calado hasta las cejas para ocultar sus rasgos. Se detuvo en la verja y observó los alrededores. Ursula sabía que apenas podría ver nada por culpa de la niebla.

Había llegado el momento de poner su plan en marcha. El objetivo era atraparlo dentro del cementerio. Si esperaba hasta que el hombre saliera, podría huir a la carrera. Era muy poco probable que ella pudiera alcanzarlo, impedida como estaba por varios kilos de ropa, y que la pistola demostrara ser efectiva si la distancia era demasiado grande. Estaba diseñada para los confines de un antro de juego, para un carruaje o para un dormitorio.

Hizo acopio de valor mientras empuñaba el arma con fuerza y adoptaba una actitud decidida, y después salió de debajo del arco y echó a andar con rapidez hacia la verja del cementerio. El chantajista no la vio en un primer momento.

Cuando escuchó sus pasos ligeros y rápidos, el hombre dio media vuelta, alarmado. Pero para entonces Ursula ya estaba casi a su lado.

—Deténgase o disparo —lo amenazó.

La ira y la determinación que la embargaban debieron ser evidentes en su tono de voz, porque el chantajista soltó un chillido a causa del susto y se internó en el cementerio, donde se ocultó tras una lápida de piedra.

—No dispare —dijo con la voz trémula por el pánico.

Esa no era la reacción que ella esperaba. Había pensado que cuando se viera amenazado por un arma peligrosa, el chantajista se quedaría paralizado en el sitio y obedecería sus órdenes. Sinceramente, era lo que ella había hecho cuando Rosemont la apuntó con la pistola. Acababa de descubrir que no todo el mundo reaccionaba igual en un momento de crisis.

Comprendió que su única opción era seguirlo hacia el cementerio. Atravesó nerviosa la verja de entrada y echó a andar hacia la lápida de piedra tras la que se ocultaba el villano.

—Salga —le dijo—. No dispararé a menos que me obligue a hacerlo.

—No, por favor, todo esto es un terrible error.

El chantajista se puso en pie de un brinco como si fuera un conejo asustado y se internó aún más en el cementerio.

—¡Que me aspen! —susurró Ursula.

Los monumentos y las lápidas se alzaban por doquier. Empezó una búsqueda sistemática. Escuchó los jadeos del chantajista y sus pasos al escabullirse, de manera que supo que se había movido de nuevo.

De repente, comprendió que podían estar jugando eternamente al escondite.

El plan no estaba funcionando como era debido. Tal vez la mejor opción fuera regresar a la verja de entrada y esperar a que el hombre saliera. No podía quedarse para siempre en el interior del cementerio.

Había empezado a caminar con cautela hacia la verja cuando escuchó los pasos de alguien que se acercaba al cementerio. No eran sus pasos, ni los del chantajista. Al menos dos personas más habían llegado a la escena.

—Maldición —dijo Slater, que se colocó detrás de Ursula y la tomó de un brazo, deteniéndola con brusquedad—. ¿Qué demonios...? —Dejó la frase en el aire cuando se percató de que empuñaba una pistola—. ¿Vas armada?

Le quitó la pistola de las manos antes de que ella adivinara sus intenciones.

—Devuélvemela —le ordenó Ursula, embargada por una feroz desesperación—. Va a escaparse.

—No —dijo Slater, que alzó un poco la voz para decir—: ¿Griffith?

—¡Lo tengo! —le respondió el aludido, que apareció por detrás de una cripta, aferrando por el cuello del gabán al chantajista, cuyos pies se agitaban en el aire a unos cuantos centímetros del suelo.

—Entre sus muchas otras funciones durante su etapa en la compañía de teatro, Griffith era el encargado de vigilar la recaudación del día y de asegurarse de que nadie entrara a ver la función sin haber pagado la entrada —adujo Slater.

—Bájeme —chilló el chantajista—. Soy un ciudadano inocente. Esa loca me ha apuntado con un arma. ¿Qué otra cosa iba a hacer sino correr?

Griffith miró a Slater.

—¿Qué quiere que haga con él, señor Roxton?

—Tráelo aquí, Griffith. Vamos a tener una pequeña charla para aclarar todo este asunto.

Griffith soltó al chantajista, que regresó al suelo.

—¿Quién es usted? —preguntó Slater.

Ursula logró ver por fin la cara del hombre. La indignación se apoderó de ella al instante.

—Se llama Otford —afirmó—. Gilbert Otford. Trabaja para esa basura de periódico, *El Divulgador Volante*.

29

—Esta espantosa criatura intenta chantajearme —dijo Ursula. Miró a Otford con asco—. He venido para detenerlo.

—Iba a dispararme. —Otford la miró sin dar crédito, totalmente estupefacto—. A sangre fría. ¿Cómo puede hacer algo así?

Otford tenía treinta y muchos años, casi cuarenta ya. Sus ojos eran de un azul claro y tenía el pelo rubio cobrizo y la cara rojiza. Su ropa había visto mejores tiempos. Las mangas del gabán y los bajos de sus pantalones estaban deshilachados. La camisa fue blanca en otra época, pero en ese momento tenía un tono amarillento. Colgaban hebras de su corbata lacia.

No era un criminal profesional, concluyó Slater; de hecho, parecía un hombre desesperado. Aunque semejantes individuos podían ser ineptos, no por ello eran menos peligrosos.

—No iba a dispararle... En fin, no pensaba hacerlo a menos que no me dejara otra alternativa —replicó Ursula—. Solo quería descubrir su identidad.

Otford la miró con recelo.

—¿Para qué querría saber mi identidad si no era para matarme?

—Para denunciarlo a la policía, por supuesto —contestó Ursula. Miró a Otford con una sonrisa gélida—. Estoy segurísima de que un hombre capaz de chantajear a una dama guarda unos cuantos secretos que le interesa mantener ocultos.

Slater miró a Griffith, que observaba a Ursula con patente admiración. En cambio, él no tenía muy claro qué le provocaba esa situación. Aún trataba de asimilar la idea de que Ursula creyera necesario tener un arma. Nunca había conocido a una dama que llevase una. Cierto que era una pistola minúscula, pero a poca distancia era un arma letal. Y pensar que creía conocer a Ursula lo suficiente como para que sus actos no lo sorprendieran... Se había equivocado de parte a parte.

—Bueno, pues tengo noticias para usted, señora Kern, no oculto secreto alguno. —Otford irguió sus enclenques hombros—. Soy periodista.

Ursula se desentendió del comentario.

—Me ha reconocido del juicio, ¿verdad? Recuerdo su cara entre la multitud. Se sentaba en primera fila todos los días como un buitre a la espera de despedazar un trozo de carne putrefacta.

—Cubrí el juicio del divorcio de los Picton, sí. —Otford alzó la barbilla—. Era mi deber como periodista.

—Pamplinas. Era uno de tantos supuestos caballeros de la prensa que arruinó mi reputación y me obligó a adoptar una nueva identidad. Estuve a punto de acabar en un hospicio o en la calle por su culpa, señor Otford. ¿Y ahora tiene la desfachatez de intentar chantajearme?

—Solo he pedido un puñado de libras —replicó Otford. Agitó una mano para indicar su sombrero y su vestido—. Parece que le ha ido muy bien, señora. Mientras que yo no tengo dónde caerme muerto. Me van a echar de mi alojamiento a finales de esta semana si no consigo pagar el alquiler. Llevo todo el mes comiendo en un comedor de beneficencia.

—Pero tiene trabajo. —Ursula entornó los ojos—. ¿Se ha dado al juego, señor? ¿Por eso pasa hambre?

Otford soltó un hondo suspiro. Se encogió.

—No, no he caído en el vicio del juego. Mi editor me despidió. Me dijo que llevo meses sin presentarle nada que llame la atención del público. Que no me estaba ganando el sueldo, eso me dijo. Estoy trabajando en la publicación de una revista semanal que se encarga de las noticias de los bajos fondos y del trabajo policial, pero el negocio requiere dinero.

—Así que decidió chantajearme para obtenerlo —dijo Ursula—. ¿A quién más está chantajeando, señor Otford?

El aludido se ofendió.

—No pienso ganarme la vida como chantajista, señora. Solo era una forma de ayudarme a pasar esta mala racha.

—Han pasado dos años desde el juicio de los Picton —replicó Ursula—. Me esforcé en desaparecer. ¿Cómo me ha encontrado?

A Slater se le ocurrió una idea de repente.

—Es una excelente pregunta —dijo él. Cogió a Ursula del brazo y le hizo un gesto a Griffith, que aferró a Otford del hombro—. Sugiero que nos vayamos a un lugar más discreto para hablar del tema. No hay motivo para quedarnos en plena calle.

30

Slater los llevó a todos de vuelta a su casa, los invitó a sentarse en la biblioteca y después le pidió a la señora Webster que llevara la bandeja del té. La mujer se había percatado de inmediato de la situación. En la mesa emplazada en el centro de la estancia descansaba una bandeja llena de sándwiches y dulces.

Otford estuvo a punto de echarse a llorar cuando vio los sándwiches. Se abalanzó sobre ellos con el apetito de un hombre que llevara días sin comer bien. Griffith no se mostró tímido tampoco. Llenó un platillo con varios sándwiches y unas cuantas tartaletas de limón.

Slater se acomodó en su sillón tras el escritorio, cruzó los brazos y observó a Ursula. Empezaba a preocuparse por ella. No demostraba interés por la comida y apenas ninguno por la fuerte y reconstituyente taza de té. Hasta hacía un momento parecía estar muy furiosa, pero en ese instante se mantenía sentada y tensa. Tenía la impresión de que se estaba preparando para un inminente desastre.

—Ursula —dijo con suavidad—, todo se arreglará.

Ella lo miró con una expresión un tanto aturdida. Saltaba a la vista que estaba sumida en sus pensamientos, pero no tardó en volver a la realidad.

—¿Cómo sabía dónde me encontraba? —le preguntó con evidente recelo y usando un tratamiento formal.

—Fui a su casa —respondió él, imitándola ya que no estaban solos—. Tenía noticias que darle. La señora Dunstan me dijo que había salido con muchas prisas hacia Wickford Lane para entrevistarse con un nuevo cliente. Parecía pensar que era poco probable que un residente de ese vecindario estuviera buscando una elegante taquígrafa.

—Entiendo.

—Ursula, estaba preocupada por usted.

Ella hizo caso omiso del comentario.

—¿Qué noticias tenía que comunicarme?

—Esta mañana han encontrado el cuerpo de Rosemont en un callejón cercano al puerto.

—¿Cómo? —Ursula estaba a punto de beber un sorbo de té, pero soltó la taza con tanta fuerza que parte del contenido se derramó en el platillo—. ¿Está muerto?

—Y no ha sido un accidente —dijo Slater—. Lo han asesinado.

—¡Por el amor de Dios! —exclamó Ursula.

—¿Asesinado? —preguntó Otford, si bien tenía en la boca un buen trozo de sándwich. Abrió los ojos de par en par—. ¿De qué están hablando? ¿Quién es el tal Rosemont?

—Un perfumero recientemente fallecido —contestó Slater.

—¡Ah! —Otford perdió interés en el asunto y eligió otro sándwich—. Nadie relevante, pues.

Slater se volvió hacia Ursula.

—He hablado con la policía. El detective encargado del caso tuvo la amabilidad de ofrecerme cierta información.

—Bueno, no me extraña que la policía le haga caso —replicó Ursula con severidad—. Es Slater Roxton.

Slater fingió no haberla escuchado.

—Me aseguró que la muerte de Rosemont parece obra de un asesino profesional. Un estilete en la nuca.

Ursula parpadeó y después apareció en sus ojos una expresión especulativa. No era la única que prestaba atención a la conversación. Otford había dejado de comer otra vez.

—¿Qué es eso de un asesino profesional? —Se tragó de golpe el trozo de sándwich que tenía en la boca y se limpió con la manga. Acto seguido, sacó un cuadernillo de notas y un lápiz—. ¿Un estilete ha dicho? Si hay un villano profesional involucrado en el asunto, eso es harina de otro costal. No es el típico criminal de los bajos fondos. Mi editor podría estar interesado. Ya veo el titular: «Asesino acecha las calles de Londres.»

Slater levantó una mano.

—Otford, no va a mencionarle esto a su editor, de ninguna de las maneras. Si hace lo que le digo, podrá tener la exclusiva de la historia de fondo, que es mucho más importante.

Otford dejó de escribir.

—¿Una historia más importante? ¿Algún viso de escándalo? Los lectores prefieren las noticias emocionantes, ya sabe.

—Señor Otford, satisface usted a unos lectores muy selectos. —Ursula esbozó una sonrisa gélida—. Debe de estar muy orgulloso.

Otford la miró echando chispas por los ojos.

—Tengo una responsabilidad hacia el público, señora.

—¿Y qué me dice de la responsabilidad hacia la verdad, señor Otford?

—A ver, el pequeño altercado del cementerio no me convierte en un villano, señora.

—Yo no opino lo mismo —le soltó Ursula.

Slater decidió intervenir antes de que la situación se deteriorara aún más.

—Vamos a intentar concentrarnos en el tema en cuestión —dijo—. Creo que es muy probable que el asesino intente matar a alguien más dentro de poco.

—¿Ah, sí? —Otford se animó de inmediato.

—Señor Otford, creo que puedo prometerle con total seguridad que obtendrá una historia que lo ayudará a iniciar su carrera como editor de uno de los semanarios de sucesos más populares de Londres. —Slater hizo una pausa antes de añadir en voz baja—: Y lo que es más, si colabora en nuestra investigación, prometo ayudarlo financiando su proyecto.

Otford parecía aturdido.

—¿Me respaldaría económicamente, señor?

—Sí, porque creo que puede resultarnos útil.

—Procuraré que así sea. Cuente conmigo, señor Roxton.

Ursula puso los ojos en blanco y bebió un sorbo de té.

—A cambio de su ayuda en la investigación que estamos llevando a cabo la señora Kern y yo —siguió Slater—, le pagaré el alquiler de este mes y le ofreceré los medios necesarios a fin de que pueda mantenerse hasta que esté listo para publicar su primer folletín truculento. Pero quiero su promesa de que mantendrá la boca cerrada hasta que le dé permiso para publicar la historia.

—Desde luego, señor. Le doy mi palabra de honor.

Ursula resopló.

—Señor Otford, es usted un chantajista. Eso menoscaba bastante su palabra de honor, ¿no le parece?

El hombre logró parecer dolido.

—Mi vida se ha complicado en exceso en los últimos tiempos, señora Grant.

—Ahora me llamo señora Kern, gracias en gran parte a usted y a sus desagradables artículos sobre el juicio del divorcio de los Picton. Para su información, mi vida también se ha complicado mucho.

Slater levantó una mano.

—Ya está bien. Creo que ha llegado el momento de que establezcamos ciertas prioridades y avancemos de un modo efectivo y eficiente. Lo primero de todo: Otford, ¿cómo descubrió la identidad de la señora Kern?

El aludido miró a Ursula de reojo con incomodidad y carraspeó.

—En cuanto a eso, señor, me temo que no puedo decírselo.

—Entiendo que su ética periodística sea más importante para usted que el desarrollo de esta investigación —repuso Slater—.

213

Sin embargo, si ese es el caso, me temo que nuestro acuerdo económico no se llevará a cabo.

Otford parecía estar al borde del pánico. Agitó las manos con vehemencia.

—No, no, me ha malinterpretado, señor. No me refería a que no estoy dispuesto a revelar la identidad de la persona que me dio la información, me refería a que realmente no puedo decirle quién es. Desconozco la identidad de dicha persona.

Ursula lo atravesó con una mirada asesina.

—En ese caso, le pido que sea tan amable de explicar cómo me ha descubierto.

—A principios de esta semana, alguien me dejó un sobre por debajo de la puerta. —Otford suspiró—. El lunes por la tarde, a última hora, para ser más exactos. Es evidente que alguien está al tanto de que cubrí el juicio de los Picton y de que seguramente podría reconocerla si volvía a verla. La nota me proporcionó su dirección y la dirección de su agencia de secretarias. Fui sin pérdida de tiempo a su oficina y la vi a usted por la ventana mientras lo recogía todo para cerrar. Supe de inmediato que era la mujer que había testificado en el juicio. Ha cambiado su estilo de peinado y ahora lleva luto, pero de todas formas posee usted una cualidad muy peculiar, señora Grant..., quiero decir, señora Kern.

—¿Peculiar? —Ursula parecía hablar con los dientes apretados.

—No es su físico —se apresuró a asegurar Otford—. No tiene rasgo alguno que sea especialmente memorable, pero su carácter tiene algo que deja lo que solo podría calificar de huella imborrable.

Slater creyó oportuno distraer a Ursula antes de que contraatacara con alguna réplica.

—¿Dice que recibió el mensaje relacionado con la señora Kern el lunes? —preguntó.

—Correcto —contestó Otford.

Slater miró a Ursula.

214

—El mismo día que fue a casa de lady Fulbrook por primera vez —reconoció.

—Dijo usted que alguien me observaba mientras salía de la casa y me subía al carruaje aquel primer día —replicó Ursula.

Griffith cogió la cafetera.

—Parece que alguien quería quitar de en medio a la señora Kern.

—En ese caso, ¿por qué no despacharme sin más? —preguntó Ursula—. Eso es lo que ha hecho lady Fulbrook hoy.

—Ponerle fin al acuerdo laboral con su agencia de secretarias la habría mantenido alejada de la mansión de los Fulbrook —señaló Slater—, pero no habría evitado que siguiera usted indagando sobre la muerte de la señorita Clifton.

—Pero no le he dicho a nadie que estaba investigando al respecto —apostilló ella.

Slater enarcó las cejas.

—Llamó a la policía el mismo día que encontró el cadáver. Al ver que de esa forma lograba escasos resultados insistió en ocupar el lugar de la señorita Clifton como secretaria de lady Fulbrook. Y ese día la vieron marcharse en mi carruaje. En resumidas cuentas, creo que es sensato suponer que ha puesto a alguien muy nervioso. Y el hecho de que la vieran en mi compañía significa que habría sido arriesgado asesinarla sin más.

Ursula tragó saliva.

—Porque usted habría exigido, y sin duda conseguido, una investigación policial a fondo.

—Que es lo último que quiere Fulbrook —concluyó Slater.

Otford se animó de nuevo.

—Y pregunto yo, ¿creen que fue lord Fulbrook quien deslizó el mensaje sobre la señora Grant, la señora Kern, por debajo de mi puerta?

—Más bien un criado cumpliendo la orden; pero sí, creo que es muy posible que Fulbrook lo pusiera al tanto de la identidad de la señora Kern.

A Ursula se le llenaron los ojos de lágrimas.

—Pero eso significa que Anne debió de decirle cuál era mi verdadera identidad. ¿Por qué lo hizo? Confiaba en ella.

Slater quiso reconfortarla, pero sabía que no era el momento.

—Lo que Fulbrook no sabía era que Otford intentaría chantajearla en vez de exponerla en la prensa sensacionalista.

Otford miró a Ursula con una sonrisa benévola.

—Ahí lo tiene, señora Kern, le he hecho un favor. Bien está lo que bien acaba, ¿no es cierto?

Ursula no se molestó en contestar. Sacó un pañuelo de su maletín y se enjugó las lágrimas.

Slater la miró.

—Cuando Griffith vino hoy a recogerme a casa del experto botánico me dijo que lady Fulbrook la había despedido de inmediato después de recibir un mensaje sobre un invitado procedente de Norteamérica a quien esperan pasado mañana.

—Es cierto. —Ursula había recuperado la compostura. Bebió un poco de té y soltó la taza—. Lady Fulbrook se alegró al recibir las noticias. Estaba emocionada, comentó incluso que no esperaban la llegada del señor Cobb hasta el mes que viene. Me dejó bien claro que su marido no tenía buena opinión del hombre, pero que se veía obligado a recibirlo con educación porque el señor Cobb era un socio de negocios. Me pareció evidente que Cobb es un neoyorquino rico y poderoso. Hace varios meses ejerció de anfitrión de los Fulbrook cuando estos lo visitaron.

—Interesante —replicó Slater, que se quitó los anteojos con gesto distraído, se sacó un pañuelo y empezó a limpiar los cristales—. Reflexionemos sobre lo que tenemos hasta ahora. Dos personas que tenían relación con la distribución de la ambrosía están muertas: Anne Clifton y Rosemont. Y un socio norteamericano de los Fulbrook, dueño de una fortuna, viene de camino a Londres.

—Hay algo más —añadió Ursula—. Hoy he visto las plantas de la ambrosía.

Slater se quedó petrificado.

—¿Ah, sí?

—Lady Fulbrook tiene toda una zona del invernadero dedicada a su cultivo.

Slater sopesó la noticia.

—Eso es aún más interesante. Otro paso en el camino. El patrón empieza a hacerse visible. —Se percató de que los demás habían guardado silencio y de que lo miraban con curiosidad. Se puso los anteojos—. El experto botánico a quien he consultado esta mañana me ha informado de que lo que llamamos «la planta de la ambrosía», cuyo nombre en latín es muy largo y complicado, es una especie de leyenda en la comunidad botánica —dijo—. Todas las referencias sobre ella proceden del Lejano Oriente y la mayoría son meros rumores. No sabía de ningún espécimen que hubiera sido cultivado con éxito en Gran Bretaña. Según las pocas notas que ha encontrado, la planta provoca alucinaciones y una intensa euforia.

Otford había estado anotando dicha información con presteza. En ese instante, se detuvo y alzó la vista, con el ceño fruncido.

—¿Qué hace que esta droga en concreto sea tan especial? La verdad es que ahora mismo hay una gran variedad de derivados del opio disponibles por doquier. La mayoría de las amas de casa tiene su propia receta para obtener láudano.

—De momento, la ambrosía posee la distinción de ser algo único porque, que nosotros sepamos, procede de una única fuente —contestó Slater—. El Club Olimpo parece tener el monopolio. Los monopolios pueden ser muy rentables.

—Ajá. —Otford golpeó el cuadernillo con el lápiz—. El nombre de ese club me suena. Pero no recuerdo por qué.

—En ese caso, me gustaría que viera si es capaz de descubrir algo sobre el Club Olimpo —dijo Slater—. Hable con algunos de los empleados que trabajan en él, pero le advierto que sea discreto. Hay personas relacionadas con este asunto que ya han muerto.

Otford pareció alegrarse.

—Exacto. Asesinatos. Un asesino que anda suelto.

—Eso parece —replicó Slater—. Creo que debemos descubrir todo lo que podamos sobre Cobb.

—Pero de momento ni siquiera está en Londres —señaló Ursula.

Slater supo que no lo estaba rebatiendo, simplemente se mostraba curiosa sobre su razonamiento.

—El hecho de que Cobb no haya llegado aún no significa que no esté involucrado en este asunto —repuso. Se colocó tras su escritorio, se sentó y cogió una hoja de papel—. Griffith, voy a entregarte un telegrama que quiero que envíes a un antiguo cliente mío residente en Nueva York. Quiero que lo lleves a la oficina de telégrafos más cercana de inmediato.

Griffith se ventiló la última tartaleta y se limpió las manos.

—Sí, señor.

Slater escribió el mensaje. Griffith cogió el papel y le echó un vistazo a la dirección.

—¿Su cliente es el director de un museo?

—De vez en cuando, les seguía la pista a los objetos robados que él me indicaba y lo ayudé a evitar que comprara algunas falsificaciones que le ofrecían. Un caso, en particular, tenía el potencial de acabar por completo con la reputación del museo. Pero todo salió bien y ahora el director me debe un favor. Tal vez no sepa nada sobre Cobb, personalmente, pero tendrá contactos con la élite más prestigiosa de la ciudad. Si Cobb tiene dinero, que parece ser el caso, la gente lo conocerá.

—Muy bien, pues. —Griffith dobló la hoja de papel y se la guardó en un bolsillo—. Me marcho.

Otford esperó a que la puerta se cerrara y después carraspeó.

—Creo que adivino por dónde va, señor —dijo—. ¿De verdad cree que un caballero de alcurnia como lord Fulbrook puede estar involucrado en estos asesinatos?

—No lo sé —contestó Slater—. Sigo recabando información. Cuanto antes realice usted las pesquisas, antes sabremos más sobre lo que está sucediendo.

—Entendido, señor. —Otford se puso en pie de un brinco y cogió el último sándwich de la bandeja—. Sé exactamente cómo sonsacarle información a la servidumbre. Mis padres eran criados. Pero le aseguro que nadie me dirá nada a menos que los compense de alguna manera.

—Le diré a mi mayordomo que le entregue dinero para los sobornos. —Slater tiró del cordón de la campanilla—. Webster también se encargará de darle el dinero de su alquiler.

Otford rio entre dientes y echó a andar hacia la puerta.

—Es usted muy amable, señor. Estoy deseando trabajar en este proyecto. Con una historia tan importante y su respaldo económico, podré publicar mi semanario. —Y con eso desapareció hacia el pasillo.

Ursula miró a Slater. Una profunda curiosidad brillaba en sus ojos.

—¿Le hiciste un favor al director de un museo de Nueva York? —le preguntó con voz neutra y tuteándolo al quedarse a solas.

—Ya te advertí de que tenía un pasado un tanto gris, Ursula.

Ella esbozó una sonrisa renuente.

—Igual que yo.

—A lo mejor esa es la señal que nos indica que estamos hechos el uno para el otro.

—Algunos pasados son más grises que otros. Pero, teniendo en cuenta lo sucedido, supongo que te debo una explicación.

—Tienes derecho a tu intimidad —replicó él—. Todo el mundo oculta secretos.

—Por desgracia, parece que los míos ya no están ocultos.

31

Ursula bebió un poco más de té antes de soltar la taza. Se puso de pie y se acercó a la ventana para mirar el jardín.

—Supongo que debería darte las gracias por seguirme al cementerio esta tarde —dijo.

—No es necesario —replicó Slater.

No sabía muy bien cómo interpretar la sosegada paciencia que demostraba Slater. Muchos hombres se habrían quedado de piedra al descubrir que estaban manteniendo una aventura con una mujer a la que chantajeaban, una mujer que se había visto envuelta en un escándalo de divorcio, una mujer que llevaba una pistola para reunirse con un chantajista.

—No iba a matarlo, que lo sepas —dijo al cabo de un momento—. Otford no merecía que me arrestasen y me colgasen por asesinato. Pero creía que podía amedrentarlo para que me dejase tranquila.

—Era un plan de lo más razonable.

Lo miró por encima del hombro.

—¿De verdad lo crees?

—Tenía los problemas habituales asociados a las estrategias improvisadas, pero sí, en líneas generales, no era un mal plan. Podría haber funcionado.

Su aprobación la animó mucho.

—Debo decirte que lo has manejado de maravilla —lo elogió—. Un plato de sándwiches y un poco de dinero, y de repente trabaja para ti.

—Cree que va a trabajar en su propio beneficio, y, en cierto modo, así es. He aprendido que la mayoría de la gente está dispuesta a trabajar en proyectos de los que cree que va a sacar algún provecho.

Ursula sonrió al escucharlo.

—¿Detecto cierto cinismo?

—Me considero un realista, Ursula.

Eso le hizo gracia.

—Sin embargo, eres un romántico empedernido.

El comentario pareció dejarlo de piedra. Cuando se recuperó, adoptó una expresión acerada.

—¿Por qué demonios lo dices?

—Mucho me temo que has tenido la terrible desgracia de nacer con el alma de un héroe antiguo, Slater. Contratas a personal de servicio tan variopinto que nadie lo contrataría. Has vuelto a Londres para proteger la herencia de tus hermanastros aunque el título y el dinero deberían haber sido tuyos por derecho de nacimiento. No te sientes en casa, pero te quedas por las obligaciones que te impusieron. Y has insistido en involucrarte en lo que la mayoría de la gente consideraría un plan disparatado y estúpido, investigando un asesinato porque temías que me pusiera en peligro.

Slater meneó la cabeza.

—Ursula... —Guardó silencio, a todas luces sin palabras.

—Sí, Slater, mucho me temo que estás destinado a ser el héroe.

—Paparruchas. —Se puso en pie y atravesó la estancia para llegar a su lado—. Ahora lo que importa es encontrar a la persona que coló la nota por debajo de la puerta de Otford con la información acerca de tu verdadera identidad y tu dirección.

—La única persona que conocía la verdad acerca de mi persona, al menos que yo sepa, era Anne Clifton. Debió de confiarle la información a alguien de la casa de los Fulbrook. Pero ¿por qué lo hizo? —Ursula parpadeó para contener las lágrimas—. Confiaba en ella. Creía que era mi amiga.

Slater la abrazó con fuerza.

—No todo el mundo se merece tu confianza.

—¿Crees que no lo sé? —Ursula se liberó de sus brazos y corrió en busca de su maletín. Sacó un pañuelo y se enjugó los ojos—. Sabía que Anne era imprudente en algunos aspectos, pero teníamos muchas cosas en común. Es muy difícil vivir sin contar con al menos una persona que conozca la verdad sobre ti.

—Te sentías muy sola y no contabas con nadie. Corriste un riesgo. No salió bien. No es el fin del mundo.

Lo miró con una sonrisa tristona.

—No lo es, ¿verdad?

—La pregunta verdaderamente importante es a quién se lo contó Anne Clifton. —Slater empezó a andar de un lado para otro—. ¿A lady Fulbrook, quien a su vez se lo contó a su marido?

Ursula intentó concentrarse.

—¿Recuerdas que te dije que creía que Anne mantenía una aventura amorosa?

Slater se detuvo en el extremo más alejado de la estancia y la miró.

—Sí.

—Tal vez se convirtió en la amante de lord Fulbrook. Lady Fulbrook me dijo que intentó advertir a Anne de que no entablase una relación con un hombre que estaba totalmente fuera de su alcance. Si Anne mantenía una aventura con Fulbrook, eso explicaría por qué se involucró en su negocio con la droga. —Hizo una pausa—. Y tal vez también explicaría por qué le contó la verdad sobre mí. Se habría sentido segura para confiar en su amante.

—Todavía no tenemos todas las respuestas —dijo Slater—. Seguimos en el camino.

—¿Qué camino?

—Es una forma de hablar —respondió, distraído. Cruzó la estancia hacia ella, le cogió una mano y le besó la palma. La miró a los ojos—. No temas, encontraremos la salida de este laberinto.

Se hizo el silencio en la habitación.

—En cuanto al juicio del divorcio de los Picton... —dijo Ursula al cabo de un momento.

—No importa.

—Sí que importa. —Se zafó de su mano y se acercó a la ventana—. Mereces saber la verdad.

—Te puedo decir sin lugar a equivocarme que no cambiará nada.

—Hay poco que contar —comenzó ella, a fin de zanjar el asunto—. El problema es que nadie creyó mi versión de los hechos. —Inspiró hondo e hizo acopio de valor para contar la sórdida historia lo más rápido posible—. Después de la muerte de mi marido, me quedé sin un penique. Acepté el puesto de dama de compañía de lady Picton. Desde el principio, resultó evidente que lord Picton llevaba una vida inmoral. El ama de llaves me advirtió de que cerrara con llave la puerta de mi dormitorio por las noches, y así lo hice.

Slater permaneció callado. A la espera, como si tuviera todo el tiempo del mundo.

—Una noche, Picton volvió a casa borracho como una cuba —continuó ella—. Intentó abrir la puerta de mi dormitorio. No era la primera vez que lo hacía, pero en el pasado siempre se había marchado al descubrir que estaba cerrada con llave. Esa noche, sin embargo, tenía su propia llave. Más tarde, me di cuenta de que lady Picton se la había proporcionado.

—Lo mandó a tu habitación esa noche porque quería tener fundamentos para el divorcio —dijo Slater—. Pruebas de adulterio.

—Se imaginó que el adulterio, así como la acusación de una crueldad intolerable hacia ella, bastaría para el divorcio. Picton iba a violarme aquella noche. Aunque no lo consiguió. Me resistí y empecé a gritar. Acto seguido, vi a lady Picton y a la mitad de los criados en la puerta. Lady Picton tenía una pistola. Picton se volvió hacia ella, borracho y furioso. Ella le disparó en una pierna. Creo que quería matarlo y después fingir que lo había confundido con un ladrón que había asaltado a su dama de compañía. Pero tuvo mala puntería. Fue espantoso. Y el juicio fue incluso peor.

—Supongo que fuiste la testigo estrella, ¿no es cierto? —preguntó Slater.

—Sí. Picton se opuso al divorcio porque se había casado con lady Picton por su dinero. No quería perder el acceso a la fortuna de la familia de su mujer. A la postre, lady Picton consiguió su libertad, pero mi reputación quedó por los suelos.

—Te inventaste una vida nueva —señaló Slater—. Es un logro increíble, Ursula. Pocas personas habrían tenido el valor de hacerlo. Me postro ante ti.

A Ursula se le volvieron a llenar los ojos de lágrimas. Corrió hacia su maletín y sacó el pañuelo húmedo. Algo avergonzada, se limpió las lágrimas por tercera vez.

—Lo siento —se disculpó—. Ha pasado mucho tiempo desde la última vez que perdí la compostura de esta forma. Solo puedo decir que ha sido un día muy ajetreado.

Slater sonrió.

—No lo habría sospechado siquiera.

Ursula metió de nuevo el pañuelo húmedo en el maletín. Estaba a punto de cerrarlo cuando reparó en el cuaderno de taquigrafía. Verlo le recordó algo que se le había pasado por la cabeza ese mismo día, antes de leer la nota que le había enviado Otford y antes de ir al cementerio.

Cerró el maletín y se volvió hacia Slater.

—Esta tarde, después de que lady Fulbrook me despidiera, tenía la intención de volver a casa para repasar algunas de las entradas del cuaderno de Anne..., unas líneas que no tenían demasiado sentido como poesía.

—¿Qué se te había ocurrido?

—Me preguntaba si, tal vez, lady Fulbrook le estuviera dictando cartas de amor a Anne, no poemas de amor.

Los ojos de Slater brillaron al comprender sus palabras.

—¿Tal vez cartas de amor a un tal señor Cobb, de Nueva York?

—Que ocultó su identidad haciéndose pasar por el señor Paladin, el editor de una modesta revista literaria. ¿Es demasiado descabellado? Lady Fulbrook es desdichada en su matrimonio. Si Cobb y ella mantuvieron una aventura hace varios meses, durante aquella visita a Nueva York, tal vez lady Fulbrook continuase la relación a través de cartas de amor. Pero no podía permitirse que su marido descubriera lo que sucedía delante de sus narices, de modo que usó a Anne como mensajera.

—Esa teoría le conferiría un cariz muy interesante a la investigación.

—Si lady Fulbrook cree estar enamorada de Cobb, eso explicaría su emoción y su alegría al descubrir que iba a llegar mucho antes de lo esperado. Pero hay algo más. Creo que es posible que Anne mantuviera correspondencia con Paladin por su cuenta. No he tenido la oportunidad de leer todas las cartas que recibió del supuesto editor, pero en las primeras él dice haber recibido un relato corto escrito por ella. Le dice que está interesado en publicarlo.

Slater enarcó las cejas.

—¿La señorita Clifton escribía relatos cortos?

—No que yo sepa. Si hubiera llamado la atención de algún editor, estoy segura de que lo habría divulgado. Además... me parece que lady Fulbrook fue la que creó el nombre falso de Paladin.

—¿Por qué lo dices?

—En fin, ella es quien posee una imaginación desbordante. —Ursula esbozó una sonrisa triste—. Como bien debes de saber, la palabra «paladín» hace referencia a un caballero heroico.

Alguien llamó a la puerta antes de que Slater pudiera replicar a ese último comentario.

—Adelante, señora Webster —dijo él.

La puerta se abrió. Con una floritura, la señora Webster le ofreció un sobre.

—Acaba de llegar para usted, señor. Es de su madre.

—Gracias.

Slater abrió el sobre con urgencia y desdobló la nota.

Ursula lo miró, consciente de la expectación tan sutil que comenzó a vibrar en el ambiente a su alrededor.

—¿Es importante? —preguntó ella.

—Tal vez —contestó él—. La señora Wyatt, la dueña del Pabellón del Placer, ha accedido a reunirse con nosotros. Nos esperará esta noche en el templete de Lantern Park.

—No quiere que nos vean en su establecimiento.

—Se limita a tomar precauciones —repuso Slater—. Dice que habrá un precio por cualquier información que nos proporcione.

Ursula no se molestó en ocultar la emoción que la embargaba.

—Tu madre nos avisó de que la señora Wyatt era una mujer de negocios con la cabeza muy bien amueblada.

32

El mirador de Lantern Park quedaba oculto por la oscuridad de la lluviosa noche. La luz de una farola cercana era la única iluminación que caía sobre el fantasioso mirador.

Ursula estaba al abrigo del paraguas que sostenía Slater. Juntos observaron la estructura de planta octagonal. No había rastros de la señora Wyatt ni de ninguna otra persona.

—Maldita sea —dijo Slater—. Esperaba que no cambiara de opinión en el último momento. Tal vez se haya acobardado.

—¿Por qué enviar el mensaje comunicando que accedía a hablar con nosotros a menos que hubiera llegado a la conclusión de que valía la pena correr el riesgo por el dinero que estabas dispuesto a pagarle? —preguntó Ursula.

Slater examinó el húmedo paisaje con gran atención. Tenía la mandíbula tensa y un rictus serio. Metió una mano dentro del gabán. Ursula supo que acababa de empuñar el revólver. Lo había visto sacarlo de un cajón cerrado con llave de su escritorio, justo antes de salir de su casa.

—Es posible que se haya retrasado a causa de la lluvia o del tráfico —contestó Slater. Sin embargo, no parecía convencido—. Le concederemos un poco de tiempo. Esperaremos en el mirador, al amparo de la lluvia.

Ursula lo miró.

—¿Te inquieta este encuentro?

—Me inquieta todo este asunto. ¿Te importaría sujetar el paraguas?

—Claro.

Comprendió que Slater quería tener la mano libre. Su actitud transmitía el estado de alerta en el que se encontraba, como si estuviera preparado para que algo, cualquier cosa, saliera mal. Definitivamente, se arrepentía de haber concertado el encuentro con la señora Wyatt.

Rodearon el mirador y encontraron los escalones que llevaban al interior de la estructura. No eran los primeros en llegar al lugar.

Ursula se detuvo en el segundo escalón mientras su aturdida mente buscaba una explicación lógica para la escena que tenía delante.

Su primer pensamiento fue que un vagabundo había buscado un refugio donde resguardarse de la lluvia y estaba durmiendo. Sin embargo, era muy consciente de la verdad mientras trataba de convencerse de esa idea. La figura tirada en el suelo del mirador no era ningún vagabundo. La calidad de la capa que cubría la mayor parte del cuerpo inerte era excelente. Las plumas del elegante sombrero debían de haber costado una pequeña fortuna.

—¡Que me aspen! —exclamó Slater en voz muy baja.

Ursula vio que sacaba el revólver de debajo del gabán antes de atravesar el mirador y de agacharse junto al cuerpo. Lo observó mover el cadáver hacia un lado para examinar la parte posterior del cuello de la mujer. Al ver la oscura mancha de sangre, Ursula se estremeció.

—El asesino ha actuado antes de que pudiéramos hablar con ella —dijo Slater, que regresó junto a los escalones con un par de largas zancadas. No miró a Ursula. Tenía los ojos clavados en la arboleda que rodeaba al mirador—. Debemos irnos de este lugar. El asesino puede estar vigilándonos.

Ursula se levantó las faldas y bajó los escalones con rapidez.

—¿Avisarás a la policía?

—Sí, aunque dudo de que sirva para algo. Quiero ir de inmediato al establecimiento de la señora Wyatt, antes de que se extiendan las noticias sobre su muerte. No tengo tiempo para acompañarte a casa. ¿Te molesta visitar un prostíbulo? Podemos entrar por el callejón. Vas cubierta con la capa y el velo te oculta el rostro.

—Desde luego que quiero acompañarte —respondió ella—. ¿Qué esperas conseguir?

—Tal vez nos sirva de algo echar un vistazo a los aposentos privados de la señora Wyatt antes de que la policía tome cartas en el asunto.

—Entiendo. ¿Qué te hace pensar que nos permitirán la entrada?

—Es un burdel, Ursula. Con dinero, puedes hacer lo que quieras en un lugar como ese.

—De acuerdo. —Miró de nuevo hacia el mirador—. Esto no tiene el menor sentido. ¿Por qué querría alguien matar a la señora Wyatt?

—No lo puedo asegurar con certeza, pero el camino para llegar al centro del laberinto comienza a aclararse. En primer lugar, asesinan a Anne Clifton, la mensajera. Después, matan a Rosemont, el fabricante de la droga. Y ahora la mujer que proporcionaba prostitutas al club donde se distribuía la droga también está muerta.

—Lo entiendo —replicó Ursula—. ¿Pero cuál es el patrón que has descubierto?

—Al parecer, alguien está poniéndole fin al negocio de la ambrosía.

33

Hubbard observó desde las sombras del carruaje de alquiler cómo Roxton y la mujer salían del parque. A juzgar por la manera en la que Roxton había metido a la mujer en un carruaje cerrado, supo que habían descubierto el cadáver. Cabía la posibilidad de que acudieran a la policía, pero eso no lo preocupaba demasiado. La muerte de la dueña de un burdel tal vez interesase a la prensa más sensacionalista, pero dudaba mucho de que las autoridades realizaran una investigación a fondo.

Aunque se molestaran en investigar la muerte, no les serviría de nada. En casa, en Nueva York, donde su trabajo no había pasado desapercibido y donde disfrutaba de cierta reputación (una reputación que le había granjeado el apodo de *La Aguja*), seguía disfrutando del anonimato y podía andar por las calles libremente. Se enorgullecía de ser muy pulcro y cuidadoso en su trabajo. Sospechaba que el motivo de que la policía no se esforzara demasiado en buscarlo era porque, por regla general, se había especializado en eliminar a los mismos individuos que los agentes de la ley querían sacar de las calles.

Los intereses comerciales de su jefe eran muy variados y cruzaban todos los límites difusos que se suponía que separaban las empresas legales de las que operaban en los bajos fondos por medios ilegales.

Damian Cobb daba trabajo a un ejército de abogados, de

contables y de avezados gerentes para lidiar con la competencia de sus negocios legales. En lo referente a sus negocios menos respetables, empleaba a otros expertos. Era un mundo muy competitivo, desde luego. Había trabajo de sobra para un profesional que llevara a cabo sus tareas de forma competente al tiempo que evitaba que lo descubrieran.

Hubbard vio cómo el carruaje cerrado se internaba en el tráfico. En ese momento, se dirigió al cochero a través de la abertura en el techo del cabriolé.

—Al hotel Stokely —ordenó.

—Como usted diga.

El cochero azuzó al caballo con el látigo. El cabriolé se puso en marcha.

Hubbard se preguntó si el cochero querría estafarlo con la tarifa por el viaje. El problema de ser un forastero en esa ciudad era que, en la mayoría de las ocasiones, no tenía la menor idea de dónde se encontraba. Se conocía Nueva York como la palma de su mano. Había crecido en la ciudad. Sin embargo, Londres era un laberinto interminable que desafiaba su sentido de la orientación. Detestaba esa ciudad. Tenía que depender por completo de los cocheros de los carruajes de alquiler, que parecían conocerse todos los secretos de esas calles.

Por suerte, Cobb no pensaba quedarse en Londres mucho tiempo. Habían eliminado casi todos los cabos sueltos. Cuando dieran por concluido ese negocio, volvería a Nueva York.

Hubbard se miró las manos enguantadas. Se moría por regresar a su habitación del hotel. Su técnica aseguraba el derramamiento de muy poca sangre. De todas formas, él siempre se lavaba las manos después.

34

—¿La señora Wyatt está muerta? —Evangeline miró el rostro de Ursula, oculto por el velo, y después miró a Slater—. ¿Está seguro?

—Puede confiar en mí, no hay equivocación alguna —respondió él—. Teníamos una cita para reunirnos con ella hace un rato. Cuando llegamos al lugar acordado, encontramos su cuerpo. La policía no tardará en hacer indagaciones. A mi socia y a mí nos gustaría llevar a cabo una breve investigación antes de que las autoridades aparezcan en este establecimiento y destruyan cualquier prueba.

—¿Su socia?

Evangeline miró a Ursula con una expresión educada y neutra. Pero sus ojos lo dijeron todo. Las mujeres respetables no trataban con las mujeres que habitaban el mundo de Evangeline.

Ursula se levantó el velo y lo dobló sobre el ala del sombrero, revelando su cara. Sonrió.

—Soy la señora Kern —se presentó—. Es un placer conocerte, Evangeline. Gracias por ayudarnos esta noche.

Evangeline titubeó pero acabó inclinando la cabeza. Parte de su recelo desapareció.

Slater no dio indicios de haber percibido el momento de tensión.

—Evangeline es la dama que tuvo la amabilidad de responder algunas preguntas, la noche que recorrí la propiedad del Club Olimpo —dijo.

—Aquella noche no vi su rostro con claridad —comentó la aludida—. Pero recuerdo su voz. Se mostró muy... amable conmigo. De hecho, estoy en deuda con usted.

Se encontraban en el pasillo de la cocina. El Pabellón del Placer aún no estaba a pleno rendimiento. Los clientes sin duda llegarían bien entrada la noche. Ursula escuchaba pasos de vez en cuando en la escalera y algunos murmullos, pero Evangeline les había dicho que la mayoría de las mujeres se encontraba en sus habitaciones, vistiéndose. El único lugar que funcionaba al cien por cien era la cocina. A través de la puerta, veían a una cocinera sudorosa y a varios ayudantes preparando unas bandejas de canapés.

Ursula no sabía qué iba a encontrarse dentro de un burdel. Sin embargo, le asombró descubrir un sitio tan normal. Bien podría haber estado en el pasillo de la cocina de una residencia elegante donde se preparara una recepción o una fiesta.

Habían llegado unos minutos antes a la puerta trasera del Pabellón del Placer. Slater le entregó unas monedas al ama de llaves y pidió ver a Evangeline, que no tardó en aparecer. Cuando vio a Slater, la expresión de la mujer se tornó recelosa.

—El problema es que no sé si debería dejarlos entrar en los aposentos de la señora Wyatt —dijo Evangeline, mirando por encima del hombro. Bajó la voz—. Charlotte está al cargo cuando la señora Wyatt se ausenta.

—En ese caso, ¿podrías ser tan amable de decirle a Charlotte que baje? —preguntó Slater—. Asegúrate de que sepa que si contamos con su discreción recibirá como pago el salario de una noche.

Evangeline titubeó.

—Sé que estoy en deuda con usted, señor, pero jamás me imaginé que querría saldarla de esta forma.

Slater le dejó otro puñado de monedas en la mano.

—Por tu ayuda, Evangeline. Por favor, date prisa.

La mujer no discutió. Desapareció al instante. Cuando se fue, Ursula se bajó el velo.

—No tenías por qué revelar tu cara —comentó Slater sin inflexión alguna en la voz.

—Por supuesto que sí.

Slater esbozó una pequeña sonrisa, pero no ahondó en el tema.

Evangeline regresó con una mujer mayor que ella. Charlotte se mostró recelosa al principio y atónita cuando recibió las noticias de la muerte de su jefa. Sin embargo, cuando Slater le ofreció más dinero, su cara cambió. Los acompañó hasta unos aposentos privados.

—¿Por qué querría alguien matar a la señora Wyatt? —preguntó mientras introducía una llave en la cerradura de la puerta.

—No lo sabemos. —Slater invitó a Ursula a pasar a la estancia, un salón lujosamente amueblado—. Esperábamos que nos ayudaras.

Charlotte lo miró y después clavó la vista en Ursula.

—¿Por qué se interesan dos personas como ustedes en la muerte de la dueña de un burdel?

—Porque la señora Wyatt no es la primera víctima en todo este asunto —respondió Ursula—. Una de mis empleadas también ha sido asesinada. También era mi amiga. Quiero descubrir quién la mató.

—Hay un dato que deberías tener en cuenta —añadió Slater, dirigiéndose a Charlotte.

—¿Cuál?

—Es muy posible que tu compañera, la que supuestamente se arrojó al río, también fuera asesinada porque su cliente estaba bajo la peligrosa influencia de la droga o porque, como les ha sucedido a la señora Wyatt y a los demás, sabía demasiado sobre el negocio de la ambrosía —respondió Slater.

—Nicole —dijo Charlotte con voz seria—. Todas sabemos

que no se tiró desde el puente, al menos no de forma voluntaria.

—Hizo un gesto en dirección al salón—. Esperaré en el pasillo mientras ustedes revisan. No se demoren. No creo que sea buena idea que estén aquí.

—Gracias —replicó Ursula, que miró a Slater—. Yo registraré el dormitorio mientras tú te encargas de esta estancia.

Slater asintió con la cabeza y se apresuró a acercarse al escritorio situado cerca de la ventana. Ursula echó a andar hacia la estancia adyacente.

El dormitorio de la señora Wyatt fue otra sorpresa. Al igual que las demás estancias de la enorme casa que Ursula había visto, estaba decorada con una mezcla de tonos amarillos y azules oscuros. La cama con dosel tenía unas cortinas de tul blanco y lucía un bonito cobertor amarillo. La alfombra tenía motivos florales dorados sobre un fondo azul. El papel de la pared era de rayas amarillas y azules.

No había el menor indicio, pensó Ursula, de que la difunta dueña de ese dormitorio hubiera estado involucrada en el negocio de la prostitución. Tal vez esa fuera la intención.

Se acercó al armario en primer lugar. Sin mirar siquiera el surtido de elegantes vestidos, abrió los cajones emplazados en la parte inferior y comenzó a registrar el contenido, empezando por las pulcras hileras de ropa interior recién lavada y planchada.

Como no encontró nada de interés, siguió con el tocador.

Descubrió el pequeño frasco de perfume escondido en el fondo de un cajón. El recipiente de porcelana era casi idéntico al que encontró entre las cosas de Anne. No obstante y a diferencia de aquel, el de la señora Wyatt no estaba vacío. Quedaban unas cuantas gotas en el fondo.

Ursula lo destapó con cuidado. La fragancia que emanó del frasco contenía la ya conocida nota penetrante de la hierba.

—¿Has encontrado algo? —le preguntó Slater desde el vano de la puerta.

Ursula se volvió al punto y vio que llevaba un libro con tapas de piel en una mano.

—Un frasquito de perfume —respondió—. Igual al que encontré en casa de Anne. Aún quedan unas gotas y huele como las hierbas secas de la tienda de Rosemont.

—Tanto la señora Wyatt como Anne usaban la droga.

—Es evidente.

Slater se movió, irradiando impaciencia.

—Vamos, debemos marcharnos.

Ursula clavó la vista en el libro que llevaba en la mano.

—¿Qué has encontrado?

—El libro de cuentas de Wyatt.

—¿Qué información vas a encontrar en él?

—Seguramente nada de interés. Pero he descubierto que el dinero es como la sangre. Siempre deja una mancha.

35

Brice Torrence descendía los escalones de entrada de su club poco después de la medianoche. Iba de blanco y negro, ya que seguía vistiendo la ropa de gala que había llevado a un baile esa noche. Levantó su bastón con empuñadura de plata para avisar al primer carruaje de la hilera de vehículos que esperaba en la calle.

Slater salió de las sombras que proporcionaba un portal cercano.

—Me gustaría hablar contigo, Brice —dijo.

El aludido se tensó y se volvió hacia él. Su sorpresa inicial se transformó en rabia.

—Roxton —replicó—. ¿Qué narices quieres?

—Una conversación muy breve. Es lo mínimo que me debes, ¿no te parece?

—¿Quieres que me disculpe por lo que sucedió en la isla de la Fiebre? ¿Quieres que te diga que siento mucho haberte dado por muerto en esas dichosas grutas? ¿Cómo iba a saber que seguías con vida? Por lo más sagrado, hombre, ¡creía que estabas muerto!

Slater se quedó de piedra al escuchar el exabrupto de Brice. No era lo que había esperado. Durante un segundo, no supo muy bien cómo reaccionar.

—Sé que creías que había muerto aplastado por las rocas —afirmó—. No te considero responsable.

—Te dejé para que murieras mientras yo volvía a casa con un objeto de valor incalculable. Algunas cosas son imperdonables entre amigos.

—No era esta la conversación que quería tener contigo —le aseguró Slater.

—¿De qué quieres hablar? ¿De compensación? ¿Cómo se supone que voy a arreglar esto? ¿Cómo cambiar el pasado?

—No quiero hablar del pasado, al menos, no de esa parte en concreto. Quiero hablar del Club Olimpo.

Brice lo miró fijamente.

—¿Qué demonios...?

Slater escuchó que la puerta del club se abría de nuevo. Miró por encima del hombro y vio a dos hombres muy borrachos bajar los escalones. Soltaron varias risotadas mientras discutían dónde pasar el resto de la noche.

También había otro hombre en la calle. Caminaba deprisa por la acera, como si llegara tarde a una cita. Cuando pasó por debajo de la intensa luz de las farolas, Slater consiguió verlo. Era bajo, pero lucía muy elegante con un traje de factura impecable. Llevaba un bastón en una mano.

No lo reconoció, pero conocía al tipo de hombre: el que hacía las rondas por los clubes y que se paseaba por los establecimientos más exclusivos para caballeros.

Slater se volvió hacia Brice y le preguntó en voz baja:

—¿Me acompañarás a mi casa? Podemos hablar del tema con una buena copa de brandi.

—Puedes decir lo que quieras decirme aquí mismo.

—Si insistes... —replicó Slater—. Pero tal vez podamos alejarnos un poco de la puerta de tu club, ¿te parece?

Brice no estaba muy convencido, pero acompañó a Slater unos pasos más allá de la luz de las farolas de gas que iluminaban los escalones de entrada.

Slater miró a su espalda para asegurarse de que nadie estaba lo bastante cerca para escuchar la conversación. Vio que el hombrecillo tan elegante del bastón se acercaba a los escalones del club. En cualquier momento, desaparecería por la puerta.

Desterró el mal presentimiento que lo embargaba y se concentró en Brice.

—Le advertí de que seguramente no fuera una buena idea —dijo Slater.

—¿De quién hablas? No sé qué estás diciendo.

Slater estaba a punto de contestar cuando se dio cuenta de que no había oído los pasos del hombrecillo subir los escalones del club. En cambio, sus rápidos pasos seguían por la acera, acercándose a ellos.

La hilera de carruajes de alquiler estaba al otro lado de la calle, pensó Slater. El hombrecillo tampoco se dirigía hacia allí.

Los pasos resonaban en la niebla, más apresurados en ese momento, con un destino prefijado.

—Brice, ¿conoces al hombre que se acerca por mi espalda? —preguntó Slater—. ¿El hombrecillo con el bastón?

—¿Qué? —Distraído, Brice miró por encima de Slater—. No. ¿Por qué lo preguntas?

—Porque tú conoces a todos los caballeros de la alta sociedad. Si no lo reconoces, es una mala señal.

—¿Has bebido? —le soltó Brice.

Los pasos se acercaban a toda velocidad. Slater miró por encima de su hombro una vez más. El hombrecillo aferraba la empuñadura del bastón con fuerza. Agarró la parte baja del bastón con la otra mano.

Parecía un hombre a punto de sacar una daga.

«O un estilete», pensó.

Se quitó los anteojos, se los metió en el bolsillo del abrigo y se volvió hacia Brice, que hablaba con impaciencia. Decía algo de ir al grano. Slater lo miró fijamente, como si le estuviera prestando atención. En realidad, estaba atento a los pasos que acortaban la distancia hacia ellos.

Y ese fue el motivo de que se percatara de que el hombrecillo había acortado su zancada. Al igual que alguien que estaba a punto de saltar una valla y tomaba impulso, el asesino se estaba preparando para matar.

Slater empujó a Brice contra el seto que había en el borde de la calzada al tiempo que esquivaba el ataque.

Brice gritó, indignado.

Slater se dio la vuelta para enfrentarse al asesino.

Una fina hoja de acero brilló entre la niebla iluminada por las farolas.

Consciente de que iba a fracasar, el hombrecillo intentó cambiar la dirección de su ataque.

Slater aprovechó esa ventaja. Con el canto de la mano recta, golpeó al asesino en el antebrazo, cerca de la muñeca. Escuchó el crujido del hueso al partirse. El estilete, así como el bastón, cayeron al suelo.

Todo sucedió muy deprisa, en cuestión de segundos, pero la conmoción empezaba a alertar a los cocheros que esperaban clientes.

—¡Un ladrón!

—¡Que alguien llame a la policía!

Slater se abalanzó sobre el asesino.

—¡Hijo de puta, estás loco! —masculló el hombrecillo—. Juro que pagarás por esto.

Se dio la vuelta y se internó a la carrera en la niebla.

—Maldita sea. —Brice se puso en pie y se sacudió la ropa—. Se ha escapado. Desaparecerá en los bajos fondos.

—No lo creo —repuso Slater—. Ya has oído su acento. Es un criminal norteamericano que intenta escapar en nuestra preciosa ciudad. No creo que llegue demasiado lejos.

—¿A qué te refieres? Es una ciudad muy grande, por si no te has dado cuenta.

—Destacará en las calles —adujo Slater—. Al fin y al cabo, casi no es capaz de hablar el idioma.

36

Damian la estaba esperando en el invernadero.

En cuanto abrió la puerta y entró en su paraíso personal, Valerie supo que había llegado. Era como si estuviera tan unida a él que pudiera percibir su presencia en un plano metafísico. Se le disparó el pulso por la emoción. Una euforia más intensa que la producida por la ambrosía se apoderó de ella.

—Recibí tu mensaje, Damian —susurró en la oscuridad.

La jungla interior estaba bañada por las sombras y la luz de la luna. No se había atrevido a llevar una lámpara o una vela. Temía que uno de los criados se diera cuenta. No podía confiar en ninguno.

El leve olor al humo del tabaco flotaba en el fragante ambiente. Una silueta oscura se movió junto a un parterre de altos helechos.

—Valerie —dijo él—. Te he echado muchísimo de menos estos meses. Ya no podía esperar más para verte.

Corrió hacia él, con una opresión en el pecho, provocada por sus emociones, tan fuerte que casi no podía respirar.

—Damian —replicó ella—. Damian, Damian, amor mío. He vivido un infierno mientras esperaba que vinieras a por mí. Cada día sin ti ha sido eterno.

Él extendió los brazos y ella se abalanzó hacia la seguridad y el paraíso que le ofrecían. Damian apagó el pitillo en la tierra de los helechos antes de apoderarse de sus labios con la boca.

Sus besos le nublaron la mente, tal como había sucedido tantos meses atrás en Nueva York, cuando se convirtieron en amantes. Dos almas perdidas, dijo él, que por fin se habían encontrado. Damian juró dar con la forma de que estuvieran juntos para siempre. Solo necesitaba algo de tiempo y un plan cuidadoso.

Lo miró y se deleitó con su enorme tamaño. Como un caballero de brillante armadura, había acudido a rescatarla del cruel tirano con el que se había visto obligada a casarse.

—Has sido tan listo al venir a Londres antes de lo previsto... —dijo—. Fulbrook se imagina que tu barco no atracará hasta pasado mañana. ¿Cuánto tiempo llevas en la ciudad?

—Unos cuantos días. Estoy hospedado en un hotel con un nombre falso. Me daba miedo decirte que estaba aquí por si se descubría el secreto. Pero esta noche ya no aguantaba más. Tenía que verte.

—Guardaré tus secretos. Puedes confiar en mí.

—Lo sé.

La besó de nuevo y después le tomó las manos entre las suyas.

—No puedo quedarme mucho esta noche —se disculpó—. No permitiré que te arriesgues a ser descubierta, no cuando estamos tan cerca de llevar a cabo nuestros planes.

—No te preocupes, estamos a salvo —le aseguró ella.

—Es imperativo que tu marido crea que sigo a bordo del barco. No puede sospechar que he venido unos días antes de lo planeado.

Ella le tocó el pelo, sin creerse todavía que fuera real, que no se tratara de un sueño.

—¿Cuánto falta para que podamos estar juntos? —quiso saber.

—No mucho, amor mío. —Le rozó los labios con un dedo enguantado—. Poquísimo. El último envío está en el almacén. Nos lo llevaremos con nosotros cuando regresemos a Nueva

York. Aún quedan unos cuantos cabos por atar, pero luego todo terminará.

—Prométeme que tendrás cuidado. Fulbrook no es tan fuerte como tú, pero ostenta poder y es implacable.

—No temas, cariño mío. En breve, ya no supondrá un problema para ninguno de los dos. Pero ahora tengo que irme. No debería haber venido esta noche, pero tenía que verte. Ha sido un infierno intercambiar mensajes en secreto mientras te imaginaba aquí, con Fulbrook.

—Mi marido pasa todo el tiempo con sus putas, en sus clubes, no conmigo. He estado sola... muy sola. Sueño contigo por las noches. Y durante el día no dejo de pensar en ti.

—Pronto estarás a salvo conmigo en Nueva York.

—A salvo. —Musitó las palabras con tono reverente—. Por fin a salvo.

Cuando él la beso, su corazón cobró vida.

37

—¿Quieres que prepare una bolsa con mis cosas y que me mude a tu casa ahora mismo? —Ursula se aferró las solapas de la bata y se las cerró en torno al cuello—. Es medianoche, Slater. No lo entiendo.

Se encontraban en el vestíbulo de la casa de Ursula. El gabán de Slater chorreaba agua en el suelo de baldosas blancas y negras. Un carruaje aguardaba al pie de los escalones de la entrada, con las lámparas del interior encendidas al mínimo.

—El asesino fue en mi busca hace menos de cuarenta minutos —dijo Slater—. A estas alturas, no estoy seguro de a por quién irá a continuación, siempre y cuando sea todavía capaz de matar a alguien. Creo que le he roto el brazo. Pero esa no es garantía suficiente. Te quiero en mi casa. Es mucho más segura. Mis cerraduras son excelentes. Hay más gente alrededor para vigilarlo todo.

Ursula lo miró fijamente, tratando de superar la primera impresión.

—¿Me estás diciendo que alguien ha tratado de matarte esta noche?

—Sí —respondió él, que ni siquiera se molestó en tratar de disimular la impaciencia—. Solo debes llevarte lo preciso para esta noche. Tu ama de llaves puede preparar el resto de tu equipaje por la mañana.

—¿Han estado a punto de matarte esta noche?

Slater frunció el ceño.

—Ursula, no pasa nada. Estoy bien. Gracias por preocuparte por mí.

—¿Eso es lo único que vas a decir? —preguntó ella, levantando la voz—. Han estado a punto de matarte. Por mi culpa. Por mi investigación.

—No seas ridícula. Prepara una bolsa. Te agradecería que no titubearas.

—¡Maldita sea, no estoy titubeando! Es que acabo de llevarme una gran impresión. Creo que hay una gran diferencia.

—¿En serio? —Slater esbozó una sonrisa torcida—. No me había percatado.

—¡Que me aspen! —Ursula se dio media vuelta y se dirigió a la escalera—. Bajaré dentro de un cuarto de hora.

—Tranquila —replicó él—. Te esperaré. Ah, no hace falta que te preocupes por cómo vamos a guardar las apariencias.

Ursula se detuvo en mitad de la escalera.

—¿Y por qué?

—Webster ha ido en busca de mi madre. Ella ejercerá de carabina.

—Lilly Lafontaine. Ejerciendo de carabina. Algo me dice que va a encontrarlo la mar de divertido.

38

Era casi la una y media de la madrugada cuando por fin se reunieron en la biblioteca de Slater.

Ursula estaba sentada en el sofá con Lilly. Brice estaba repantingado en un sillón orejero, con una copa de brandi en la mano. Slater era el único que permanecía de pie. Era evidente que los acontecimientos de esa noche lo habían cargado de energía. Aferraba con fuerza la repisa de la chimenea mientras contemplaba las llamas con una expresión tan feroz que hacía crepitar el ambiente de la habitación.

Ursula, en cambio, vibraba con un tipo de tensión muy distinto. Casi habían asesinado a Slater esa noche... por su culpa.

—¿De verdad crees que la policía encontrará al hombre que ha intentado matarte? —preguntó.

—Con el tiempo. —Slater apartó la vista de las llamas—. Creo que lo buscarán con ahínco porque el asalto sucedió justo delante de uno de los clubes más exclusivos de Londres y porque Brice y yo arrastramos cierta notoriedad asociada a nuestros nombres. Entre los dos, pudimos darle a la policía una descripción bastante certera.

—Nuestro adiestramiento como arqueólogos ha venido bien —dijo Brice. Hablaba hundido en el sillón orejero y bebía brandi de forma metódica—. Entre los dos, Slater y yo nos fijamos en muchos detalles. Pero Slater tiene razón, incluso sin una descripción decente es imposible que un asesino bien vestido con un acento norteamericano tan marcado y una muñeca rota pueda ocultarse en las calles durante mucho tiempo.

Lilly sonrió.

—Ya entiendo lo que dice. Al final, su acento lo delatará. No podrá esconderse. No tendrá compañeros que se sientan en la obligación de protegerlo. De hecho, estoy segura de que bastantes criminales estarán encantados de hacerles un favor a los policías.

—¿A qué ha venido eso? —preguntó Brice. Bebió un buen trago de brandi, se aflojó la corbata y fulminó a Slater con la mirada, aunque con expresión algo titubeante—. ¿Por qué ha intentado matarte el yanqui?

—Todo está relacionado con el Club Olimpo —contestó Slater—. Por eso quería hablar contigo esta noche.

—Pero no soy miembro. No sé cómo puedo ayudarte.

—Tal vez no seas miembro, pero tu círculo social es bastante reducido. No me cabe la menor duda de que conoces a hombres que sí pertenecen al club. Yo he pasado demasiado tiempo alejado de Londres. Carezco de los contactos necesarios para obtener respuestas.

Brice meditó el asunto.

—He escuchado el nombre del Olimpo en un par de ocasiones. Todo muy secreto.

—Sospechamos que el gerente del club se asegura de que cierta droga, llamada ambrosía, esté disponible para los miembros —dijo Slater—. Las muertes parecen estar relacionadas con el tráfico de dicha droga. Es evidente que lady Fulbrook cultiva la planta de la que se extrae la sustancia.

—¿Lady Fulbrook? —Brice meneó la cabeza—. No tiene sentido.

—Lo tiene si se piensa que la ambrosía supone un negocio muy lucrativo... De hecho, es tan lucrativo que creemos que Fulbrook ha entablado una sociedad con un norteamericano llamado Damian Cobb. De momento, hay tres personas muertas: una mensajera, un químico y una tal señora Wyatt, la dueña de un prostíbulo llamado el Pabellón del Placer.

Brice frunció el ceño, a todas luces preocupado.

—He oído hablar de ese establecimiento. Se supone que es muy exclusivo.

—Cuando se trata de prostíbulos, la palabra «exclusivo» puede tener un sinfín de significados —repuso Slater.

—Cierto —convino Brice—. Pero creo recordar que alguien dijo que el Pabellón del Placer solo aceptaba clientes por recomendación de otros.

—Sea como sea, la señora Wyatt y las otras dos personas asesinadas tenían algo en común —dijo Ursula—. Las tres estaban relacionadas con el comercio de la ambrosía.

Brice por fin lo comprendió todo. Miró a Slater.

—¿Crees que el hombrecillo que te ha atacado esta noche ha matado a esas personas?

—Estoy seguro de que asesinó a Wyatt y a Rosemont —contestó Slater—. No lo tengo tan claro en el caso de Anne Clifton. Es posible que sufriera una sobredosis accidental de la droga.

Ursula entrelazó los dedos con fuerza.

—Estoy convencida de que Anne fue asesinada.

Slater dejó pasar el comentario sin replicar.

—¿Por qué mataría alguien por una droga? —preguntó Brice—. Ni que fueran ilegales.

—El opio es legal, pero durante siglos se han librado guerras por su control y se han creado fortunas gracias a su comercio —contestó Slater.

Brice hizo una mueca.

—Entiendo. El negocio del opio tiene una historia muy violenta. Una lástima, porque la droga tiene muchos beneficios médicos.

—Hay otro factor en todo esto que podría explicar la violencia que observamos —continuó Slater—. A lo largo de los últimos años, los intentos por regular el opio y sus derivados han empezado a ganar fuerza a ambos lados del Atlántico. Ahora mismo, se está hablando de prohibir este tipo de drogas por completo. Si eso sucede, el negocio acabará siendo ilegal.

—Y así, hombres como Fulbrook y Cobb conseguirán pingües beneficios —señaló Ursula—. Suponiendo que se hagan con el control del negocio.

Lilly hizo girar el brandi en su copa.

—Visto así, la ambrosía es una increíble oportunidad de negocio. El opio está disponible a través de numerosos cauces. Será casi imposible que alguien establezca un monopolio absoluto. Pero por lo que sabemos de la ambrosía, la planta sigue siendo muy rara y cuesta mucho cultivarla. Si un individuo implacable y fuerte puede hacerse con el control de todas las etapas del proceso, podría establecer un imperio muy lucrativo.

Todos la miraron. Lilly esbozó una sonrisa dulce.

—El padre de Slater siempre decía que tenía buena cabeza para los negocios —añadió ella—. A Edward no le interesaban demasiado esas cosas. Siempre seguía mis consejos a la hora de invertir la fortuna Roxton.

Se produjo un breve silencio.

Ursula carraspeó.

—Es evidente que se le ha dado muy bien este tipo de cosas.

—Sí —convino Lilly. Bebió un sorbo de brandi antes de soltar la copa—. Se me dio muy bien aumentar el dinero de los Roxton. Razón por la cual Edward siempre fue muy generoso conmigo.

Ursula sonrió.

—Pagaba dividendos y comisiones, ¿verdad?

Lilly enarcó las cejas.

—Te aseguro que sudé cada penique.

—Si pudiéramos retomar el tema en cuestión... —terció Slater.

—Sí, por supuesto —susurró Lilly.

—Estoy convencido de que Cobb planea quedar como único vencedor en todo este asunto —siguió Slater—. Es evidente que se espera su llegada para pasado mañana. Al principio, supuse que había enviado a su asesino por delante para librarse de ciertas personas que ya no le servían, de aquellos que conocían demasiadas cosas acerca del negocio. Eliminar los cabos sueltos antes de pisar Inglaterra le aseguraría que no pudieran relacionarlo con los asesinatos.

Ursula soltó la copa de brandi muy despacio.

—Pero esta noche el asesino ha ido a por ti. Entiendo que Cobb enviase a alguien para que matara a gente como la señora Wyatt, Anne Clifton o Rosemont. Seguro que Cobb llevaba meses enterado del papel que representaban en el negocio de la ambrosía. Pero tú eres un nuevo jugador. ¿Cómo podía saber que te habías involucrado en todo este asunto?

—Una pregunta excelente —repuso Slater en voz baja—. Podría imaginarme situaciones rocambolescas, y en todas habría telegramas codificados enviados y recibidos por el barco de Cobb, pero creo que lo más sensato es aceptar la explicación más sencilla y probable. Creo que Damian Cobb ya se encuentra en Londres.

—Pero el telegrama que le envió a lady Fulbrook anunciando su llegada pasado mañana... —Ursula dejó la frase inacabada—. Entiendo. Lo podría haber enviado cualquiera de las personas que trabajan para Cobb en Nueva York.

Brice frunció el ceño.

—¿De verdad cree que lady Fulbrook mantiene una aventura amorosa con Cobb?

—Sí. —Ursula lo miró—. Es muy desdichada en su matrimonio.

—Lo entiendo, pero, que sepamos, parece que Cobb es un criminal yanqui.

—Que sepamos —replicó Ursula con voz serena—, Fulbrook es un criminal británico.

Brice se ruborizó.

—Acepto su lógica, señora.

Lilly cogió la licorera con el brandi.

—He estado investigando por mi cuenta. Fulbrook y su mujer se casaron hace pocos años. Es imposible no darse cuenta de que la relación no ha dado frutos.

—Mmm —murmuró Ursula.

Slater miró a su madre.

—¿Adónde quieres llegar?

—Lo que más ansía y necesita de su esposa un hombre de la posición de Fulbrook es un heredero —adujo Lilly.

La biblioteca se quedó en silencio. Ursula se dio cuenta de que todos en la sala, salvo Slater, parecían bastante incómodos. A Slater, cómo no, le hacía gracia el comentario.

Ursula se apresuró a llenar el silencio.

—Lilly tiene razón. Tal vez Fulbrook tenga motivos para estar insatisfecho con el matrimonio.

—¿Qué tiene eso que ver con esta situación? —quiso saber Slater.

—Fulbrook tiene fama de ser propenso a los arrebatos violentos —contestó Lilly—. Si culpa a su mujer de no darle un heredero, tal vez ella tema por su vida.

—Una mujer en esa situación tendría un motivo muy poderoso para hacerse indispensable, ¿no es verdad? —sugirió Ursula—. Si lady Fulbrook descubrió por casualidad las propiedades de la planta de la ambrosía, tal vez le sugiriera a su marido la idea de entrar en el negocio de la droga. Así, ella consiguió cierto grado de seguridad personal.

—Porque Fulbrook la necesita para cultivar la planta —añadió Slater—. Sí, me gusta la lógica que encierra esa teoría. Pero si nuestras suposiciones son correctas, puede que lady Fulbrook crea que está viviendo un tiempo prestado. Si los químicos como Rosemont pueden producir la droga en grandes cantidades, tarde o temprano Fulbrook decidirá contratar a expertos botánicos y jardineros para cultivar la planta.

—Llegados a ese punto —continuó Lilly—, ya no necesitará

a su mujer. Sospecho que lady Fulbrook ya ha llegado a esa conclusión. Seguramente esté aterrada.

Brice miró a Slater.

—Si, como crees, tenían planeado acabar con las operaciones en suelo británico relacionadas con la ambrosía, esta noche su plan se ha visto alterado por completo. El asesino de Cobb se encuentra ahora mismo intentando sobrevivir en las calles más hostiles de Londres. Mañana habrá un gran revuelo en la prensa porque dos caballeros famosos fueron atacados por un malhechor norteamericano a las puertas de un exclusivo club masculino. Puede que Cobb llegue a la conclusión de que el desastre es inminente. ¿Qué crees que hará a continuación?

—Si actúa siguiendo los dictados de la lógica, recogerá los beneficios que pueda antes de que desaparezcan —contestó Slater—. Si está en la ciudad, tal como creo, debería comprar un pasaje en el primer barco que zarpe hacia Nueva York. Pero, según mi experiencia, las personas no suelen comportarse de forma racional cuando hay mucho dinero en juego.

—Exactamente... ¿qué quieres de mí? —preguntó Brice.

—Todo lo que hayas escuchado acerca del Club Olimpo y de sus miembros.

—No es mucho, la verdad —le advirtió Brice—. Pero ahora que lo pienso, tal vez haya algo que puede que tenga cierta importancia, o puede que no.

—¿De qué se trata? —quiso saber Slater.

—A lo largo de los dos últimos meses han muerto dos hombres de gran relevancia social. En el caso de Mayhew, hicieron público que la causa de la muerte fue un accidente de caza, pero nadie se lo creyó. Davies saltó de un puente.

—Recuerdo los artículos de la prensa —dijo Lilly—. Hubo rumores de suicidio en ambos casos.

—Si sirve de algo, me enteré de que los dos eran miembros del Club Olimpo —añadió Brice.

Poco tiempo después, Slater acompañaba a Brice al exterior, a un carruaje que lo estaba esperando. Había dejado de llover, pero la niebla volvía a extenderse por las calles de Londres. Brice entró en el carruaje de alquiler y se sentó. Como no decía nada, Slater retrocedió un paso e hizo ademán de cerrar la portezuela.

—Gracias —dijo.

Brice extendió una mano para que la portezuela no se cerrase.

—¿Has dicho en serio lo de que no me culpas por lo que sucedió en la isla de la Fiebre? —preguntó él.

—Nada fue culpa tuya —contestó Slater.

—Hay quienes creen que accioné la trampa a propósito.

—Nunca lo creí —le aseguró Slater—. Ni por un segundo.

—En cuanto al Ave Fastuosa... —comenzó Brice.

Slater sonrió.

—Sé que no fue robada. Ya no existe, ¿verdad? La desmontaste, piedra preciosa a piedra preciosa, y las vendiste de forma muy discreta.

El semblante de Brice adoptó una expresión férrea.

—La familia estaba arruinada. Hice lo único que se me ocurrió en esa situación.

—Hiciste lo que tenías que hacer por el bien de la familia. Lo entiendo.

—¿De verdad?

—Es lo que yo hubiera hecho en las mismas circunstancias —contestó Slater.

Brice se quedó callado un momento.

—Creía que tal vez no me considerases responsable del desastre acaecido en la isla —dijo a la postre—, pero estaba convencido de que nunca me perdonarías por destruir lo que acabó siendo el único objeto que quedaba de una civilización desconocida.

—Mi perspectiva acerca de ciertas cosas cambió durante aquel año en la isla de la Fiebre.

Brice lo miró fijamente.

—Si me entero de algo más acerca del Club Olimpo, te lo haré saber.

—Te lo agradezco. Pero ten cuidado, Brice. Este asunto se ha vuelto muy peligroso.

—Sí, lo he comprobado esta misma noche. ¿Qué has estado haciendo todos estos años que has pasado lejos de Londres? Todo el mundo sabía que tu padre te dejó sin dinero en su intento por obligarte a volver a casa. ¿Cómo te ganaste la vida?

—Haciendo lo que tú y yo solíamos hacer juntos: buscar objetos perdidos. Pero lo hice por dinero, no por la emoción del descubrimiento.

—¿Y se puede ganar mucho dinero en ese negocio?

—Bastante.

Brice resopló por lo bajo.

—Con razón sabías que el Ave Fastuosa ya no existía como tal. La buscaste y no pudiste encontrarla.

—Sería muy difícil que semejante objeto desapareciera sin dejar rastro en el mercado negro.

—Y ahora estás empantanado en Londres porque tu padre te ha dejado la responsabilidad de velar por la fortuna familiar. Me cuesta imaginarte acostumbrándote a la vida de ciudad. Nunca te interesó la alta sociedad. ¿Crees que te aburrirás?

—La posibilidad me preocupó durante una temporada. Pero ya no. Tengo un pasatiempo nuevo.

—¿Un pasatiempo?

—¿No te has enterado? Realizo exóticos rituales sexuales con mujeres ingenuas en el sótano de mi casa.

Brice se echó a reír.

Slater sonrió y cerró la portezuela. Observó desde los escalones de entrada cómo el carruaje desaparecía entre la niebla.

39

El sueño de la Ciudad de las Tumbas lo sacó de una inquieta duermevela. Abrió los ojos y se concedió un momento para atravesar la turbia barrera que separaba el sueño de la realidad.

Apartó la ropa de la cama y se sentó en el borde del colchón. El libro de cuentas de la señora Wyatt descansaba en la mesita de noche junto con las notas que él había ido tomando.

Se puso en pie y cogió el papel con sus notas. Era una lista de pagos de clientes identificados por sus iniciales en el libro de cuentas. Había algo en las cantidades que no cuadraba.

Necesitaba pensar. Necesitaba caminar por el laberinto. Arrojó las notas a un lado, se puso los pantalones y cogió la bata de seda negra de la percha.

Abrió la puerta y salió al pasillo. Las lámparas estaban al mínimo durante la noche, pero su luz iluminaba lo justo el pasillo y la escalera. Los Webster sabían que una de sus prioridades era la de asegurarse de que la casa jamás estuviera completamente a oscuras. Había sobrevivido a la experiencia del laberinto de la isla de la Fiebre, pero eso no quería decir que no hubiera acabado con alguna que otra excentricidad.

Era capaz de caminar en completo silencio por el pasillo. Se conocía cada tabla del suelo que crujía. Podía evitarlas todas. Y eso era lo que tenía intención de hacer hasta que se descubrió a un paso de la puerta de Ursula.

Se detuvo para examinar sus motivos y sus deseos. Y después, de forma deliberada, pisó justo sobre el lugar situado frente a su puerta que sabía que delataría su presencia, suponiendo que estuviera despierta.

No se detuvo de nuevo. Siguió hacia la escalera, preguntándose si Ursula habría escuchado el leve crujido. Si era así, ¿se molestaría en abrir la puerta para ver quién estaba despierto y levantado a esas horas? ¿Le importaría? Y aunque llegara al punto de asomarse al pasillo, ¿qué haría si lo veía en la escalera? Tal vez se limitara a cerrar la puerta y volver a la cama.

Estaba en el tercer peldaño cuando escuchó que la puerta se abría. Un ramalazo de emoción excitó sus sentidos. Se detuvo y se volvió para mirar hacia el pasillo.

Ursula salió del dormitorio, aferrándose con una mano las solapas de su bata de cretona. Llevaba el pelo suelto en torno a los hombros. Sus ojos parecían muy oscuros por la curiosidad y la ansiedad.

—¿Pasa algo? —susurró.

—No —respondió él—. No estoy de humor para dormir y he decidido dar un paseo.

—¿Por el exterior? —Abrió los ojos de par en par—. ¿Por el jardín? ¿A esta hora?

—No, abajo, en el sótano... Donde practico rituales exóticos con un variado número de mujeres ingenuas.

Ursula se relajó y esbozó una sonrisilla.

—Ahora te estás burlando de mí. —Estuvo a punto de regresar al dormitorio—. Entiendo que deseas estar solo.

—No —la corrigió él, que le tendió una mano de la misma manera que en cierta ocasión la extendió para aferrar la cuerda con la que se ayudó a subir los escalones de piedra para salir de las cuevas del templo—. Ven conmigo.

Ella titubeó.

—¿Es algo que pueden hacer dos personas juntas?

—Sin duda, llegaremos a dos conclusiones distintas, pero no

hay motivo por el que no podamos hacer el camino en armonía.

Ursula echó a andar hacia él, sonriendo.

—¿Hablabas de una forma tan filosófica antes de visitar la isla de la Fiebre?

—Siempre me han dicho que resulta difícil entenderme. La experiencia en la isla de la Fiebre probablemente no ha contribuido a mejorar mis dotes como orador.

Ursula bajó la escalera.

—Da la casualidad de que poseo cierta experiencia en transcribir e interpretar lenguas cifradas —comentó.

El humor de Slater se aligeró como por arte de magia. La cogió con delicadeza de la mano.

Una vez que llegaron al pie de la escalera, enfilaron el pasillo que llevaba hasta la puerta del sótano. Slater introdujo la llave en la cerradura y abrió la puerta a su reino privado. Se detuvo un momento en el primer peldaño para encender la lámpara. Sin mediar palabra, se la entregó a Ursula. Ella la sostuvo en alto.

Slater empezó a bajar, guiándola.

—Te agradecería que te contuvieras de hacer comentario alguno sobre Hades guiando a Perséfone hacia la oscuridad —dijo.

—La verdad es que no se me ha pasado por la cabeza —le aseguró ella.

—Por la mía desde luego que lo ha hecho.

—En ocasiones, sospecho que te regodeas en la satisfacción que te produce la reputación de excéntrico. Supongo que has heredado esas tendencias melodramáticas de tu madre.

Slater sonrió.

—Ese sí que es un pensamiento inquietante.

Se detuvo delante de la puerta del laberinto y buscó la llave en el llavero de hierro. Cuando la puerta se abrió, se apartó para permitir que Ursula entrara en la estancia.

Ella se adentró en el lugar y dejó la lámpara en la mesita. Slater la observó mientras ella examinaba las teselas azules del suelo.

—Es un laberinto difícil de seguir —dijo al cabo de un momento—. Pero solo hay un camino, no varios.

—Seguir su trazado me ayuda a aclararme la mente. He descubierto que si empiezo con una pregunta, la respuesta me espera en cierto modo al final.

—¿Esto es lo que aprendiste en la isla de la Fiebre? —le preguntó Ursula.

—Un aspecto de lo que aprendí, sí.

—¿Cómo llevas a cabo este tipo de meditación mientras caminas?

—No hay ningún truco —le aseguró—. Piensas en una pregunta y empiezas a andar. Te concentras en cada paso. No pienses en los pasos inmediatos ni en los anteriores. Solo tienes que meditar con cuidado en la forma en la que están conectados entre sí. Debes contemplar las conexiones y los eslabones. Sumergirte en el patrón.

Ursula dio un paso inseguro hacia delante y se detuvo en la primera tesela azul.

—Has dicho que había que empezar con una pregunta.

—¿Tienes alguna?

Ursula sopesó un instante la respuesta con una sonrisilla misteriosa en los labios.

—Sí, tengo una pregunta.

—¿Me la vas a decir?

Lo miró y ladeó un poco la cabeza como si se lo estuviera pensando.

—No —dijo a la postre—. No creo. Todavía no.

—¿Me lo dirás si descubres la respuesta en el otro extremo del camino?

—Tal vez. —Empezó a andar por el laberinto, concentrándose de inmediato—. De tesela en tesela, ¿verdad?

—Sí.

El aura de seriedad que la envolvía lo fascinaba de tal manera que tardó un instante en percatarse de que seguía plantado en el vano de la puerta, observándola. Podría pasarse la noche mirándola. La eternidad, si fuera necesario.

Una pregunta cruzó por su mente.

Siguió a Ursula por el laberinto.

Hicieron el camino en silencio. Mantuvo siempre cuidado para ir unos cuantos pasos por detrás de ella. Si se acercaba, podría tocarla, y eso interrumpiría el trance de la meditación. Si la tocaba de nuevo, podría besarla, y si la besaba, querría apartarla del laberinto y llevarla arriba, a la cama.

Por regla general, perdía la noción del tiempo cuando empezaba el camino. El ritual le era tan familiar y su mente estaba tan acostumbrada a la técnica requerida para avanzar que era capaz de aislarse por completo del paso del tiempo. Pero esa noche, mientras caminaba detrás de Ursula, las garras de la impaciencia hicieron estragos en su autocontrol. Se preguntó si se volvería loco antes de llegar al centro del laberinto.

Ursula dio un último paso y se adentró en el círculo del conocimiento. Cerró los ojos y se quedó quieta. Él esperó, concentrándose como había hecho antes de empezar con los ejercicios de artes marciales que eran la extensión física del ejercicio mental.

Ursula abrió los ojos. El suspense era insoportable.

—¿Vas a decirme ahora cuál era tu pregunta?

Ella miró un instante hacia el inicio del laberinto y después lo miró de nuevo.

—Me temo que mi pregunta carece de una naturaleza especialmente filosófica o intelectual —respondió—. De hecho, era una pregunta de lo más simple y mundana.

—¿Has encontrado la respuesta?

La misteriosa sonrisa brilló en sus ojos.

—En cuanto a eso, aún estoy esperando.

Slater se adentró en el círculo y le alzó la barbilla con una mano.

—¿Esta es tu forma de decirme que debo responder a tu pregunta?

—Qué perspicaz eres. Al principio del camino, que para mí empezó arriba cuando te escuché delante de la puerta de mi dormitorio y no aquí en esta estancia, mi pregunta era: ¿Va a besarme esta noche?

El fuego de la anticipación sexual que lo estaba consumiendo se convirtió en una hoguera tan abrasadora que sus planes para llevársela a la cama en el dormitorio acabaron reducidos a cenizas. Percibió la mirada sensual en sus ojos. Saber que lo deseaba echó por tierra el poco autocontrol que le quedaba.

—Antes de que yo conteste tu pregunta, tú debes contestar la mía —dijo—. ¿Quieres que te bese esta noche?

Ursula le colocó las manos en los hombros y le dio un apretón.

—Sí, Slater. Quiero que me beses. Lo deseo mucho.

Con un gemido ronco, la pegó a él y se apoderó de sus labios. Al sentir que le rodeaba la cintura con los brazos, el deseo transformó su sangre en lava. Eso era lo que necesitaba. En ese momento. Esa noche.

Sentía la emoción que recorría el voluptuoso cuerpo de Ursula. Sus labios se suavizaron bajo sus besos, a modo de rendición y de seducción. Supo que estaba perdido.

Bajó las manos hasta su cintura en busca del cinturón de la bata y trató de desatarle el nudo. Cuando logró hacerlo, estaba desesperado y ansioso.

Le bajó la prenda por los hombros y después por los brazos. La bata cayó al suelo y quedó arrugada a sus pies, dejándola ataviada con un pudoroso camisón blanco. Durante unos cuantos segundos, la exquisita intimidad del momento lo deslumbró. Y después se percató de que Ursula le estaba desatando el cinturón de la bata con los dedos trémulos.

Se apartó un paso, se despojó de la prenda y la extendió en el suelo como si fuera una enorme bandera. La gruesa seda negra cubrió el corazón del laberinto donde aguardaban todas las respuestas.

Cuando se volvió para mirar a Ursula, la descubrió observándolo con una expresión decidida. De repente, fue muy consciente de la erección que tenía debajo de los pantalones. Un nuevo tipo de ardor lo abrasó. Se estaba acelerando, tal como sucedió la primera vez. Se había prometido que si se le presentaba una segunda oportunidad, le demostraría a Ursula que podía ser un amante concienzudo y considerado; el tipo de amante capaz de tomarse su tiempo.

Se dispuso a conquistarla y a seducirla. Le colocó una mano en la nuca y la atrajo con suavidad hacia él. Tras rozarle levemente los labios con los suyos, la besó en el cuello. El perfume que emanaba le nubló los sentidos y lo tensó. Hasta tal punto que no entendía cómo era posible que no acabara estallando en pedazos.

—Haré todo lo posible para que siempre recuerdes esta noche —le prometió—. Para que me recuerdes.

Los dedos de Ursula exploraron uno de sus hombros desnudos.

—Slater, nunca podré olvidarte.

Cuando se quitó los pantalones, la escuchó jadear y contener el aliento. Se percató de que estaba contemplando su miembro erecto, hipnotizada.

—Te prometo que no haré nada que tú no quieras que haga —dijo mientras le pasaba los dedos por el pelo suelto—. Ursula, jamás te haría daño. Por favor, créeme.

Ella alzó la vista para mirarlo a los ojos.

—Lo sé. Confío en ti. Por eso estoy aquí contigo. —Sus labios esbozaron una sonrisilla traviesa al tiempo que le colocaba las manos en los hombros—. Bueno, por eso y por el hecho de que es usted muy atractivo, señor.

El deseo lo invadió en forma de oleadas. La instó a tenderse en la improvisada manta y se tumbó sobre ella, apoyando las manos en la seda negra.

Empezó a besarla de forma deliberada, descendiendo por su

cuerpo. Cuando el camisón se convirtió en un estorbo, abrió la prenda como si ella fuera un precioso regalo.

Se llevó uno de sus pechos a la boca, arrancándole un jadeo y haciendo que se aferrara con fuerza a sus hombros.

Descendió un poco más, disfrutando de la ardiente y erótica intimidad del momento. El olor del deseo que la embargaba enardeció sus sentidos.

Descubrió ese lugar húmedo entre sus muslos y notó que ella se quedaba petrificada al comprender cuáles eran sus intenciones. Le enterró los dedos en el pelo.

—¡Slater!

Él le aferró los muslos, inmovilizándola.

—¿Qué vas a...? —Dejó la pregunta en el aire, dividida entre el sobresalto y el deseo. La mezcla logró inmovilizarla de forma muy efectiva.

La besó con ardor, bebiendo su esencia. Estaba muy mojada y sabía a mares tropicales, a sol y a luna. Ninguna droga era capaz de embriagarlo como lo hacía Ursula. Jamás podría saciarse.

Ella levantó las rodillas y se aferró con más fuerza a su pelo. Al llegar al clímax se estremeció y soltó un grito apenas sin aliento.

Slater ascendió de nuevo por su cuerpo y se hundió en ella antes de que los tremores desaparecieran. Se amoldó a la cadencia de dichos estremecimientos hasta experimentar un clímax arrollador.

En algún lugar situado en la oscuridad de la Ciudad de las Tumbas, un hombre pletórico soltó un alarido que reverberó en las antiguas paredes de piedra. Y después trepó por la escalera tallada en piedra para abandonar la oscuridad y salir a la luz del sol.

40

Hubbard bajó a trompicones del cabriolé. Estaba agotado, al borde del pánico y sufría un dolor atroz. Estaba seguro de que tenía la muñeca rota.

Ya había decidido que no le gustaba Londres, pero esa noche había llegado a la firme conclusión de que odiaba ese lugar infernal. Su alocada huida en busca de un escondrijo tras el fallido encargo había resultado desastrosa. Había acabado internándose en un laberinto oscuro de aterradores callejones y calles secundarias. Uno en concreto había estado a punto de ser su final. Dos hombres armados con cuchillos lo habían arrinconado en un oscuro portal. Había llegado a temer por su vida.

Se salvó por la milagrosa llegada de un carruaje de alquiler del que bajaron dos caballeros que iban como cubas y que se dirigían a un burdel cercano. Los supuestos ladrones desaparecieron por otro callejón. Hubbard se subió al carruaje al punto.

Cuando el cochero le preguntó por la dirección a la que deseaba ir, tuvo que pararse a pensar un instante. No se atrevía a volver al hotel. Cobb estaría furioso. Roxton y su acompañante le habían visto la cara. Sin duda habrían reconocido su acento. Y lo peor era que Roxton le había quitado el bastón que ocultaba el estilete. El personal del hotel lo reconocería en caso de que los interrogaran al respecto.

Solo había un lugar seguro para él en ese momento: el almacén. Necesitaba descansar y recobrar la compostura, y después tenía que buscar un médico.

Necesitaba la ayuda de Cobb.

Se detuvo bajo una farola y trató de orientarse. Todo en vano. A la mortecina luz de la luna que filtraba la niebla, todos los almacenes parecían iguales. Solo había visitado el lugar en una ocasión, la noche que Cobb y él llevaron al perfumero a los muelles.

Cobb señaló el almacén, situado al final de la calle, y le entregó una llave mientras le daba unas instrucciones precisas: «Que no se te olvide la dirección. Si surge algún problema que convierta en peligroso nuestro encuentro en el hotel, deberás entrar en ese edificio y esperarme. Si llego a la conclusión de que algo ha salido mal, sabré dónde encontrarte.»

Hubbard abandonó el fantasmagórico halo de luz de la farola de la esquina y echó a andar presa de los nervios por la calzada. La calle estaba flanqueada por almacenes abandonados. Aguzó el oído para percibir el menor sonido, aterrado por la posibilidad de escuchar pasos que lo siguieran en la niebla.

Sabía que al menos algunas de las víctimas lo habían escuchado un instante antes de que las matara. Había percibido la quietud sobrenatural que los embargaba justo antes de que les atravesara el cuello con el estilete. Unos cuantos incluso habían mirado hacia atrás mientras él se acercaba, solo para desentenderse de él al instante. El alivio que había visto en sus ojos siempre le había hecho gracia. Su cualidad exclusiva era el hecho de no parecer en absoluto amenazador. De hecho, la mayoría de la gente ni siquiera reparaba en él, como si no existiera. Ese había sido el caso de la dueña del prostíbulo.

Pero esa noche el objetivo lo había escuchado o había percibido su presencia de alguna manera extraña. Roxton no solo fue consciente de inmediato de la amenaza, sino que además había actuado.

Durante el breve encontronazo había atisbado la gélida conciencia en los ojos de Roxton y supo de inmediato que no se trataba de un encargo más.

En aquel momento sintió verdadero miedo por primera vez en mucho tiempo. El pánico y el terror se habían acrecentado durante el tiempo que había tardado en llegar al almacén. Se dijo que sus nervios se recuperarían en cuanto llegara a Nueva York. Con el tiempo, su muñeca sanaría, siempre y cuando lo atendiera un médico en condiciones. Sobreviviría.

Ya no faltaba mucho, según Cobb. Pronto se librarían de esa ciudad de pesadilla.

Tuvo que encender una cerilla para localizar la puerta del almacén. Tras un par de intentos fallidos que estuvieron a punto de sumirlo en la desesperación, logró introducir la llave en la cerradura y abrió la puerta.

Aspiró una trémula bocanada de aire al ver la lámpara que alguien había dejado sobre una caja vacía. Logró encenderla y la sostuvo en alto para examinar sus alrededores.

Al principio, el almacén parecía haber sido abandonado. Había un buen número de cajas y barriles vacíos dispersos por el lugar. De la galería superior colgaban varias poleas con sogas deshilachadas. El suelo estaba cubierto en su mayor parte con paja mohosa.

Sin embargo, al mirar con atención, distinguió una hilera de huellas embarradas. De Rosemont, concluyó. El perfumero debió de frecuentar mucho el lugar durante los últimos meses, llevando las cajas llenas con la droga y preparándolas para su traslado a Nueva York.

Siguió las huellas hasta las cajas. Cuando llegó hasta ellas, se detuvo y se dejó caer sobre una de ellas. Se quitó el abrigo, lo dobló primorosamente y lo dejó a un lado. La corbata parecía estar dificultándole la respiración, de manera que se la quitó y se desabrochó el cuello de la camisa. Se examinó la dolorida muñeca con cautela.

Llegó a la conclusión de que iba a ser una noche muy larga.

Pero, a la postre, la noche resultó ser increíblemente corta.

Hubbard estaba tumbado sobre la caja, tratando en vano de descansar, cuando escuchó que la puerta se abría. Sintió un ramalazo de pánico. Se le desbocó el corazón. Se sentó al instante y trató de encender la lámpara.

—¿Quién anda ahí? —preguntó—. Muéstrate.

El recién llegado sostuvo en alto la lámpara que portaba.

—Tranquilo —le dijo Cobb.

—Ah, es usted, señor. —Hubbard recuperó la compostura. No era una buena idea que el cliente lo viera nervioso o ansioso—. Por un instante... no importa.

—¿Estás herido? —preguntó Cobb con cierta preocupación.

—Ese malnacido me ha roto la muñeca.

—Al ver que no regresabas al hotel, supuse que el plan había salido mal. ¿Qué ha pasado?

—Un desafortunado giro de los acontecimientos. —La costumbre hizo que Hubbard adoptara su tono más seguro y profesional—. Estas cosas suceden. Me encargaré del asunto en un plazo de veinticuatro horas.

—¿Qué ha ocurrido exactamente?

Cobb parecía estar interesándose por un accidente de carruaje sin importancia o un percance similar.

«Tal como debe ser», pensó Hubbard. Haber perdido al objetivo esa noche no era una catástrofe. Teniendo en cuenta su inmaculado expediente, Cobb debía contemplar el asunto como un pequeño error fácil de subsanar.

—Ese hijo de puta se percató de mi presencia —contestó, manteniendo el tono de voz autoritario—. Ese tipo de situación normalmente no afecta al resultado, pero Roxton reaccionó más rápido de lo que lo haría una persona normal en dichas circunstancias.

—En otras palabras, el objetivo se te ha escapado.

—Como ya le he dicho, subsanaré pronto el problema.

—¿Dónde está tu estilete?

Hubbard se sonrojó.

—Lo he perdido en el camino. No importa. Tengo otro en mi baúl.

—Que está en el hotel.

—Sí, bueno, si fuera usted tan amable de hacérmelo llegar, me encargaré de Roxton. —Se miró la camisa arrugada y los pantalones—. Le agradecería mucho que me enviara también una muda de ropa.

—¿Debo suponer que has perdido el estilete en la escena?

—Roxton me lo arrancó de la mano. En la vida he visto nada igual.

—¿Hablaste con Roxton? —le preguntó Cobb.

—¿Cómo? No. ¿Por qué iba a hacerlo?

—¿No dijiste nada? ¿Soltaste algún improperio?

Hubbard comprendió el motivo de las preguntas.

—No —se apresuró a contestar—. No dije ni una palabra. Salí corriendo. Alguien estaba llamando a gritos a la policía.

—Creo que estás mintiendo, Hubbard. Debo suponer que la policía sabe que un asesino con acento norteamericano atacó a un hombre delante de un club de caballeros y que ahora está suelto por las calles de Londres. Estoy seguro de que la prensa se explayará mañana.

—No... —contestó Hubbard—. Roxton no llegó a reconocerme.

—No le ha hecho falta verte bien para darle una descripción bastante acertada a la policía. Hubbard, no vas a necesitar una muda de ropa ni el segundo estilete. Ya no me sirves.

Hubbard, que presintió entonces el desastre, miró hacia arriba al punto. Pero ya era demasiado tarde. Cobb se había sacado un revólver del interior del gabán.

—No. —Hubbard miró el arma sin dar crédito—. Soy el mejor.

—Hubbard, tengo una noticia que darte. Hay muchos otros como tú.

Hubbard se quedó petrificado, al igual que les había sucedido a muchas de sus víctimas, en ese último instante.

Cobb apretó el gatillo dos veces. El primer disparo alcanzó a Hubbard en el pecho con tanta fuerza que lo lanzó hacia la caja. Todavía estaba tratando de comprender qué le había sucedido cuando la segunda bala le atravesó el cerebro.

Cobb aguardó un instante mientras observaba el cuerpo a fin de asegurarse de que estaba verdaderamente muerto. No quería más complicaciones. El plan era simple y sencillo. Se haría con el control absoluto de la droga y la usaría para crear un imperio que rivalizaría con los reinos creados por Rockefeller, Carnegie, J. P. Morgan y los demás a quienes la prensa tildaba de poderosos hombres de negocios. Y además adoptaría sus tácticas empresariales para lograr su objetivo: establecer un monopolio sobre un producto por el que mucha gente estaría dispuesta a pagar.

Era una lástima que la clave del asunto hubiera sido una mujer desde el principio. Según su experiencia, las mujeres eran difíciles, exigentes e impredecibles. Pero esas eran las cartas que le habían tocado. Agradecía mucho que al menos Valerie fuera no solo hermosa, sino también infeliz en su matrimonio. Eso había hecho que su seducción fuera bastante menos complicada que si se hubiera tratado de una bruja de mediana edad sin estilo alguno.

Había trabajado meses hasta establecer los cimientos de su negocio en Nueva York. A la postre, la red de invernaderos, laboratorios y distribuidores atravesaría el país de costa a costa. Había ido a Londres para poner en marcha la última etapa de su plan estratégico. Todo debería haber ido sobre ruedas, pero las complicaciones se habían sucedido una tras otra.

Y al final la culpa era de las mujeres. Una era la clave de su imperio, pero a esas alturas otra mujer, Ursula Kern, se había convertido en un serio problema. Por su culpa, un hombre poderoso y rico se había interesado en la muerte de la mensajera. Una cosa había llevado a la otra y al final el desastre se cernía sobre él.

La estrategia parecía obvia: quitar de en medio a Roxton, cuyo asesinato causaría una gran conmoción en la prensa. Mientras el foco de atención estuviera puesto en ese espectacular asesinato, podría encargarse de quitar de en medio a Kern sin llamar la atención. Al final, encontrarían muerto a Hubbard y la policía se daría por satisfecha, porque el asesino norteamericano ya no acecharía en las calles de Londres.

Hubbard le había sido de utilidad, pero hasta los mejores empleados podrían ser reemplazados. La verdadera pregunta, como siempre sucedía en ese tipo de situaciones, era qué hacer con el cuerpo. En Nueva York se usaba el río para ese tipo de cosas. En Londres también había un río y era evidente que se encontraban cadáveres en él todos los días. Pero esa noche debía enfrentarse a la tarea de arrastrar el cuerpo de Hubbard para sacarlo del almacén y recorrer bastante distancia por la calle. No quería arriesgarse a que alguien lo viera.

Metió el cuerpo de Hubbard en una caja vacía y la cerró.

Una vez completada la tarea de esconder el cadáver, cogió la lámpara y salió de nuevo a la niebla. Le había dicho al cochero del carruaje de alquiler que lo esperara a dos calles de distancia.

Revólver en mano, empezó a andar.

La ciudad de Londres estaba considerada como una ciudad más refinada que Nueva York, culturalmente superior en todos los sentidos. Pero él no acababa de verle el encanto. Detestaba la niebla, las calles sucias y peligrosas, y esos dichosos acentos que hacían que fuera casi imposible entender a los cocheros, a los tenderos, a los criados y a los aristócratas por igual.

¡Qué ganas tenía de que zarpara su barco! Se alegraría muchísimo de dejar atrás Londres.

41

—La próxima vez tenemos que encontrar una cama —dijo Slater.

«La próxima vez.» Como las burbujas en una copa de champán, esas palabras animaron a Ursula. Vio cómo Slater se incorporaba hasta quedar sentado sobre la bata de seda negra. Se movía con una elegancia masculina que hacía cosas verdaderamente interesantes tanto con el torso de Slater como sus entrañas.

«La próxima vez» implicaba un futuro juntos, pensó. Se ató el cinturón de la bata mientras sopesaba las implicaciones de esas maravillosas palabras. Si era realista, tenía que aceptar que podía tratarse de un futuro muy corto. Lady Fulbrook había intentado avisarla de los peligros de enamorarse de un hombre que estaba totalmente fuera de su alcance.

Sin embargo, Slater era completamente distinto a cualquier otro hombre que hubiera conocido, y los obstáculos que se interponían con un largo futuro con él también eran muy diferentes. No obstante, por primera vez, se atrevía a soñar con la idea de que dichos obstáculos no eran insalvables.

Slater la miró mientras se ponía en pie.

—¿La idea de una cama te hace gracia? —Recogió la bata del suelo—. Tal vez prefieras un escritorio o un frío suelo de piedra. Si es el caso, estoy dispuesto a darte el gusto.

Hizo una mueca, consciente de la rojez de su rostro.

—No tengo nada en contra del uso de una cama para este tipo de... de cosas. —Señaló la bata con una mano.

Slater contempló la mancha húmeda en la seda negra con expresión pensativa.

—Resulta que «este tipo de cosas», cuando las hago contigo, me resultan la mar de interesantes.

Ursula se volvió en busca de sus chinelas.

—Me sorprende que la clase de ejercicio físico que acabamos de ejecutar no consiga confundir tus ordenadísimos pensamientos.

—Te aseguro que los confunde —le aseguró él en voz muy baja—. Me nubla la mente por completo. De hecho, cuando estamos en mitad de este tipo de «ejercicios» solo puedo pensar en ti, en nada más.

El deje sensual y juguetón de sus palabras hizo que Ursula se diera la vuelta a toda prisa. Slater tenía esa sonrisa tan traviesa y esquiva, la que siempre la dejaba sin aliento.

—Ah —murmuró ella. Se quedó callada, sin palabras.

—Lo más fascinante de todo es que, después, tengo momentos de enorme claridad —continuó él. Su voz tenía un deje acerado en ese momento. El fuego de la certeza iluminaba sus ojos. Soltó la bata y recogió sus pantalones—. Creo que ya sé qué significan los números del diario. Eres brillante, Ursula. —La agarró de los hombros y le dio un beso fugaz y triunfal—. Brillantísima añadió. —La soltó y echó a andar hacia la puerta—. Date prisa. Tengo que retomar el diario de la señora Wyatt.

Ursula contuvo un suspiro. Slater ya no estaba hablando de su relación. Las burbujas de champán estallaron. Lo siguió hasta la puerta.

—¿Qué crees que has conseguido aclarar?

Slater abrió la puerta y, cuando respondió, resultó evidente que su deje burlón le había pasado desapercibido.

—Intenté leer el diario antes de acostarme, pero no tenía la mente clara.

—No es de extrañar, teniendo en cuenta que casi te matan esta noche.

—Sabía que estaba viendo algo importante. Debería haberlo visto desde el principio.

Lo siguió al pasillo.

—Haz el favor de explicarte.

—Hay unas cifras muy raras en las columnas de ingresos. Las entradas son muy crípticas, pero no parecen ser las tarifas habituales por los servicios del prostíbulo. También hay objetos misteriosos anotados en la columna de gastos. Creo que por fin lo entiendo. La señora Wyatt le estaba comprando droga a Rosemont y se la vendía a algunos de sus clientes particulares.

—¿Vendía la ambrosía por su cuenta?

—Eso creo, lo que explicaría por qué Cobb la mandó matar. En fin, eso y el hecho de que sabía demasiado acerca del final del negocio en suelo británico.

—¿Cobb creía que era una competidora?

—A pequeña escala. —Slater abrió la puerta situada al final de la escalera—. Pero el verdadero problema de Cobb es Fulbrook. Por fin veo con claridad el patrón. Y todo te lo debo a ti.

—¿A mí o al ejercicio? —preguntó ella muy formal.

—A ti. —Al llegar a la puerta de su dormitorio, se detuvo el tiempo justo para levantarla en volandas y darle otro beso eufórico. La dejó en el suelo con la misma brusquedad y recorrió el pasillo en dirección a su propio dormitorio—. Cuando amanezca, ya debería tenerlo casi todo resuelto —le dijo.

—Me alegro mucho por ti. Tal vez tendrías la amabilidad de contarle tus deducciones a los que todavía seguimos empantanados en mitad de la niebla.

Sin embargo, le había hablado a un pasillo vacío. Slater ya había entrado en su dormitorio.

Meneó la cabeza, sonrió e hizo ademán de entrar en su habitación. La puerta al otro lado del pasillo se abrió.

—Ah, eres tú, querida —dijo Lilly. Parecía muy animada—.

Me ha parecido que había alguien levantado. ¿Va todo bien?

—Todo va bien. —Ursula entró en el dormitorio y se dio la vuelta para mirar a Lilly—. Puede volver a dormirse.

Lilly esbozó una sonrisa muy satisfecha.

—Eres buena para él, que lo sepas.

—¿Lo soy?

—Sí, ya lo creo. Ha cambiado mucho de un tiempo a esta parte, y es todo gracias a ti.

—Por supuesto, me alegra saber que soy útil.

Lilly parpadeó, sorprendida.

—Querida, de verdad que no era mi intención...

—La pregunta es si el señor Roxton es bueno para mí o no.

Cerró la puerta antes de que Lilly pudiera replicar. A medio camino de la cama, se dio la vuelta y regresó junto a la puerta. La cerró con llave sin titubear siquiera.

Si Slater necesitaba más inspiración antes de que amaneciera, tendría que buscarla en otra parte.

Se metió bajo las mantas, presa de un cansancio muy placentero. Lo último que pasó por su cabeza antes de quedarse dormida era que por fin había resuelto una incógnita acerca de Slater Roxton: definitivamente, realizaba exóticos rituales sexuales con mujeres ingenuas en su sótano.

Poco antes del amanecer, creyó escuchar que alguien intentaba abrir la puerta sin hacer ruido. Esperó a que Slater llamase a la puerta al descubrir que estaba cerrada con llave. Sin embargo, en el pasillo reinó el silencio.

Se quedó despierta largo rato mientras pensaba que había hecho bien al cerrar la puerta con llave. Si iba a continuar su relación con Slater, era importante que se diera cuenta de que no solo era algo conveniente o una ayuda para su pensamiento creativo.

Por desgracia, esa pequeña victoria se vio empañada por el peso del arrepentimiento.

42

—Ya os dije que creo que Cobb quiere crear un monopolio que controle la droga —señaló Slater—. Más aún, estoy convencido de que planea dirigir el negocio desde Nueva York, no desde Londres. Y no quiere competencia a este lado del Atlántico.

Estaban congregados a la mesa del desayuno. Lilly reinaba en un extremo, mientras comía con delicadeza un poco de salmón ahumado. Slater estaba sentado en el otro extremo, dando buena cuenta de una pila de huevos con tostadas mientras explicaba las conclusiones a las que había llegado. Ursula, sentada en el centro, creía que parecía bastante vigoroso esa mañana, teniendo en cuenta que era un hombre que apenas habría dormido unas cuantas horas. Su apetito tampoco se había visto afectado.

Slater no le dijo nada acerca de la puerta cerrada con llave. En el caso de que se hubiera llevado una decepción, disimulaba muy bien. Su entusiasmo y su energía le resultaron muy irritantes.

—¿Y dices que crees que lady Fulbrook piensa llevarse algunas de las plantas de la ambrosía cuando huya a Nueva York con Cobb? —preguntó Lilly.

—Así es. —Slater comió un poco más de huevo—. Plantas o semillas, al menos. Sea como sea, no me cabe la menor duda de que ordenará la destrucción de las plantas de su invernadero.

Cobb querrá asegurarse de que nadie más puede continuar produciendo la ambrosía cuando lady Fulbrook y él se marchen.

Ursula soltó el tenedor de golpe.

—Semillas.

Lilly y Slater la miraron.

—¿Qué pasa? —preguntó Slater.

—Cuando descubrí las joyas y el cuaderno de taquigrafía de Anne Clifton, también descubrí unos paquetitos con semillas —contestó Ursula—. Creo que es muy posible que dichas semillas sean de la planta de la ambrosía.

Las delicadas cejas pintadas de Lilly se arquearon un poquito.

—Tal vez quisiera cultivar las plantas en su propio jardín.

—O vender las semillas al mejor postor —repuso Slater—. Alguien como la señora Wyatt habría pagado muy bien por ellas.

Un escalofrío recorrió la espalda de Ursula.

—Creo que Anne planeaba usarlas para ganarse un puesto en la organización de Damian Cobb.

Slater sopesó esa posibilidad.

—Mmm...

—Habría sido un movimiento muy osado por su parte —dijo Lilly en voz baja—. Cobb es un hombre peligroso.

—Anne era muy osada —afirmó Ursula—. Y no podemos olvidar que llevaba meses actuando de mensajera entre lady Fulbrook y Cobb. Puede que creyera conocer a Cobb, comprenderlo. No le caían demasiado bien los hombres, pero estaba segura de que era capaz de manipularlos. Al fin y al cabo, era una mujer muy atractiva. Tal vez lady Fulbrook le estuviera escribiendo cartas de amor a Cobb, pero creo que Anne intentaba seducirlo.

Slater frunció el ceño.

—¿Por qué lo dices?

—No he tenido la oportunidad de leer todas las cartas que recibió de Cobb. Están escritas con el seudónimo que utilizaba al cartearse con lady Fulbrook: el señor Paladin. Pero me doy cuenta de que se estaba llevando a cabo cierta negociación muy delicada. A simple vista, Paladin se muestra interesado en sus relatos cortos, pero estoy segurísima de que no era de lo que hablaban en realidad.

—Anne pasó mucho tiempo en compañía de lady Fulbrook en el invernadero —comentó Slater—. Tal vez aprendiera a cultivar la planta de la ambrosía.

—Desde luego, eso explicaría los versos tan extraños que anotó en su cuaderno de taquigrafía —repuso Ursula—. Hay varias referencias a cantidades y a número de veces. Recuerdo un verso en particular: «la flor es delicada y potente. Tres partes de diez visiones alucinantes provocan. Siete matan.»

—Tu amiga estaba inmersa en un juego muy peligroso, desde luego —comentó Slater en voz baja.

—Lo sé —reconoció Ursula—. Pero sí puedo decir algo: si Cobb quiere destruir todas las plantas que hay en el invernadero especial de lady Fulbrook antes de volver a Nueva York, va a tener que hacer algo muy drástico. Esa habitación del invernadero está atestada de esas malditas plantas de la dichosa ambrosía.

Se produjo un breve silencio. Ursula masticó un trozo de tostada durante unos segundos antes de darse cuenta de que tanto Lilly como Slater la observaban.

—¿Qué pasa? —preguntó tras tragar el bocado—. ¿He dicho algo raro?

Lilly soltó una carcajada y siguió comiendo salmón.

Slater carraspeó.

—Creo que ha sido lo de «malditas plantas de la dichosa ambrosía» lo que nos ha sorprendido. Parecías un poco molesta.

—Porque estoy molesta. —Ursula tragó lo que le quedaba de tostada y cogió la taza de café—. Con lo poco que avanza nuestra investigación.

Lilly enarcó las cejas.

—Creía que Slater y tú estabais haciendo grandes progresos.

—Eso es muy subjetivo —replicó Ursula. Miró a Slater—. Si

no me falla la memoria, ibas a revelar lo que has descubierto en los diarios de la señora Wyatt. Pero ¿qué pruebas nos puede aportar eso para arrestar a alguien por el asesinato de Anne?

La señora Webster apareció en la puerta antes de que Slater pudiera contestar. Llevaba una bandeja de plata. Con un solitario sobre.

—Acaban de entregar este telegrama, señor —anunció el ama de llaves con esa voz resonante tan peculiar.

Slater hizo una mueca y aceptó el sobre.

La señora Webster se marchó, hizo mutis por el foro, para volver a la cocina.

Ursula y Lilly miraron a Slater mientras este abría el sobre. Leyó deprisa el contenido y levantó la vista.

—Es del director del museo de Nueva York. Tenía razón, Damian Cobb es bastante conocido en los círculos filantrópicos. El director dice que hay rumores sobre la procedencia de su fortuna, pero que nadie hace muchas preguntas. Aunque eso no es lo más interesante que dice el telegrama.

—Por el amor de Dios —protestó Ursula—, no nos dejes en ascuas. No estamos en un melodrama. ¿Qué dice el dichoso telegrama?

Slater enarcó una ceja al escuchar el tono furioso de su voz, pero no replicó.

—Según el director del museo, el personal de la mansión de Cobb en Nueva York asegura que se marchó en viaje de negocios hace diez días.

—La travesía del Atlántico dura una semana —calculó Ursula—. Incluso menos. Tenías razón, Slater. Cobb lleva en Londres unos cuantos días.

La señora Webster reapareció en la puerta.

—El señor Otford ha venido a verlo, señor —anunció la mujer—. ¿Le digo que espere a que terminen de desayunar?

—No —contestó Slater—. Si ha venido a esta hora, debe tener algo interesante para nosotros. Hágalo pasar, por favor.

—Sí, señor. —La señora Webster hizo ademán de salir al pasillo.

—Será mejor que prepare otro plato para el desayuno, señora Webster —dijo Slater—. Estoy seguro de que tendrá hambre.

—Sí, señor.

La señora Webster se marchó. En un abrir y cerrar de ojos, Gilbert Otford entró en la estancia. Se detuvo en seco y miró con expresión venerante el paradisíaco aparador lleno de comida.

—Buenos días, señoras —saludó. No apartó la vista de las bandejas de servicio—. Señor Roxton.

—Buenos días, Otford —replicó Slater—. Por favor, siéntese a la mesa.

—Será un placer, señor. Gracias.

Hubo bastante actividad antes de que el señor Otford se sentara en frente de Ursula. Tenía el plato lleno de salchichas, tostadas y huevos. Se dispuso a comer con entusiasmo.

Slater parecía conforme con esperar a que Otford consiguiera reducir la cantidad de comida de su plato antes de empezar a hacerle preguntas, pero la paciencia de Ursula había llegado a su límite.

—En fin, señor Otford. —Lo miró con expresión elocuente—. ¿Qué tiene que contarnos?

—Me ha costado una pequeña fortuna conseguir que una de las criadas y que un lacayo aflojaran la lengua —respondió Otford, que no se molestó en tragar el trozo de salchicha antes de hablar—. Los que trabajan en el club tienen órdenes de no hablar de lo que sucede allí dentro. Si pillan a alguien yéndose de la lengua será despedido sin referencias. Nadie quiere perder su trabajo en el club porque el salario, tanto dinerario como en especie, es excelente.

—¿Eso es todo lo que ha conseguido con el dinero del señor Roxton? —preguntó Ursula—. ¿Solo ha averiguado que pagan bien a los criados?

Otford miró a Slater, perplejo.

—¿Está molesta por algo?

De repente, Slater puso mucha atención en su taza de café, de la que bebió.

—Señor Otford —dijo Ursula con retintín—, le he hecho una pregunta.

—No, señora Grant..., esto, señora Kern —se corrigió Otford a toda prisa—. No es lo único que he averiguado. Solo estaba preparando el terreno para lo interesante.

—Ya era hora —repuso Ursula.

Slater bebió otro sorbo de café antes de mirar a Otford.

—¿Qué decía? —lo instó a continuar, casi con amabilidad.

—Ah, sí. —Otford abrió su cuadernillo de notas—. Aquí tengo toda la información que despertó mi curiosidad. Es evidente que hay dos tipos de miembros: los normales y la élite, cuyos componentes se conocen como «miembros de la Cámara de las Visiones». Aquellos que pertenecen a la Cámara acceden a formas de la droga más intensas, además de a servicios muy exclusivos.

—¿Servicios exclusivos? —repitió Ursula—. ¿Cuáles son?

Otford se removió en la silla. En esa ocasión, miró a Lilly en busca de ayuda. Esta le sonrió con dulzura y se dirigió a Ursula.

—Creo que el señor Otford se refiere a la clase de servicios exclusivos que solo un prostíbulo de lujo como el Pabellón del Placer podría proporcionar —explicó la madre de Slater.

—Ah. —Ursula pegó la espalda al respaldo de la silla, colorada. Puso especial cuidado en no mirar a Slater a la cara. Estaba segura de que su inocencia le haría gracia—. Prosiga, señor Otford.

El aludido carraspeó y se concentró en sus notas.

—Los servicios disponibles solo para los miembros de la Cámara de las Visiones incluyen escoger a compañeros de cualquiera de los dos sexos y de distintas edades, el uso de ciertos objetos y... esto... de cierto equipo, diseñados para aumentar el placer físico...

—Le he pedido que continúe con lo que ha averiguado, señor Otford, no que nos dé una lista detallada de los servicios que el burdel ofrece a los miembros de la Cámara —masculló Ursula.

Otford tragó saliva con dificultad.

—Lo siento. Le pido disculpas. Me he confundido.

—Y no es el único —dijo Slater en voz baja.

Ursula lo fulminó con la mirada, pero Slater fingió no darse cuenta.

—Continúe, Otford —dijo él—. ¿Ha conseguido averiguar cómo entregan la droga en el Club Olimpo?

—Una pregunta excelente —comentó Ursula.

—Gracias —respondió Slater con un tono muy humilde.

Otford empezó a hablar muy deprisa.

—Uno de los criados dijo que la ambrosía la entregaba un hombre con una carreta. Los días en los que se acordaba una entrega, Fulbrook siempre estaba presente para supervisar la descarga de los fardos. La droga se almacena en el sótano, cerrado con llave, junto con las bebidas alcohólicas y los puros, pero en una habitación separada.

Slater meditó esas palabras.

—Supongo que Fulbrook es quien tiene la llave de esa habitación, ¿no?

—Sí, según el criado. —Otford guiñó un ojo—. No quiere decir que no se pierda un poco de droga de vez en cuando, claro. Por experiencia, sé que los caballeros como Fulbrook dejan de ver a la servidumbre pasado un tiempo. El criado me dio la impresión de que tanto él como sus amigos se hacen con un poco de droga, y alguna que otra botella de brandi y unos cuantos puros, de vez en cuando.

—Ha hecho un trabajo magnífico, Otford —dijo Slater.

El aludido sonrió de oreja a oreja.

—Gracias, señor. Debo admitir que ha sido todo fascinante. Esta historia podría ser un bombazo... un bombazo absoluto.

Ursula entornó los ojos.

—Tal vez sería más entretenida si no hubiera unos cuantos asesinatos de por medio.

Otford se ruborizó y cogió la servilleta para intentar ocultar una tos.

Slater se repantingó en la silla.

—El siguiente paso es encontrar al hombre que hace la entrega.

Otford gruñó.

—Seguro que hay miles de carretas en Londres.

Ursula se irguió de repente.

—Los establos emplazados cerca de la tienda de Perfumes y Jabones de Rosemont.

Slater la miró con una sonrisa de aprobación.

—Tiene sentido que Rosemont hubiera alquilado el uso de una carreta, y también es muy probable que el cochero pertenezca al establecimiento más cercano que ofreciera esos servicios.

—Por el amor de Dios, ¿por qué iba alguien a situar una perfumería cerca de unos establos? —preguntó Lilly, aunque no se dirigía a nadie en particular.

—Porque Rosemont no fabricaba delicados perfumes —contestó Slater—. Estaba preparando una peligrosa droga, de la que fabricaba cantidades ingentes... Fabricaba lo suficiente no solo para satisfacer las demandas del Club Olimpo y del negocio particular de la señora Wyatt, sino también del mercado norteamericano. Necesitaba un medio para transportar su producto por toda la ciudad y también llevarlo a los muelles, donde embarcaba hacia Nueva York.

—Vaya... —dijo Ursula en voz muy baja.

Todos la miraron, a la espera de que dijera algo brillante.

—Vaya... ¿qué más? —preguntó Slater.

—Acabo de caer en que tal vez tenga dotes para este asunto de las investigaciones —comentó mientras intentaba aparentar cierta modestia.

—No lo recomiendo —terció Slater—. Sería más recomendable seguir con la profesión de taquígrafa.

—¿Por qué? —preguntó Ursula, molesta una vez más.

—No sé si alguien ha reparado en el detalle, pero los ingresos que se perciben por las investigaciones privadas son bastante limitados. Además, el precio de dicho negocio puede ser muy alto. He perdido la cuenta de todo el dinero que he gastado en sobornos, tarifas y otros gastos del caso.

—Mmm. —Parte del entusiasmo de Ursula se evaporó—. No había tenido en cuenta el aspecto económico...

43

—Sí, señor, Rosemont tenía por costumbre alquilar un caballo y una carreta de mi establecimiento —dijo Jake Townsend—.
Le pagaba a mi hijo por cargar los fardos de incienso y entregar
la mercancía.

Slater se encontraba junto con Ursula en el ancho portal del
establo. Los Establos J. Townsend alquilaban carruajes privados, carromatos y carretas. No obstante, a juzgar por el tamaño del edificio, el negocio no era muy boyante. Solo había tres
cuadras en su interior y un carruaje antiguo con una pésima sus-
pensión. En todo caso, un establo era un establo, y el olor a caballo y a todo lo relacionado con ellos inundaba el aire.

Townsend era un hombre de mediana edad, con la cara cur-
tida y la complexión atlética y fuerte de alguien que llevaba toda
la vida trabajando en un establo. Pero se mostró dispuesto a hablar una vez que Slater le dejó claro que le pagaría por su tiempo
y por su cooperación.

Townsend era un hombre fácil de tratar, concluyó Slater,
pero Ursula le resultaba todo un misterio esa mañana. Otra vez
había vuelto a ocultarse tras su elegante velo de viuda. Era imposible interpretar su expresión; aunque también lo había sido a
la hora del desayuno.

Cuando bajó la escalera esa mañana, ya estaba de un humor
extraño y su temperamento no había mejorado tras disfrutar del

excelente café de la señora Webster, al menos en lo que a él se refería. En un principio, se dijo que el problema no era otro que la falta de sueño, pero a esas alturas empezaba a preguntarse, no sin cierto temor, si se arrepentía del apasionado encuentro de la noche anterior en la estancia del laberinto. Tal vez también se arrepintiera del primero, el que tuvo lugar en su estudio.

Estaba convencido de que el hecho de que hubiera cerrado su puerta con llave era un funesto presagio.

Se obligó a concentrarse en la tarea que tenía entre manos.

—¿Así que Rosemont era un cliente habitual?

—Sí que lo era —respondió Townsend, que meneó la cabeza con gesto tristón—. Echaremos de menos su negocio. Vendía una buena cantidad de incienso y de ese potingue francés que él llamaba «popurrí». Pero debo admitir que me alegro muchísimo de que mi establecimiento estuviera en la calle paralela a la suya cuando su tienda ardió. La explosión no solo destruyó su edificio, también dañó gravemente a los edificios colindantes. Por suerte, estaban vacíos. Nos llevamos un susto de muerte, se lo aseguro. Los caballos estuvieron inquietos durante un tiempo.

—Me lo imagino —replicó Ursula.

Slater percibió la gélida impaciencia que teñía sus palabras, pero tuvo el buen tino de no tratar de apresurar a Townsend.

—Según la prensa, las autoridades creen que el fuego fue causado por una explosión de gas —dijo Slater.

—Sí, es posible. —Townsend torció el gesto en señal de desaprobación—. Pero en mi opinión, fueron esos fardos de hojas secas que tenía guardados en el laboratorio los que alimentaron las llamas. Entre usted y yo, a saber qué sustancias químicas usaba para hacer el incienso y el popurrí. El olor tardó horas en irse del vecindario.

—Gracia por su ayuda, señor Townsend. —Slater se sacó una cantidad de dinero del bolsillo—. Solo una pregunta más y le dejaremos que siga con su trabajo.

—¿Qué quiere saber, señor?

—Ha dicho que Rosemont le pagaba a su hijo por hacer entregas con la carreta de forma regular. Me gustaría saber en qué lugares entregaba la mercancía.

—Solo había dos direcciones. Una era una mansión, propiedad de una especie de club privado. La otra, un almacén en los muelles. Rosemont enviaba mucha mercancía a Nueva York, ¿sabe?

44

—Ahora entiendo por qué insististe en que regresáramos a tu casa para coger una barra de hierro —dijo Ursula—. Sabías que el almacén seguramente estaría cerrado. Buen razonamiento, sí, señor.

Slater estaba en el proceso de introducir la barra de hierro en el estrecho hueco que quedaba entre la puerta y la jamba. Se detuvo para mirarla con gesto inescrutable.

—He descubierto que resulta agradable detenerse de vez en cuando. —Apoyó todo su peso en la barra—. A razonar, me refiero.

Ursula parpadeó, ya que no sabía cómo interpretar el comentario.

—¿Detenerse de vez en cuando?

—Aunque no es bueno excederse, por supuesto. Podría convertirse en un hábito.

—Desde luego —replicó ella con frialdad—. Un hábito muy feo, el de pensar más de la cuenta.

—Estoy de acuerdo.

—Debo decir que esta mañana te encuentro de un humor pésimo, Slater.

—Lo curioso es que me levanté de buen humor. No sé qué me ha pasado para haber cambiado tanto.

Ursula lo miró con los ojos entrecerrados.

—Tal vez sea el tiempo. Parece que vamos a tener una tormenta.

—Sí. El tiempo.

Apoyó todo el peso de nuevo en la barra. El gozne de la puerta crujió y cedió con un chirrido. La puerta se abrió al instante. En el interior, olía a madera vieja y podrida, y a humedad. También había otros olores. Una nota herbal y acerba que Ursula captó de inmediato.

Se mantuvo junto a Slater y miró hacia la penumbra del interior. La luz que entraba por las sucias ventanas bastaba para distinguir las cajas de madera y los barriles diseminados por el suelo. De la galería colgaban sogas deshilachadas y poleas para subir la carga.

—Estamos en el lugar adecuado —afirmó Slater, que analizó las huellas que había en el suelo—. Alguien ha visitado el lugar recientemente.

Siguió las huellas hasta llegar a una caja cerrada. Ursula lo siguió. Frunció la nariz al captar el olor.

—Huele igual que en la tienda de Rosemont —dijo—. Hay una gran cantidad de droga almacenada en este lugar. Pero hay algo más. Una rata muerta, quizá.

Slater se detuvo delante de un grupo de tres cajas.

—Estas están cerradas y listas para ser enviadas. —Introdujo la barra de hierro bajo la tapa de una de las cajas de madera y forzó su apertura.

Cuando se abrió, Ursula vio un buen número de fardos de lona pulcramente guardados en su interior. El olor de la droga se hizo más evidente.

—No te muevas —le dijo Slater en voz baja.

La delicada orden la paralizó. Cuando siguió la dirección de su mirada, reparó en las manchas oscuras del suelo. Sintió un escalofrío.

—¿Sangre? —susurró.

—Sí —respondió Slater—. Y no muy antigua.

Siguió el rastro hasta una caja cercana. No estaba cerrada. Levantó la tapa y miró el interior.

—Bueno, esto responde una pregunta —dijo.

—¿Quién...? —preguntó Ursula.

—El antiguo dueño del bastón con el estilete.

Ursula permaneció donde estaba. No le apetecía acercarse más. Observó a Slater mientras este se inclinaba sobre la caja y registraba meticulosamente la ropa del difunto.

—¿Cómo lo han matado? —quiso saber ella.

—Le han disparado. Dos veces. Un profesional, según parece.

—¿Profesional?

—Creo que es acertado decir que quienquiera que haya matado a este hombre tiene cierta experiencia en el asunto. —Slater hizo una pausa y metió aún más el brazo en la caja—. Pero creo que estaba un poco oxidado.

—¿Por qué lo dices?

—Porque no hizo un buen trabajo registrando el cuerpo.

Slater se enderezó y Ursula vio una tarjeta de visita blanca en su mano.

—¿Qué es? —preguntó.

—La dirección del hotel Stokely. La he descubierto guardada dentro de un zapato. Me da la impresión de que aquí nuestro visitante estaba aterrado por la posibilidad de perderse en nuestra preciosa ciudad. Llevaba guardada la dirección del hotel en un lugar donde estaba seguro de que no iba a perderla.

—¿Cuál es el siguiente paso?

—Tenemos a un asesino profesional que se ha convertido en víctima de un asesinato —respondió Slater—. Vamos a hacer lo que hacen los ciudadanos responsables: acudir a Scotland Yard.

45

Lilly cogió la tetera y sirvió té en las dos delicadas tazas de porcelana que había en la bandeja.

—Debo confesar que no había visto a Slater tan interesado en la vida desde que volvió a Londres.

—Sí que parece bastante obsesionado con el asunto del asesinato de Anne Clifton —repuso Ursula.

Era más que consciente del suave tictac del reloj de pie situado en un rincón de la biblioteca. Cada vez que miraba la caja, tenía la sensación de que las agujas no se habían movido.

Nada más descubrir el cadáver en el almacén, Slater la llevó de vuelta a su casa y la dejó allí, con Lilly, los Webster y Griffith. Después, se fue para hablar con alguien de Scotland Yard. Tras volver de ese encuentro, anunció que necesitaba pasar cierto tiempo en la estancia del laberinto. En ese momento, se encontraba en su retiro del sótano. Llevaba allí abajo casi una hora.

—Estoy segurísima de que no es el asesinato de la pobre señorita Clifton lo que ha conseguido que abandone las sombras —afirmó Lilly—. Tú eres la razón de que demuestre más entusiasmo por la vida.

—En fin, fui yo quien llamó su atención sobre el caso —dijo Ursula.

—No, querida, tú tenías toda su atención antes de hablarle del asesinato.

—¿Y cómo es posible que lo sepa?

Lilly esbozó una sonrisa serena.

—Una madre lo sabe.

—Pues a mí me tenía engañada.

—Querida, no hace falta recurrir al sarcasmo. Estoy segura de que Slater sintió un interés personal muy intenso el día que os presenté.

—Deje que le recuerde que, antes de volver a Londres, su hijo pasó un año en una especie de monasterio. Tras eso, se pasó los siguientes años dando tumbos por el mundo en busca de objetos perdidos o robados. Con todo, es evidente que no ha podido tener muchas oportunidades para entablar una relación romántica con nadie. —Ursula carraspeó—. Y posee un temperamento muy saludable y vigoroso.

Lilly parecía complacida.

—Así que has notado su temperamento saludable y vigoroso, ¿no?

—Lo que quiero decir es que estoy convencida de que habría sentido un «interés personal muy intenso» por cualquier mujer soltera a la que hubiera conocido cuando me conoció a mí.

—Créeme, querida, Slater es más que capaz de encontrar compañía femenina si decide hacerlo.

Sin duda era verdad, pensó Ursula. La idea era descorazonadora.

—La prensa publicó que una joven en quien tenía las miras puestas se comprometió y se casó con otro hombre mientras él estuvo en la isla de la Fiebre —comentó con voz apagada.

—Es cierto, sí, pero te aseguro que la relación de Slater con Isabelle no pasó de un breve coqueteo, como mucho. Ella lo utilizó para llamar la atención del caballero que al final le propuso matrimonio. Slater era muy consciente de que ella tenía las miras puestas en otra persona. Le daba igual, porque estaba concentrado en la expedición a la isla de la Fiebre. El matrimonio era lo último que se le pasaba por la cabeza en aquellos días.

—¿Está segura?

—Absolutamente. El corazón de Slater no se rompió en su momento. Pero a lo largo de los años siguientes a su marcha de la isla de la Fiebre, mi preocupación por él ha aumentado. Empezaba a preguntarme si no le quedaba corazón que pudieran romperle.

Ursula levantó la vista de la taza de té.

—¿Por qué lo dice?

—Temía que esos extraños monjes del monasterio hubieran destruido la parte de sí mismo capaz de sentir pasión.

—No —se apresuró a decir Ursula—. Estoy segurísima de que no es el caso. Solo hay que ver lo apasionado que se muestra, porque no puedo usar otra palabra, para resolver el asesinato de mi secretaria.

—Hay asesinatos en Londres todas las semanas. No he visto que Slater se interesase por ninguno. Eres tú quien intriga a mi hijo, Ursula, y por eso estoy más agradecida de lo que jamás podré expresar con palabras. Es como si hubieras abierto de par en par la puerta de una celda y le permitieras salir a la luz del sol.

—Pamplinas —repuso Ursula. Agarró el platillo con fuerza—. Está exagerando demasiado la situación. La verdad es que Slater solo necesitaba tiempo para aclimatarse a la vida en Londres.

La puerta se abrió antes de que Lilly pudiera replicar. Slater entró y una gélida determinación hizo crepitar el ambiente.

—He trazado un plan —anunció.

Procedió a explicarlo con rapidez.

Ursula estaba espantada.

—No puedes hacerlo —dijo Lilly.

—¿Estás loco? —protestó Ursula.

—Tengo entendido que la prensa ha barajado esa teoría alguna que otra vez —respondió Slater.

46

Los amplios jardines de la parte posterior de la mansión de los Fulbrook estaban ocultos por la niebla, a través de la cual se filtraba la luz de la luna. Slater se detuvo un instante en la parte superior del muro. De las sombras surgió un gruñido amenazador.

—Ah, ahí estás —susurró—. Buen chico.

Desenvolvió el enorme trozo de ternera que había llevado consigo y lo dejó caer al suelo. El golpe produjo un ruido sordo. Al momento, una silueta grande y peluda apareció corriendo entre la niebla. El mastín se abalanzó sobre la carne.

Slater desató la cuerda y la dejó caer por el muro de ladrillo. El perro se enderezó con las patas delanteras sobre el trozo de carne y gruñó a modo de advertencia.

—La comida es toda para ti, amigo mío. Puedes comer tranquilo.

El perro siguió saboreando el suculento aperitivo. Y Slater siguió con lo que estaba haciendo.

Las frondosas plantas, sumadas a la densa niebla, le proporcionaban suficiente protección. De hecho, concluyó, habría sido fácil perderse. Por suerte, tenía un sentido de la orientación bastante decente.

Y también contaba con la detallada descripción de Ursula sobre lo que había visto tanto en la planta baja como en los jardines. Se había alarmado al escuchar que pretendía colarse en la mansión y había intentado disuadirlo. Pero, al final, se había impuesto la lógica. Había reconocido que la información que necesitaban seguramente estuviera oculta en la mansión. No había otra manera de conseguirla.

Después de un buen rato y de unos cuantos encontronazos con las estatuas del jardín, logró llegar a la fachada trasera de la mansión. Descubrió las cristaleras a través de las cuales se accedía al jardín desde la biblioteca, en el sitio exacto donde Ursula había dicho que estaban.

Se dio media vuelta y comenzó a andar siguiendo la pared mientras contaba las ventanas, hasta llegar a la tercera. Si Ursula estaba en lo cierto, ese era el despacho de Fulbrook.

Solo se escuchó un crujido y un leve sonido metálico cuando usó la barra de hierro para abrir la ventana. Estaba dentro en cuestión de segundos. El júbilo y un subidón de energía se apoderaron de él. No se había imaginado que cuando volviera a Londres usaría las habilidades que había perfeccionado mientras recobraba antigüedades perdidas y robadas.

Se detuvo en el oscuro interior de la estancia y aguzó el oído. No había gritos de alarma ni pasos apresurados en la escalera. No se escuchaba el menor ruido procedente de los aposentos de la servidumbre.

Definitivamente, poseía un gran talento para ese tipo de cosas. Además, era innegable que hacerlo lo estimulaba. Se le ocurrió que tal vez hubiera echado de menos el trabajo.

Las lámparas de gas estaban encendidas al mínimo, pero había luz suficiente para distinguir la forma del gran escritorio y de la caja fuerte. Decidió que si había algo de interés que descubrir, estaría guardado en su interior.

Atravesó la estancia hasta la puerta y se tranquilizó al comprobar que estaba cerrada con llave. Al menos, tendría unos cuantos segundos para reaccionar en el caso de que alguien lo escuchara y bajara a investigar.

Se acercó a la caja fuerte, se agachó y se sacó el estetoscopio del bolsillo. Tras colocárselo en los oídos, plantó el otro extremo cerca de la rueda de la combinación. Acto seguido, procedió a escuchar los chasquidos metálicos de la cerradura a medida que hacía girar la rueda.

Una vez que logró abrirla, metió la mano para tantear el contenido. Sus dedos rozaron un sobre grande y un libro encuadernado en cuero. También había un grueso paquete.

Sacó el libro, el sobre y el paquete. Después, se enderezó y se dirigió al escritorio. Abrió en primer lugar el paquete y descubrió un grueso fajo de billetes. Tras devolver el dinero a la caja fuerte, regresó para abrir el sobre. Cuando lo hizo, varias fotografías y sus correspondientes negativos cayeron sobre el escritorio. Estaba demasiado oscuro para ver las imágenes.

Esperó unos segundos, aguzando el oído, pero la mansión seguía dormida. Una vez satisfecho al comprobar que nadie se había despertado, encendió la lámpara situada sobre el escritorio. Examinó las fotografías un instante y después abrió el libro. Era un diario. No tardó mucho en comprender lo que había encontrado.

Apagó la lámpara, cerró la caja fuerte e hizo girar la rueda, y después salió de nuevo por la ventana.

El perro se acercó a él, esperanzado. Tras rascarle las orejas al mastín, trepó por la cuerda hasta la parte superior del muro del jardín y descendió por el otro lado. Se detuvo para recuperar el material que había usado para escalar y, acto seguido, se perdió en la oscuridad de la noche.

Le resultaba satisfactorio haber vuelto al trabajo. Había echado de menos el ejercicio.

47

—Chantaje —dijo Slater—. Eso responde una de las preguntas acerca de Fulbrook. Sabíamos que estaba proporcionando la droga a los miembros del club. Ahora conocemos el motivo.

Ursula miró las fotografías que había esparcidas sobre el escritorio de Slater. La rabia se apoderó de ella. Eran imágenes de unos amantes desnudos, abrazados mientras dormían en una cama. Lo que las hacía potencialmente peligrosas era que las dos personas retratadas de forma tan erótica eran hombres.

—Fulbrook es despreciable —dijo ella—. Con razón Valerie está dispuesta a llegar tan lejos para escapar de él.

Lilly cogió una de las fotografías.

—Reconozco al hombre calvo de esta imagen: lord Mayhew.

—Es uno de los miembros del Club Olimpo que se rumorea que se quitó la vida hace pocos meses, según dijo Brice —señaló Slater.

—Todos los hombres de las fotografías parecen dormidos —comentó Ursula.

—Di más bien que están inconscientes —repuso Slater—. Creo que es evidente que los hombres mantuvieron relaciones sexuales y que después fueron expuestos a una dosis de ambrosía lo bastante fuerte como para provocar la inconsciencia, el tiempo necesario para hacer las fotografías.

—La actitud de la sociedad hacia las mujeres ya es bastante

dura —dijo Lilly—, pero es igual de cruel en cuanto a las relaciones entre dos hombres. Más aún, la ley considera dichas relaciones ilegales. Por supuesto, la gente suele hacer la vista gorda con estos comportamientos, pero si estas fotografías salen a la luz, arruinarán a todos los caballeros involucrados.

Ursula miró el diario y después miró a Slater.

—¿Qué más has encontrado en ese diario?

—Más detalles sobre los chantajes. Rumores de relaciones que podrían desbaratar los futuros matrimonios de las hijas de ciertos caballeros de buena posición. Notas acerca de las dificultades económicas de los miembros que podrían llevarlos al ostracismo social.

—El chantaje es un negocio muy peligroso —comentó Lilly.

—Solo si las víctimas averiguan la identidad del chantajista —señaló Ursula—. Si hacéis memoria, yo tengo cierta experiencia en el tema.

—Creo que el señor Otford sabe perfectamente que tiene suerte de seguir vivo —repuso Slater.

Ursula suspiró.

—Al menos, él tenía un motivo para chantajearme. Estaba pasando hambre y lo iban a echar a la calle. Fulbrook no tiene semejante excusa. Es un hombre rico. ¿Por qué se habrá rebajado a hacer algo tan sórdido?

—Dudo mucho que tenga que ver con el dinero —contestó Slater—, aunque te aseguro que había una buena cantidad en la caja fuerte. Pero hay algo que resulta mucho más atractivo para ciertos hombres: el poder. Si conoces los secretos de un hombre, puedes controlarlo.

Ursula tomó aire.

—Sí, por supuesto. Pero seguro que estos hombres, las víctimas, conocían la identidad del chantajista. Seguro que hicieron algo al respecto.

—Estoy seguro de que si al menos uno de esos hombres de buena posición conociera quién está detrás del chantaje, la vida de Fulbrook no valdría ni un penique —replicó Slater. Se apartó del escritorio y se acercó a la ventana—. Razón por la que estoy convencido de que ninguno conoce la verdad. Debemos suponer que Fulbrook es muy cuidadoso en sus negocios. Estoy seguro de que ninguno de los hombres que aparece en esas fotografías tiene un recuerdo claro de lo sucedido.

—Desde luego, he visto a hombres padecer lapsus de memoria después de beber en exceso —dijo Lilly—. Y el opio puede tener un efecto tan tóxico que quienes lo consumen se vuelven muy... imprudentes.

Ursula miró a Slater.

—¿Qué piensas hacer con la información que has descubierto?

Slater la miró de reojo.

—Voy a hablar con Fulbrook.

—¿Piensas decirle que estás al tanto de que chantajea a gente? —preguntó Lilly con sequedad.

—Voy a darle una oportunidad —respondió Slater—. Es más de lo que tuvieron Anne Clifton, Rosemont y también la señora Wyatt.

—¿Una oportunidad para qué? —quiso saber Ursula.

—Para sobrevivir —contestó Slater.

—No lo entiendo —dijo Lilly.

Pero Ursula sí que lo entendía. Observó la expresión de Slater.

—Crees que Fulbrook es el siguiente en la lista de Damian Cobb, ¿verdad?

—Estoy convencido.

—En ese caso, ¿para qué ponerlo sobre aviso? —preguntó Ursula. Abarcó las fotografías y el diario con un gesto de la mano—. Es un chantajista que ha sido responsable de los suicidios de al menos dos hombres. Sin duda, sus amenazas han convertido en un infierno las vidas de las demás personas que aparecen en el diario. ¿Y qué me dices de esa mujer, de Nicole, que trabajaba en el Pabellón del Placer? Fulbrook es el responsable directo de su muerte, porque fue quien introdujo la droga en el Club Olimpo.

—Soy consciente de todo eso —le aseguró Slater. Se quitó los anteojos y se sacó un pañuelo del bolsillo.

—Slater, no se merece recibir una advertencia —continuó Ursula—. Por mí, que Cobb se deshaga de él.

Slater limpió los cristales de los anteojos.

—Te veo muy feroz esta noche. Una cualidad admirable en una dama.

Ursula cruzó los brazos con fuerza por debajo del pecho.

—Tal vez Fulbrook cuente con un título nobiliario y un excelente linaje, pero la realidad es que es un criminal que ha conseguido salirse con la suya gracias a su posición en la alta sociedad. Sabes muy bien que es muy improbable que encontremos las pruebas necesarias para arrestarlo. Y aunque lo hiciéramos, es incluso más improbable que lo declaren culpable y lo encarcelen.

Slater devolvió el pañuelo al bolsillo y miró el alto reloj de pie.

—Lo sé.

Ursula descruzó los brazos y los extendió, exasperada.

—En ese caso, ¿por qué advertirle de que Cobb está a punto de matarlo?

Slater se puso los anteojos y recogió las fotografías.

—Voy a advertírselo porque, al final, dará lo mismo.

48

Slater se desentendió de las miradas de reojo mal disimuladas y del repentino silencio que se hizo en el salón del club. Eran casi las dos de la madrugada. Casi todos los presentes estaban repantingados en los sillones orejeros de cuero, vestidos con atuendo formal. Había botellas de brandi y de vino de Burdeos en todas las mesitas auxiliares. El humo del tabaco flotaba en el ambiente.

Un anciano que Slater reconoció como amigo de su padre resopló al verlo, sonrió y le guiñó un ojo. Slater lo saludó con un gesto de la cabeza antes de continuar hacia la sala de juego. Se había negado a entregarle su gabán y su sombrero al portero, de modo que estaba mojando la alfombra.

Fulbrook estaba sentado a una mesa con otros tres hombres. Tenía una mano de cartas y se reía a carcajadas por algo que acababa de decir uno de los otros jugadores cuando la sala se quedó en absoluto silencio. Al igual que los demás, Fulbrook se volvió hacia la puerta para comprobar qué o quién había provocado esa reacción. Cuando vio a Slater, gruñó y se afanó en mirar sus cartas.

—Es evidente que la dirección de este club deja entrar a cualquiera estos días —les dijo a sus compañeros—, incluidos aquellos de los que se dice que deberían estar en un manicomio.

Uno de los hombres soltó una risilla incómoda. El resto de

jugadores se concentró en sus cartas, como si de repente fuera una partida a vida o muerte.

Slater se acercó a la mesa.

—Perdón por la interrupción, Fulbrook, pero tengo que darle un mensaje bastante importante.

—Estoy ocupado, Roxton. En otro momento.

—Si prefiere discutir de cierto diario y de ciertas fotografías en un futuro cercano...

Fulbrook se puso de pie tan deprisa que volcó la silla, la cual golpeó con brusquedad el suelo.

—Puede que su padre fuera un caballero, pero es evidente que sus modales los ha recibido de su madre —replicó Fulbrook.

—Tomo nota del insulto a mi madre —dijo Slater—. Pero esta noche tengo otras prioridades. ¿Le parece que continuemos la discusión aquí o mejor fuera, donde tendremos cierta privacidad?

—Fuera. No quiero imponerles a mis amigos y conocidos su presencia más de lo estrictamente necesario.

Slater se dio media vuelta y se dirigió hacia la puerta sin mediar palabra. Fulbrook titubeó un segundo antes de seguirlo. En el vestíbulo, el portero le dio el abrigo, el sombrero, los guantes y el paraguas.

Slater salió del club en primer lugar y bajó los escalones de entrada, quedando expuesto a la lluvia. Se detuvo bajo el haz de luz de una farola.

—Tengo un cabriolé esperando —comentó. Señaló el vehículo que esperaba al otro lado de la calle con un gesto de la cabeza.

Fulbrook abrió el paraguas y miró el carruaje con recelo.

—Debe de estar totalmente loco si cree que voy a entrar en un carruaje con usted —replicó.

—Como quiera. Intentaré ser breve. Tengo las fotografías y el diario con los chantajes que guardaba en la caja fuerte de su despacho.

—¡Miente! —Fulbrook no paraba de echar espumarajos por

la boca—. ¿Cómo va a...? Ha contratado a alguien para entrar en mi casa, hijo de puta. ¿Cómo se atreve?

—No he contratado a nadie. Yo mismo hice el trabajo. Puede denunciarme si lo desea, pero si lo hace, tendré que decir ante un tribunal lo que descubrí en su caja fuerte, por supuesto.

—Bastardo. —A Fulbrook parecía faltarle el aire—. ¿Admite tan tranquilo que es un ladrón?

—Y usted es un chantajista... además de un excelente contable. Sus registros son muy precisos. Me he dado cuenta de que ha tachado los nombres de dos de sus víctimas, las que escogieron el suicidio antes que darle lo que sea que les exigiera a cambio de no revelar sus secretos.

—El tiempo que pasó en esa endemoniada isla le hizo perder el juicio, Roxton. Es evidente que no tiene ni idea de quién soy yo.

—Es usted quien no asimila la gravedad de la situación. Soy consciente de que ha formado una sociedad con un norteamericano llamado Damian Cobb.

—¿Qué pasa? Admito que he tenido negocios con Cobb. Puede que sea vulgar, pero es un empresario de éxito, no un criminal.

—En este caso, no hay mucha diferencia entre ambos conceptos. Ya que hablamos del tema, hay dos cosas que debería saber sobre Cobb. La primera es que no tiene intención de mantener la sociedad a largo plazo. Su objetivo es crear un monopolio que controle la droga, y planea dirigirlo desde Nueva York. Eso quiere decir que ya no necesita su red de cultivo, de procesamiento y de distribución.

La rabia asomó a la cara de Fulbrook.

—¡Mentira!

—¿Por qué cree que contrató a un asesino para matar a Rosemont, el perfumero que preparaba la droga para usted, a su mensajera, Anne Clifton, y también a la señora Wyatt?

—Hubo una explosión en el laboratorio de Rosemont. Las

autoridades dijeron que quizá murió en el derrumbe del edificio.

—No está al tanto de las noticias, Fulbrook. El cadáver de Rosemont fue descubierto ayer. Alguien le clavó un estilete en la nuca. La señora Wyatt murió debido a otro encuentro muy parecido con un estilete.

Fulbrook se tensó.

—Tenía entendido que la mató uno de sus clientes.

—Vendía la droga por su cuenta. No sé muy bien si Cobb la eliminó porque empezó a distribuir por su cuenta o si simplemente decidió que sabía demasiado. Sospecho que ese es el motivo por el que mandó matar a Anne Clifton.

—Lo de la tal Clifton fue un suicidio por sobredosis.

—Eso ya da igual. Lo que importa es que usted es el único miembro de la operación en territorio británico que sigue vivo.

—Menuda ridiculez. Cobb no puede librarse de mí. Soy el único que puede proporcionarle la droga. Lo sabe.

—Le sugiero que lo hable con Cobb. Está en la ciudad.

Fulbrook resopló.

—Se equivoca. Su barco no atraca hasta mañana.

—Lo ha engañado, Fulbrook. Cobb y su asesino preferido llegaron hace varios días, justo cuando se produjo la muerte de Anne Clifton.

—¿Cómo lo sabe?

—Porque descubrí el cadáver del asesino anoche mismo. Estaba en una caja del almacén. Seguro que sabe al lugar al que me refiero. Es donde Rosemont entregaba la ambrosía que debía ser enviada a Nueva York. —Slater hizo ademán de volverse. Se detuvo cuando Fulbrook lo agarró del brazo—. Quíteme la mano de encima —ordenó en voz muy baja.

Fulbrook dio un respingo. Soltó la manga de Slater como si la tela quemara tanto como los fuegos del mismísimo infierno.

—Ha dicho que Cobb está en Londres... —masculló Fulbrook—. Si es verdad, demuéstrelo. ¿Dónde se aloja?

—No estoy totalmente seguro —contestó Slater—. Pero encontré una tarjeta del hotel Stokely en el cuerpo del asesino. Mandé a un hombre para que echara un vistazo. Y allí se hospeda un empresario norteamericano con otro nombre. Al parecer, el asesino se hacía pasar por su ayuda de cámara.

Fulbrook estaba anonadado.

—Miente. Seguro que está mintiendo.

—Pronto lo descubriremos, ¿verdad? La noticia generará una gran sensación en la prensa.

—¿Qué noticia?

—La de su muerte, por supuesto. El asesinato de un caballero tan conocido en los círculos sociales como usted siempre es noticia.

—¿Me está amenazando, loco del demonio?

—No, le estoy haciendo el favor de ponerlo sobre aviso —respondió Slater—. Le sugiero que se vaya directo a la estación de ferrocarril y que se marche de Londres en el primer tren disponible. Es su única esperanza.

—Cobb no se atrevería a matarme. Le digo que me necesita.

—Supongo que hay una mínima probabilidad de que no lo mate.

—¡Lo colgarían!

—Si lo atraparan —apostilló Slater—. Pero aunque me equivoque con las intenciones de Cobb, siempre le quedan sus otros enemigos, ¿no es verdad?

—¿De qué está hablando ahora?

—Me he encargado de que varias páginas del diario, así como las fotografías y los negativos, sean entregados a sus respectivas víctimas mañana mismo. Irán acompañadas de notas en las que se explica que el material fue hallado en su caja fuerte. ¿Cuánto tiempo cree que sobrevivirá una vez que los poderosos hombres a los que está chantajeando descubran que es usted el chantajista? Tal vez, mejor que un billete de tren, debería comprar un pasaje a Australia.

Fulbrook lo miró, boquiabierto.

—Es hombre muerto. ¡Hombre muerto!

Slater no se molestó en replicar. Cruzó la calle y se subió al cabriolé. El cochero emprendió la marcha a paso vivo.

Miró hacia atrás justo antes de que el carruaje girase en la esquina. Fulbrook seguía de pie, delante de su club, como si acabara de ver al mismísimo diablo.

49

Ese bastardo mentía. Roxton debía de mentir. Todo el mundo decía que las experiencias vividas en la isla de la Fiebre habían afectado a su equilibrio mental.

Pero eso no explicaba cómo era posible que hubiera descubierto la existencia del diario, de las fotografías y de su sociedad mercantil con Cobb. Solo había una explicación posible: Roxton había abierto la caja fuerte. Los altos muros, el perro feroz, las cerraduras modernas... todo en vano.

Fulbrook aún temblaba por la rabia cuando bajó del carruaje de alquiler y subió los escalones de su casa. Aporreó la puerta varias veces y soltó un juramento al ver que nadie abría. Eran casi las tres de la madrugada. Los criados estarían acostados, pero eso no los excusaba. Malditos fueran. Alguien debería haberle abierto ya. Vagos malnacidos. Los despediría a todos por la mañana.

Tanteó con su llave y logró abrir la puerta. Entró en el vestíbulo, oscuro y vacío. Arrojó el sombrero a la mesa pulida, pero tenía demasiada prisa como para molestarse en quitarse el abrigo.

Enfiló el pasillo en dirección a su despacho. Se detuvo en la puerta de nuevo para sacar otra llave. Golpeó tres veces la cerradura con la llave antes de lograr introducirla en ella y abrir por fin la puerta para poder entrar en la estancia.

Encendió una lámpara. Se tranquilizó al comprobar que la caja fuerte seguía cerrada. Tal vez Roxton fuera de farol. Sin embargo, ¿cómo sabía de la existencia de las fotografías y del diario?

Se agachó delante de la caja fuerte y giró la rueda con la combinación. La tibia esperanza que lo alentaba se evaporó en cuanto abrió la puerta. El diario y las fotografías habían desaparecido. A modo de broma cruel y sutil, el bastardo había dejado los billetes, cuya cantidad ascendía a varios miles de libras.

Se acercó al escritorio y se dejó caer en el sillón. Tras enterrar la cara en las manos, trató de pensar. Era difícil imaginar que Cobb se atreviera a asesinarlo. El norteamericano lo necesitaba. Pero debía marcharse de Londres antes de que las víctimas del chantaje descubrieran que era él quién los había extorsionado a cambio de dinero y de favores sociales durante todo un año. Roxton tenía razón en una cosa: algunos de los hombres a los que había chantajeado eran peligrosos.

Debía pensar. Debía escapar. Debía protegerse.

Levantó la cabeza y abrió el cajón superior, cerrado con llave. La pistola seguía dentro. Al menos, el bastardo no se la había llevado. Otro insulto, sin duda.

Se aseguró de que el arma estuviera cargada y se la guardó en el bolsillo del abrigo.

Se puso en pie y se acercó de nuevo a la caja fuerte para sacar el fajo de billetes, que se guardó en los bolsillos.

Sopesó la idea de despertar a algún criado para que le preparara el equipaje y llegó a la conclusión de que no quería perder tanto tiempo.

Salió del despacho y subió a su dormitorio. A medio camino, se detuvo ante la puerta de Valerie. Estaba cerrada.

Lo invadió una ira corrosiva. Todo lo que estaba sucediendo era culpa suya. Ella fue quien le explicó las propiedades de la planta de la ambrosía y la que pintó una seductora imagen de cómo podrían usarla para ganar una fortuna y controlar a gente poderosa. Ardía en deseos de estrangularla.

La ira aplacó brevemente el pánico. Trató de girar el pomo

de la puerta. Sin embargo, al descubrir que estaba cerrada con el pestillo, aporreó la puerta con un puño.

—¡Valerie, zorra estúpida!

No obtuvo respuesta.

Recobró la cordura debido a la urgencia. No tenía tiempo para echar la puerta abajo. Ya se encargaría de Valerie más tarde.

Corrió por el pasillo hacia su dormitorio. Tardó un rato en encontrar una maleta. Hacer el equipaje era el trabajo de los criados. ¿Cómo iba a saber él dónde se guardaba todo lo necesario para emprender un viaje?

Metió unos cuantos objetos de primera necesidad en la maleta y después la cerró. Tras cogerla, salió al pasillo y bajó la escalera. De repente, comprendió que debería haberle dicho al cochero que lo esperara, pero era demasiado tarde. No importaba. Encontraría otro carruaje de alquiler en breve.

Salió de la mansión y empezó a andar con rapidez hacia un extremo de la calle. Aguzó el oído con miedo, pero la lluvia constante ahogaba cualquier otro sonido.

Bajo el halo de luz de una farola, apareció un hombre pertrechado con un gabán y un paraguas que se acercó a él. Cada paso parecía espantosamente deliberado.

El terror se apoderó de Fulbrook. Trató de sacar la pistola.

Al cabo de un momento, el hombre subió los escalones de una casa y desapareció en su interior.

El alivio que lo inundó fue tan intenso que no se percató de la presencia de la persona que estaba detrás de él hasta que una mano enguantada le tapó la boca. El cuchillo lo degolló antes de que fuera consciente de lo que sucedía.

Cayó al suelo de espaldas. Con los ojos vidriosos, miró la cara de la figura que se agachaba sobre él. Trató de hablar, pero fue incapaz de hacerlo.

—Ha sido un placer hacer negocios contigo —dijo Cobb—. Pero se me ha presentado una oportunidad mucho más lucrativa. Estoy seguro de que lo entiendes.

50

A la mañana siguiente, Ursula se encontraba en la biblioteca con Slater repasando las notas del caso en un esfuerzo por establecer una secuencia temporal, cuando alguien abrió la puerta.

—El mayor interrogante que se nos presenta es la fecha exacta de la llegada de Cobb a Londres —dijo Slater, que dejó de hablar cuando Gilbert Otford entró en tromba en la estancia.

El periodista estaba sonrojado por la emoción.

—Un agente de policía ha descubierto el cuerpo de Fulbrook esta mañana —anunció—. Degollado por un asaltante. *El Divulgador Volante* está imprimiendo una edición especial ahora mismo. Mi editor saca un artículo titulado: «Asesinato en Mapstone Square. Rumores de un escándalo mayor.»

Ursula acusó el impacto de la noticia. Sintió un hormigueo en las manos y un escalofrío en la nuca, como si acabaran de rozarla unos dedos de ultratumba. La inquietante sensación no fue fruto de la noticia de la muerte de Fulbrook, sino del hecho de que Slater había predicho el asesinato con antelación.

Lo miró. Estaba sentado en silencio a su escritorio, con una hilera de páginas escritas pulcramente ordenadas frente a él, mirando a Otford con una expresión inescrutable.

Una cosa era usar la lógica para deducir que un hombre podría convertirse en la siguiente víctima de un asesino y otra muy distinta que esa conclusión acabara produciéndose, pensó Ursula. El hecho de que Fulbrook se mereciera ese destino no importaba. Era la idea de que alguien hubiera predicho el resultado, y que dicho resultado fuera la muerte, lo que la había dejado helada.

—¿Dónde han descubierto el cuerpo? —preguntó Slater en voz baja.

Otford consultó sus notas.

—No muy lejos de su casa. Se cree que Fulbrook fue asaltado bien cuando bajó de un carruaje de alquiler o bien mientras trataba de buscar uno. Los vecinos no vieron ni oyeron nada.

—Por supuesto que no —repuso Ursula.

—Claro que la falta de testigos no va a acallar el escándalo. —Otford cerró su cuadernillo con fuerza—. El asesinato de un caballero en la puerta de su casa en un vecindario exclusivo siempre crea sensación. Todos los periodistas de la ciudad están cubriendo la noticia, pero gracias a usted, señor Roxton, yo soy quien tiene conocimiento de la relación de Fulbrook con el Club Olimpo, donde los caballeros de prestigio disfrutan de una extraña droga y de los servicios de las mujeres del Pabellón del Placer. El asesinato de la señora Wyatt también cobrará importancia ahora porque puedo relacionar su negocio con el club, y el club con Fulbrook.

—¿Debo suponer que está trabajando de nuevo para *El Divulgador Volante*? —quiso saber Slater.

—Mi editor me ha contratado de nuevo esta mañana cuando se ha percatado de que estoy muy familiarizado con la historia. Entretanto, estoy preparando la primera edición de mi nuevo semanario. Voy a llamarlo *El Semanario Ilustrado de Crímenes y Escándalos*.

—Eso atraerá a una amplia variedad de lectores —comentó Ursula con desdén.

—Sí, desde luego —replicó Otford, impávido.

Slater se inclinó hacia delante y entrelazó las manos sobre el escritorio.

—¿Qué le ha contado a su editor sobre Cobb y el negocio de la droga?

—No se preocupe —contestó Otford—. No he dicho ni pío sobre el criminal norteamericano y la ambrosía.

—¿Seguro que no le ha mencionado el nombre de Cobb a su editor? —preguntó Slater.

Otford adoptó una actitud ladina.

—No le he dicho ni una sola palabra. Entre usted y yo, la conexión con Cobb es el as que guardo en la manga, tal como reza el dicho. Lo estoy guardando para la primera edición de mi semanario, que estará lista para ir a la imprenta en cuanto concluyamos todo este asunto.

—Suponiendo que Cobb dé un paso en falso y acabe implicándose —replicó Ursula.

—Cometerá un error —predijo Slater.

Otford y Ursula lo miraron.

—¿Cómo es que está tan seguro? —preguntó Otford, fascinado.

Slater se encogió de hombros.

—Es el responsable de la muerte de un buen número de personas, incluyendo a un aristócrata, y a estas alturas cree que nadie sospecha de él porque su barco no atraca hasta hoy mismo. Pronto zarpará de regreso a Nueva York, con una mujer hermosa que lo ve como un caballero de brillante armadura. Es un criminal poderoso dispuesto a crear un imperio. Estoy convencido de que ahora mismo se cree invencible. Por eso cometerá su último error.

—Si usted lo dice... —Otford se guardó el cuadernillo en el bolsillo—. Me lo creeré. Hasta ahora, no se ha equivocado. Debo marcharme. La policía ha prometido hacer un anuncio oficial a la prensa a la una en punto en Scotland Yard. Como siempre, soltarán un montón de pamplinas sobre los progresos que están haciendo en la búsqueda del asesino de Fulbrook y blablablá. Tonterías, por supuesto, pero mi editor lo querrá para el periódico. —Otford salió de la biblioteca sin más demora y enfiló el pasillo.

Ursula esperó hasta que escuchó que Webster le abría la puerta principal.

Se puso en pie, atravesó la estancia y cerró la puerta de la biblioteca sin hacer ruido. Después, se volvió y miró a Slater.

—Sabías lo que iba a pasarle a Fulbrook, aun cuando se lo advirtieras —dijo.

Slater se puso en pie y se acercó a una ventana para contemplar el jardín empapado por la lluvia.

—No estaba seguro del todo de que Fulbrook acabara muerto, pero la posibilidad de que ese fuera el final era bastante alta. El patrón era casi diáfano.

—¿Casi?

—El patrón del laberinto nunca está claro del todo hasta que se llega al centro y se ve la respuesta. Es imposible calcular todos los factores de una ecuación. La lógica puede acabar distorsionada o vencida por una emoción impredecible.

—Pero en este caso, tu lógica ha prevalecido.

Slater se volvió para mirarla.

—Porque supuse que Fulbrook se comportaría de forma irrazonable. Sabía que seguramente se dejaría llevar por el pánico. Estaba plenamente convencido de que iría directo a su casa en busca del dinero que yo le había dicho que había dejado en la caja fuerte.

—Y sabías que Cobb lo estaría esperando en las sombras.

—Cobb no sabe moverse por Londres y ahora mismo está solo porque su asesino ha muerto. Dudo mucho que fuera capaz de seguir a Fulbrook por las concurridas y a veces peligrosas calles de nuestra ciudad. Pero seguro que cuenta con la dirección de Fulbrook. Lo único que tenía que hacer era alquilar un carruaje que lo llevara a Mapstone Square y esperar a que Fulbrook apareciera.

Ursula atravesó la estancia y se detuvo frente a él. Le colocó las manos en los hombros, se puso de puntillas y le dio un beso fugaz en los labios.

—Fulbrook no se merece nuestra compasión —dijo—. Pero siento mucho que hayas tenido que internarte en la oscuridad del laberinto para lidiar con él.

Slater le tomó la cara entre las manos.

—Gracias.

—¿Por qué?

—Por comprenderlo.

La rodeó con sus brazos y la estrechó con fuerza durante un buen rato.

51

—Lo espero aquí, señor. —El cochero lo miró desde el pescante—. Mi chico, Tom, le echará una mano con las cajas. Yo me quedo en el carruaje. Este vecindario parece un poco peligroso.

Cobb echó un vistazo a su alrededor con nerviosismo. Era casi medianoche. El almacén en penumbra se alzaba iluminado por la luz de la luna, velado por la niebla. No se veía a nadie en los alrededores y no tenía motivos para sospechar que alguien hubiera localizado la droga. Su negocio en Londres había sido muy fructífero, se recordó. El único problema fue Hubbard, pero al final el hombre resultó ser manejable. Todo lo demás había salido según lo planeado.

—Vamos a necesitar una lámpara —dijo Cobb.

—Tengo una aquí mismo, señor —repuso el tal Tom.

Cogió la lámpara y saltó del pescante. Era un chiquillo delgaducho de unos trece o catorce años, aunque parecía lo bastante fuerte como para levantar uno de los extremos de las cajas. Además, estaba ansioso por conseguir la propina extra que le había prometido.

—No tardaremos mucho —le aseguró Cobb.

Acompañado por Tom, echó a andar hacia la entrada del almacén. La lógica le decía que todo estaba bajo control, pero no conseguía desterrar el mal presentimiento que lo había acompañado todo el día. Aunque todo terminaría pronto. El *Atlántico* zarparía con rumbo a Nueva York al día siguiente. Valerie, él y las cajas llenas de droga irían a bordo. Una cosa tenía clara: no volvería a pisar Londres. Detestaba esa maldita ciudad.

Tom se detuvo junto a la puerta.

—Veo que todo está bien cerrado. Seguro que lo que guarda dentro es muy valioso.

La curiosidad del muchacho le provocó otra punzada de inquietud. ¿Y si el chico y su padre conspiraban para asesinarlo y robar la droga? Era algo que él tramaría de encontrarse en su lugar.

Se recordó que había escogido el carruaje de alquiler de forma aleatoria de entre la larga hilera de vehículos que esperaban delante del hotel. Era imposible que Tom y su padre supieran quién era o qué tramaba.

—Las cajas que vamos a recoger esta noche contienen muestras de tela que me llevo conmigo a Nueva York —dijo.

—Oh, ¿tela? —El entusiasmo de Tom se evaporó—. De todas maneras, es mejor que proteja bien el material. Hay gente que robaría de todo, incluso muestras de tela. Mi padre dice que el mundo es un sitio peligroso para los hombres honrados.

—Tu padre tiene razón.

Cobb se sacó la llave del bolsillo y abrió la puerta. La oscuridad y el olor de la droga brotaron del interior. Esperó en el vano de la puerta.

—Entra tú primero —le dijo a Tom—, que llevas la lámpara.

—Sí, señor.

Tom levantó la lámpara y traspasó el umbral.

—Está negro como boca de lobo aquí, ¿no? ¿Cree que hay fantasmas?

Cobb se metió la mano en el bolsillo y la cerró en torno al arma. Miró con inquietud la caja que contenía el cadáver de Hubbard. ¿Había tomado las debidas precauciones al registrar el cuerpo para asegurarse de que nada pudiera relacionarlo con el muerto? Aquella noche tenía mucha prisa.

—Los fantasmas no existen, chico —contestó en voz alta.

—Eso no es lo que dice mi madre. La otra noche fue a una de esas sesiones espiritistas y habló con el espíritu de su hermana, Meg. La tía Meg murió hace un año. Nunca le dijo a nadie dónde escondió su tetera. Mi madre la ha buscado por todas partes. Pero el fantasma de Meg no se acordaba de dónde la dejó.

—Ya te lo he dicho, los fantasmas no existen —masculló Cobb.

Tom se encogió.

—Sí, señor —susurró el muchacho, que miró a su alrededor—. Huele mal, ¿no? Seguro que hay una rata muerta por alguna parte.

Y, de repente, Cobb sintió la imperiosa necesidad de mirar dentro de la caja que contenía el cadáver de Hubbard. Tenía que asegurarse de que no había cometido algún error. Pero no podía permitir que Tom viera el cuerpo.

—Dame la lámpara —le ordenó.

Tom lo obedeció.

—Espera junto a ese montón de cajas vacías —dijo Cobb.

—Sí, señor. —Tom torció el gesto y atravesó el almacén a toda prisa—. Seguro que es una rata enorme.

Cobb se acercó a la caja donde estaba Hubbard. Echaría un vistazo nada más, para tranquilizarse. Para asegurarse de que nadie había tocado el cuerpo.

Dejó la lámpara sobre una caja cercana. Sentía la mirada del muchacho fija en él. «Seguro que cree que estoy loco», pensó. Pero no podía evitarlo. Tenía que asegurarse.

Abrió la tapa de la caja. El hedor del cadáver aumentó de forma exponencial, pero casi ni se inmutó. No era la primera vez que lo percibía.

Observó el cadáver de Hubbard. Estaba tal cual lo había dejado, concluyó. El alivio se apoderó de él. Empezó a registrar la ropa de Hubbard. Escuchó que el chico se movía a su espalda.

—Será un momento —dijo, sin molestarse en volverse—. Luego cogeremos las cajas y nos iremos.

—Tu asesino a sueldo tenía una tarjeta de tu hotel escondida en el zapato.

La voz brotó de las sombras, sobresaltando de tal forma a Cobb que soltó la tapa de la caja. Se sacó la pistola del bolsillo y se dio media vuelta.

Al principio, creyó que sus ojos le jugaban una mala pasada. El muchacho había desaparecido. Pero después escuchó unos jadeos aterrorizados que provenían de detrás de un montón de cajas. Tom estaba escondido. Claro que el chico ya daba igual. Era la voz procedente del extremo más alejado del almacén lo que le alteraba los nervios.

—¿Quién eres? —gruñó—. ¿Dónde estás? Sal para que pueda verte.

—Confío en que no te entre el pánico. —El hombre salió de la oscuridad y se detuvo justo al llegar al halo de luz que proyectaba la lámpara—. He venido para hablar de negocios contigo. Ahora que Fulbrook ya no está en escena, esperaba que te interesara tener otro socio.

Cobb intentó descifrar qué estaba pasando.

—¿Quién eres?

—Roxton.

—Así que tú eres el bastardo del que me ha hablado Valerie, el que se interesó por la muerte de la taquígrafa. ¿Qué quieres?

—Tienes un plan de negocios muy simple y eficaz. Quieres crear un monopolio basado en la ambrosía. Has venido para cerrar el negocio en las islas británicas. Volverás a Nueva York con todo lo necesario para cultivar, recolectar y preparar la droga en todas sus presentaciones. Solo necesitas unos cuantos especímenes o semillas y un experto jardinero que sepa cómo obtener la droga de la planta. Lady Fulbrook.

—Pareces saber mucho de mis asuntos mercantiles.

—He estado investigando.

—¿Cómo descubriste el cuerpo de Hubbard? —exigió saber Cobb—. No hubo testigos aquella noche. Estoy seguro.

—Londres es mi ciudad. Sé moverme por ella.

Cobb meditó esas palabras.

—Me he dado cuenta de que no has acudido a la policía con lo que has descubierto.

—¿Para qué arriesgarme a perder lo que promete ser una oportunidad de oro? Admito que me pica la curiosidad por saber el motivo de que te deshicieras de Hubbard. Al fin y al cabo, era la única persona en quien podías confiar en Londres.

—Hubbard se convirtió en un problema cuando no consiguió matarte —explicó Cobb.

—Me imaginaba algo parecido. Pero fue útil, al menos durante un tiempo. Se encargó de las personas que conocían la relación que mantenías con Fulbrook. Pero sin Hubbard, tuviste que encargarte tú mismo de Fulbrook, algo que hiciste anoche.

—Sabes demasiadas cosas de mis asuntos —señaló Cobb—. ¿Eres uno de los compañeros de club de Fulbrook?

—Fulbrook y yo no éramos amigos ni teníamos aventuras mercantiles en común. Pero sí, conozco mucho sobre tus asuntos.

—Y ahora quieres ocupar su lugar como mi socio británico.

—No veo por qué no podemos doblar nuestros beneficios con invernaderos y redes de distribución en ambos países. Yo puedo encargarme de Europa y del Lejano Oriente. Tú tendrás todo el continente americano bajo tu control.

—¿Dónde están tus matones? —preguntó Cobb—. No los he visto fuera y tú pareces estar solo. Con la excepción del chico, claro.

—Tú has venido solo, ¿no? Asesinaste al único matón que podría cuidarte las espaldas.

—Así que has venido solo. —Cobb resopló—. Dichosos ingleses. Mira que sois arrogantes.

—Tú eres el forastero en esta ciudad, Cobb, no yo. Los dos

sabemos que desde esa distancia y con tan poca luz hay pocas probabilidades de que consigas rozarme con una bala, mucho menos herirme de muerte.

Cobb aferró el arma con más fuerza. Ojalá el malnacido entrara en el halo de luz de la lámpara.

—Vamos hablar del acuerdo que sugieres —dijo—. ¿Te das cuenta de que careces de lo necesario para cultivar las plantas con éxito?

—¿Unos cuantos paquetes de semillas y los conocimientos en horticultura para cultivar las plantas y luego procesarlas hasta conseguir la droga? Te equivocas, Cobb. Verás, lady Fulbrook no era la única persona con dichos conocimientos.

—Sí, lo sé. Esa dichosa Clifton se puso en contacto conmigo o, mejor dicho, con el señor Paladin. Me dijo que llevaba meses observando a Valerie y que había adquirido las habilidades necesarias para cultivar la planta. Aseguraba poseer paquetes de semillas de la ambrosía. Quería establecer una especie de sociedad. Pero está muerta, y la información murió con ella.

—No es verdad. La señorita Clifton era una taquígrafa muy buena. ¿Sabes lo que eso significa?

Cobb sintió que un sudor frío le perlaba la frente.

—Solo era una secretaria.

—Anne Clifton registró todos los detalles del cultivo y del proceso de las plantas en su cuaderno de taquigrafía. Tal vez te interese saber que dicho cuaderno se encuentra ahora en mi poder.

—Aunque digas la verdad, necesitarías las semillas o varios ejemplares de plantas para cultivar una gran cantidad.

—Ah, sí, las semillas. Ahora mismo están a buen recaudo, junto con el cuaderno.

Cobb recordó la ingenuidad de Valerie al permitirle a su secretaria que la observara en el invernadero y en el laboratorio. Quería aplastar a alguien, preferiblemente a Valerie. Pero si conseguía salir de esa, la iba a necesitar, al menos hasta que implantara la ambrosía en el invernadero de Nueva York y pusiera en marcha el laboratorio.

—Imbécil... —dijo él—. Debería haber recordado que no debía asociarme con una mujer.

—Tu hotel ha tenido la amabilidad de informarme de que el empresario norteamericano que se hospeda en su establecimiento tiene pensado partir mañana. Sabía que serías incapaz de resistirte a examinar el cuerpo y a recoger las cajas.

Cobb tuvo un mal presentimiento.

—¿Cómo lo sabías?

—Eres un criminal en territorio desconocido. Eso hace que sea increíblemente fácil predecir tus movimientos.

—Hijo de puta. No puedes demostrar nada.

—No tengo que demostrarlo, ¿recuerdas? No pertenezco a Scotland Yard. Solo soy un empresario.

La situación había tomado un cariz desastroso, pensó Cobb. Debería haber plegado velas el día anterior. Ir esa noche a por las cajas con la droga procesada había sido un error. Roxton tenía razón: se movía en territorio desconocido, y eso era peligroso. Tenía que salir de Londres. Si pudiera embarcar, estaría a salvo.

Miró de reojo la puerta. El carruaje esperaba fuera. Empezó a trazar un plan. El chico sabía demasiado. Tenía que morir. Pero, mientras tanto, le serviría de rehén el tiempo necesario para que el cochero lo llevase a un vecindario seguro.

Sí, ese plan funcionaría. Pero, antes, tenía que deshacerse de Slater Roxton.

—¿En serio quieres establecer una sociedad? —preguntó.

—¿Por qué si no iba a estar aquí? Podría haberme llevado las cajas de droga. Jamás habrías descubierto la identidad del ladrón.

—Pero has venido y me ofreces una sociedad. Empiezo a creer que lo que Fulbrook dijo de ti es verdad: estás un poco loco. Algo relacionado con haber pasado un año perdido en una isla desierta, creo.

—Yo también he oído esos rumores. Tal vez contengan algo de verdad. Al fin y al cabo, ¿cómo saber si uno está loco? Claro que en cuestiones de arrogancia, tú te llevas la palma, Cobb.

—¿De qué hablas?

Slater salió de las sombras y se internó unos pasos en el haz de luz. Tenía las manos vacías. Cobb suspiró, aliviado.

Con gesto casi imperceptible, Slater extendió una mano para agarrar una de las sogas que colgaban de la galería.

—Algunos dirían que asesinar a un caballero de alcurnia como Fulbrook requiere una buena dosis de arrogancia —respondió.

Cobb sonrió.

—Matar a Fulbrook fue muy fácil.

—¿En serio?

—Lo esperé junto a su casa de Mapstone Square. Cuando bajó los escalones de entrada, lo seguí y le rajé el cuello.

—Entiendo. Si no te molesta que te lo pregunte, ¿por qué me lo cuentas?

—Porque no busco un socio.

Cobb levantó la pistola, preparado para apretar el gatillo.

Sin embargo, Slater ya había tirado con fuerza de la soga que colgaba de la galería.

Cobb estaba concentrado en su presa. No llegó a ver la pesada red de cuerda que cayó del techo hasta que la tuvo encima. El peso de la red lo desestabilizó y acabó tirándolo al suelo.

Gritó y apretó el gatillo en un acto reflejo. El revólver escupió la bala, pero esta se perdió, lejos de su objetivo. Intentó zafarse de la red, pero solo consiguió enredarse todavía más en la gruesa cuerda.

En ese momento, el almacén se llenó de policías que aparecieron de dentro de varias cajas y que bajaron de la galería. Un hombre con traje y corbata se acercó a Cobb.

—¿Ha oído lo suficiente, inspector? —preguntó Slater.

—De sobra —le aseguró el aludido. Metió la mano en la red

y se hizo con el revólver—. Hay un montón de hombres que han escuchado la confesión. Señor Cobb, queda arrestado por el asesinato de lord Fulbrook y del ciudadano norteamericano llamado Hubbard. Habrá más cargos. Alguien tiene que responder por las muertes de Rosemont, la señora Wyatt y Anne Clifton.

Se produjo una conmoción en la puerta. Apareció una luz.

—¿Qué pasa aquí? —gritó el cochero—. Tom. Tom, ¿estás bien? Hijo, ¿dónde estás?

Slater se acercó al lugar donde Tom se había escondido unos minutos antes.

—Ya puedes salir de detrás de la caja, Tom —dijo—. Estás a salvo.

Tom se puso en pie de un salto. Observó la escena con expresión asombrada. Después, corrió hacia su padre.

—Ese hombre, el que nos iba a pagar tanto por llevar la caja al barco... he oído cómo decía que le había rajado el cuello a alguien —dijo Tom.

El cochero abrazó a Tom con fuerza.

—Tranquilo, tranquilo, hijo, parece que la policía lo ha atrapado.

Slater cruzó el almacén, entró en el halo de luz de la lámpara y se detuvo a poca distancia de Cobb.

—Bastardo —masculló el norteamericano.

—Bienvenido a Londres —dijo Slater.

52

—Lady Fulbrook se ha recluido en el campo. —Otford le echó un vistazo a sus notas—. Dicen que está muy alterada por el asesinato de su marido.

—Me apuesto lo que sea a que es una exageración —replicó Ursula—. Estoy segura de que la descripción más acertada sobre sus sentimientos sería: aliviada de habérselo quitado de encima.

Estaban reunidos de nuevo en la biblioteca de Slater, escuchando las noticias más recientes de boca de un emocionado Otford. Ursula estaba sentada en el sofá junto a Lilly, que estaba sirviendo el té. Slater se encontraba tras su escritorio. Ursula pensó que parecía demasiado tranquilo teniendo en cuenta que se había enfrentado a un poderoso criminal unas horas antes. Ella, por su parte, no se sentía tan relajada ni tan compuesta. Pero sí que sentía, admitió, un gran alivio y una gran satisfacción por el arresto de Cobb.

Otford pasó otra hoja de su cuadernillo.

—Solo he encontrado a una persona en la mansión de los Fulbrook en Mapstone Square, un jardinero. Conseguí hablar con él a través de la verja trasera. Dice que lady Fulbrook ha despedido a toda la servidumbre, menos a él. Según el hombre, lady Fulbrook se subió a un carruaje de alquiler antes de mediodía y se marchó a la casa solariega de la familia.

Ursula cogió la taza.

—Lady Fulbrook odiaba a todos los criados. No confiaba en ellos. Creía que la espiaban.

—Era una prisionera en su propio hogar. —Lilly parecía pensativa—. Y ahora es libre.

Ursula miró a Slater.

—¿Qué va a pasarle a Damian Cobb?

—Me han dicho que le ha enviado un telegrama a su abogado en Nueva York, que sin duda lo dispondrá todo para que contrate al mejor abogado de Londres. —Slater cogió sus notas—. Por supuesto, existe la posibilidad de que acabe en libertad pese a la confesión y a los hechos probados del caso. Pero si tiene esa suerte, mi predicción es que comprará un pasaje a Nueva York en el primer barco que zarpe.

—No se atreverá a demorarse mucho en Londres, eso es seguro —apostilló Otford—. Será muy conocido después del juicio. La prensa y los folletines truculentos, sobre todo *El Semanario Ilustrado de Crímenes y Escándalos,* estarán plagados de historias sobre su persona durante meses. Aunque el tribunal no lo considere culpable, la opinión pública lo verá de un modo muy distinto. Ya sabe cómo es, señora Kern.

—Sí. —Ursula soltó la taza sobre el platillo, haciendo que la porcelana chocara—. Sé muy bien lo que se siente cuando se es conocido.

Otford se tensó y después se puso muy colorado.

—Siento haber sacado el tema. Bueno, será mejor que me vaya. Tengo que hablar con un tipógrafo. El primer ejemplar de *El Semanario Ilustrado de Crímenes y Escándalos* sale a la venta mañana. —Hizo una pausa y miró inquieto a Slater—. Señor, nuestro acuerdo sigue en pie, ¿verdad? Le he asegurado al tipógrafo que le pagaré porque usted respalda mi semanario.

Slater se acomodó en el sillón y unió las yemas de los dedos frente a su cara.

—Le ordenaré a mi administrador que le extienda un cheque esta misma tarde.

Otford irradiaba entusiasmo.

—Gracias, señor. Le prometo que disfrutará de una suscripción vitalicia a *El Semanario Ilustrado de Crímenes y Escándalos*.

—Esperaré con ansia cada número —le aseguró Slater.

—Muy bien, pues, me marcho. —Otford se despidió de Ursula y de Lilly con un gesto de la cabeza—. Que tengan un buen día, señoras. —Se marchó rápidamente.

Lilly miró a Slater.

—Desde luego, has logrado que los sueños de Otford se hagan realidad.

Slater se quitó los anteojos y empezó a limpiarlos.

—Siempre es agradable contar con el apoyo de la prensa.

—¿Aunque haya que pagar para obtener buena publicidad? —replicó Ursula.

Slater se puso los anteojos.

—Siempre y cuando mi inversión resulte rentable, no pienso protestar.

Lilly dejó la taza y el platillo sobre la mesa.

—Disculpadme. Me voy de compras. La noticia sobre la muerte de Fulbrook está corriendo como la pólvora y de repente estoy muy solicitada debido a mi relación con la Agencia de Secretarias Kern. Todo el mundo sabe que una de sus secretarias fue víctima del asesino norteamericano. No han parado de llegarme invitaciones durante toda la mañana. A este ritmo, tendré completa la agenda del mes que viene en breve.

Lilly se dirigió a la puerta y Ursula esperó a que saliera para mirar a Slater.

—No me puedo creer que todo este asunto haya acabado —dijo—. Todo el mundo habla del asesinato de Fulbrook, pero a mí solo me preocupaba la muerte de Anne.

—Lo sé. —Slater la observaba desde el otro lado de su escritorio—. Es posible que Cobb eluda la horca y regrese a Nueva York. Pero aunque ese sea el caso, no podrá escapar al daño en su reputación. La prensa lo ha tildado de asesino a ambos lados del Atlántico. Jamás se librará de las consecuencias. ¿Te bastará con eso?

—Sí —contestó ella—. Quería respuestas y tú me has ayudado a obtenerlas. Si el juez y el jurado fallan, desde luego que no voy a cargarte con la responsabilidad de que te tomes la justicia por tu mano. Ya ha habido demasiada oscuridad. Es momento de que brille la luz.

—Estoy de acuerdo. —Slater miró hacia la ventana—. Y da la casualidad de que está saliendo el sol ahora mismo. ¿Te apetece dar un paseo conmigo?

Ursula sonrió mientras se ponía en pie.

—Me encantaría dar un paseo contigo por el sol, Slater. Voy arriba en busca de mi bonete. —Hizo una pausa mientras se armaba de valor—. Cuando volvamos debo hacer el equipaje y regresar a mi casa.

Slater la observó dirigirse a la puerta.

—No hace falta que vuelvas tan pronto a tu casa. Eres bienvenida y puedes prolongar tu estancia unos días más... o todo el tiempo que quieras. Ya es hora de que retomemos el trabajo de catalogación. Todo este asunto de la investigación lo ha demorado mucho.

Se quedó petrificada. Después de lo que habían pasado, ¿su mayor preocupación era la catalogación de sus antigüedades?

—Será un placer ayudarte en el trabajo —contestó con brusquedad—, pero puedo hacerlo mientras resido en mi propia casa.

Slater observó la colección de objetos antiguos.

—Esta casa parecerá muy... vacía cuando no estés.

—Ambos sabemos que no puedo quedarme de forma indefinida como tu invitada —repuso—. Debo irme a casa. Creo que cuanto antes, mejor.

Sus palabras parecieron herirlo. Ursula se dijo que debía ser fuerte por los dos.

—No tardo —dijo y echó a andar hacia la puerta.

—¿Ursula?

La esperanza la asaltó de repente mientras se detenía en el vano de la puerta. Se volvió al punto.

—¿Sí, Slater? —Intentó alentarlo un poco con su voz.

Slater rodeó el escritorio.

—Se me ha ocurrido que, en cierto modo, hay una persona que ha salido muy bien parada de todo este lío.

Se le cayó el alma a los pies.

—¿Te refieres al señor Otford?

—Estaba pensando en lady Fulbrook.

—Ah, ya te entiendo.

—Ahora lo tiene todo, ¿verdad? —Slater cruzó los brazos por delante del pecho y se apoyó en el escritorio—. El dinero de los Fulbrook, su libertad y un invernadero lleno de plantas de ambrosía. Si le apeteciera, podría dedicarse al negocio de la droga ella sola.

—Es posible —replicó Ursula—, pero dudo mucho que lo haga. Ahora es una mujer rica. Me alegro de que se haya librado de ese horrible matrimonio, pero a la postre no ha conseguido lo que más deseaba. Quería a Cobb sinceramente. Queda bien claro en sus poemas. Soñaba con huir a Nueva York para estar con él. Y ese sueño está destrozado.

—Tal vez no —repuso Slater—. Como ya te he dicho, estoy seguro de que Cobb conseguirá un magnífico abogado. En Nueva York es un hombre rico y poderoso. Tal vez aún pueda hacer realidad el sueño de lady Fulbrook.

—Pero ya nunca será como ella lo imaginaba en sus fantasías. Ahora sabe la verdad sobre él.

Slater asintió con la cabeza.

—La fantasía es algo muy frágil, ¿no te parece? La realidad siempre acaba destrozándola.

Ursula se volvió al punto para mirarlo con una expresión airada. Jamás le permitiría que destrozara sus fantasías. Lucharía para conservarlas.

—¡Qué barbaridad! —exclamó—. ¿Te has fijado en la hora

que es? Creo que después de todo no tengo tiempo para salir a pasear contigo. Debo subir y hacer el equipaje.

Slater descruzó los brazos y se enderezó de repente.

—Pero ya habías dicho...

Ursula le regaló una sonrisa férrea.

—Pareces desconcertado, perplejo y tal vez un poco desorientado. ¿Por qué no bajas al sótano y caminas por el laberinto? Allí están todas las respuestas que necesitas, ¿no es cierto? No hace falta que me acompañes a la puerta. Le diré a Webster que mande preparar el carruaje. Dentro de una hora me habré ido.

Se levantó las faldas con las manos y salió hecha una furia al pasillo. De forma deliberada, le cerró la puerta en las narices a un Slater anonadado.

Había poco más que una mujer pudiera hacer. Slater tendría que apañárselas solo. Ese asunto concernía a las emociones, no a la lógica. Cuando reparara en su error, ya sabía dónde encontrarla...

Si acaso llegaba a reparar.

53

No se había equivocado. Atravesó la puerta principal de su casa menos de una hora después.

En cuanto a recibimientos, ese dejaba mucho que desear. Se le había olvidado avisar a la señora Dunstan de su inminente regreso. El silencio del vestíbulo le recordó que el ama de llaves seguía en casa de su hija.

La casita estaba muy tranquila, en penumbra y helada.

—Puede dejar el baúl en el primer dormitorio de la derecha, señor Griffith —dijo.

—Sí, señora.

Tras cargar el baúl sobre un hombro, Griffith subió la escalera con paso lento y pesaroso. Al igual que los Webster, se comportaba como si su marcha de la mansión de Slater hubiera hecho que el luto más absoluto cayera una vez más sobre ellos.

Se quitó el bonete y los guantes. Griffith bajó la escalera y se quedó un momento sin saber qué hacer.

—¿Quiere que le encienda la chimenea, señora Kern? —le preguntó—. La niebla es bastante espesa.

—Puedo hacerlo yo, señor Griffith. Gracias por llevar mi baúl a la planta alta.

—Sí, señora. En fin, si no necesita nada más, me iré. Tengo que buscar un barbero.

Parpadeó al escucharlo.

—¿Un barbero?

Griffith se ruborizó un poco, pero tenía una expresión emocionada en los ojos.

—La señora Lafontaine me dio dos entradas para su última obra. La señorita Bingham ha accedido a acompañarme al teatro y a cenar después.

—¿Usted? ¿Y Matty? Por el amor de Dios, ni me había dado cuenta. —Se percató de que había estado tan absorta en lo que sentía por Slater y en el misterio de la muerte de Anne que no le había prestado atención a nada más. Sonrió—. Es estupendo, señor Griffith. Sé que será una velada estupenda.

—Eso espero. —Miró a su alrededor—. ¿Seguro que estará bien aquí sola?

—Estaré bien, señor Griffith.

Cerró la puerta tras él y se quedó en el vestíbulo unos segundos mientras intentaba decidir si había hecho lo correcto. Podía decirse que le había dado a Slater un ultimátum. La pregunta era si él había entendido el mensaje o no y, en el caso de haberlo entendido, qué haría a continuación.

En ese momento, empezaba a temerse que había sido demasiado sutil. Slater podía ser un hombre bastante complicado de entender. ¿Y si había malinterpretado lo que sentía por ella? Tal vez creyera que la quería por el simple hecho de que sabía sin lugar a dudas que estaba enamorada de él.

La idea de haber creado una fantasía le resultaba inquietante. Eso era justo lo que Valerie había hecho. Había montado un cuento de hadas con un criminal en el papel de héroe.

—En fin, una cosa está clara —dijo en voz alta a la casa vacía—, Slater no es un criminal.

Desde luego que eso implicaba que no era tan tonta como Valerie.

Recorrió el pasillo hacia su estudio, donde encendió una lámpara y dejó el maletín en el escritorio. Se arrodilló frente a la chimenea para encender el fuego. La calidez de las llamas desterró la frialdad de la estancia. Descorrió las cortinas y permitió que la luz de la tarde, filtrada por la niebla, entrara.

Las palabras de advertencia que Valerie le dijo a Anne acudieron a su mente: «La muy tonta se creyó tan lista como para seducir a un hombre que estaba totalmente fuera de su alcance. Eso fue lo que la llevó a la muerte.»

Ursula analizó la cuestión. En aquel momento, Valerie insinuó que Anne era una tonta por intentar seducir a lord Fulbrook. Pero ¿y si Valerie conocía la verdad? ¿Y si sabía que Damian Cobb era el hombre a quien Anne intentaba seducir?

La pregunta le provocó un escalofrío en la espalda. Imposible. Anne jamás habría cometido la estupidez de revelar que había intentado seducir a Cobb con paquetes de semillas y los secretos del cultivo de la ambrosía. Anne era demasiado lista. Demasiado inteligente.

Sin embargo, Anne estaba muerta. No fue lo bastante lista ni lo bastante inteligente para esquivar al asesino.

Ursula atravesó la estancia. Se agachó y abrió la caja fuerte, de la que sacó los paquetes de semillas, el pequeño paquete con las cartas del señor Paladin y la bolsa de terciopelo que contenía las joyas de Anne. Se lo llevó todo al escritorio y se sentó.

Durante un momento observó la colección de objetos incriminatorios. Después empezó a leer las cartas del señor Paladin.

54

La luz de la lámpara brillaba sobre las teselas azules del suelo, pero hacía bien poco por despejar las sombras que reinaban en la estancia.

Slater se encontraba en la entrada del laberinto. Siempre comenzaba formulando la pregunta correcta. El problema era que no estaba acostumbrado a formular preguntas sobre sus emociones. Era más sencillo enterrar esas poderosas sensaciones, tal como le habían enseñado en el monasterio. Una vez desatadas, era imposible predecir adónde podrían llevarlo. La ira podría convertirse en rabia. El deseo podía inducir a un hombre a pasar por alto la lógica con la esperanza de aferrarse a la volátil promesa de la pasión. El miedo podía generar fácilmente un pánico destructivo. La desesperación podía conducir al abandono de las responsabilidades.

El amor era la emoción más peligrosa de todas. Pero también la más poderosa.

En ese momento, supo que no necesitaba caminar por el laberinto. La pregunta estaba clarísima. Al igual que la respuesta.

55

Me alegra saber que le complace la insignificante muestra de mi aprecio. Ojalá que piense en mí cuando la luzca.
Ansío que llegue el momento de entablar una larga y exitosa
sociedad...

Ursula soltó la última carta del señor Paladin, desató el cor-
doncito que cerraba la bolsa de terciopelo y la vació sobre la
mesa. La reducida colección de joyas de Anne quedó a su vista.
A continuación, cogió el pequeño paquete azul y lo abrió.
El precioso cinturón de cadena de plata con el cuaderno y el lápiz cayó en su mano. Le dio la vuelta y leyó la marca del joyero.
El nombre de la tienda estaba escrito en el reverso. Su sede se
encontraba en Nueva York.
Anne no había recibido el cinturón de un cliente agradecido.
Damian Cobb se lo había enviado como parte de una seducción
a distancia.

56

Alguien aporreó de repente la puerta de la estancia, sacando a Slater de su ensimismamiento.

—Siento mucho molestarlo, señor —dijo Webster, cuya voz quedó amortiguada por la gruesa puerta de madera, si bien el hecho de que la escuchara dejaba claro que estaba hablando a voz en grito—. El señor Otford acaba de llegar con lo que asegura que son noticias de vital importancia.

Slater atravesó la estancia para abrir la puerta. Webster se encontraba en el pasillo, con un puño en alto. Otford, sonrojado y resollando, aguardaba tras él.

—¿Qué pasa? —preguntó Slater.

—Es Cobb —jadeó Otford.

—¿Qué le ha sucedido?

—Lo han encontrado muerto en su celda hace un rato. Se rumorea que lo han envenenado. Parece que Cobb tuvo una visita esta mañana, una mujer viuda. Sin que los guardias se percataran, logró pasarle un frasquito de lo que parecía brandi. Murió poco después de que se marchara. No pensará usted que la señora Kern ha decidido tomarse la justicia por su mano, ¿verdad?

—No —contestó Slater—. Creo que la muerte de Cobb es obra de una mujer despechada. Tengo que ir en busca de Ursula.

Salió de la estancia y pasó junto a Webster y Otford, tras lo cual subió los antiguos peldaños de la escalera de dos en dos.

57

Ursula se puso en pie de un salto y recogió las cartas de Paladin. Las devolvió a la caja fuerte y se dirigió a la puerta del estudio. Adiós a su decisión de no ir a ver a Slater hasta que recuperase el sentido común. Tenía que verlo de inmediato y decirle que había descubierto la identidad del asesino de Anne. Claro que no tenía pruebas, pensó. Seguramente Valerie se fuera de rositas después de haber matado a otra persona.

Escuchó que se abría la puerta de la cocina al salir del estudio. Se detuvo para mirar por el pasillo.

—¿Señora Dunstan? —dijo—. Ha vuelto antes de tiempo. No la esperaba hasta mañana por la mañana.

Valerie, vestida de luto y con un velo negro prendido en un elegante sombrero, salió de la cocina. Empuñaba una pistola con una mano enguantada.

—Yo, en cambio, la he estado esperando —replicó.

—Fue usted quien asesinó a Anne —repuso Ursula. Retrocedió hasta la puerta del estudio—. No fue cosa de Cobb ni tampoco de su asesino. La mató porque descubrió que intentaba seducir al hombre que usted deseaba..., al héroe que se suponía que iba a rescatarla y a llevársela lejos para vivir un cuento de hadas.

—Durante meses, supuse que Anne tenía una aventura con mi marido. Fulbrook la usaba como mensajera, de modo que era lógico pensar que pudiera estar acostándose con él —explicó Valerie—. Me daba igual. Por mí podía quedárselo. Intenté advertirle de que solo era una puta a sus ojos, pero ella no me hizo caso.

—Su marido y usted han dirigido una empresa muy ambiciosa.

—Me daba igual el dichoso negocio, pero me gustaría admitir que fue mi idea desde el principio. Fui yo quien comprendió lo que implicaba controlar una droga tan poderosa.

—¿Fue idea suya chantajear a esos miembros del Club Olimpo? —preguntó Ursula.

—Pues sí. Fulbrook ya tenía dinero. Pero pensé que si le demostraba la forma de ejercer poder real en las altas esferas de la sociedad y del Gobierno, tendría que tratarme con respeto. Sin embargo, mi encierro fue más duro que nunca.

—Temía perderla porque era la fuente de su flamante poder —replicó Ursula—. Sé que puede parecerle una pregunta muy rara dadas las circunstancias, pero ¿por qué no se limitó a envenenarlo? Es evidente que posee los conocimientos botánicos para hacerlo. Envenenó a Anne.

—Se me pasó por la cabeza matar a Fulbrook en muchas ocasiones durante los primeros meses de mi matrimonio. Pero temía que me arrestasen por asesinato. Además, todo el personal de servicio testificaría en mi contra. Justo cuando empezaba a perder la esperanza, el malnacido de mi esposo me informó de que nos íbamos a Nueva York para conocer a cierto empresario.

—Conoció a Damian Cobb y se convenció de que la salvaría.

—Damian me quería. —La pistola tembló en la mano de Valerie—. Sé que me quería. Tuvimos una aventura en Nueva York, delante de las narices de mi marido. Ni se enteró. Fue una sensación excitante. Fulbrook odiaba tener que tratar a Damian como a un igual. Ni se le pasó por la cabeza que Damian pudiera resultarme atractivo. Fue todo maravilloso.

—Cuando volvió a Londres, contrató a una secretaria profesional y le dictó sus cartas de amor. Anne le enviaba los poemas a Cobb, que se hacía pasar por Paladin.

Valerie esbozó una sonrisa embobada.

—Cuando Damian me contestaba, ponía mucho énfasis en fingir que era un editor entusiasmado por mis poemas.

—¿Cuándo se dio cuenta Anne de que estaba manteniendo correspondencia en secreto con su amante?

—La verdad es que muy pronto. Nuestra Anne era muy lista y vivaracha, y yo estaba muy sola. Cometí el error de confiar en ella. Era mi única amiga y siempre estaba dispuesta a traerme la última carta de Nueva York, emocionada por formar parte del secreto. Fui yo quien le sugirió a Fulbrook que la convirtiéramos en nuestra mensajera, por cierto. Creía que me sería leal. Pero me equivoqué. Me traicionó, de la misma manera que lo hizo Damian.

—Creía que Damian Cobb era un personaje heroico, pero en realidad la estaba manipulando.

—Fui una tonta, pero jamás volveré a serlo —sentenció Valerie.

—Fue el cinturón de cadena de plata, ¿verdad? Cuando Anne empezó a ponérselo se dio cuenta de que Cobb se lo había regalado.

—Lo llevó puesto a mi casa. —Valerie alzó la voz—. Fingió que se lo había regalado un cliente agradecido, pero yo sabía la verdad.

—¿Cómo se enteró?

—Reconocí la marca del joyero. —A Valerie se le llenaron los ojos de lágrimas por la rabia. La pistola que sostenía temblaba con violencia—. Damian lo compró en la misma joyería donde compró el broche que me regaló.

—¿Cobb le regaló una joya?

Valerie metió la mano en el bolsillo de su capa y sacó una pequeña bolsa de terciopelo azul. La arrojó al escritorio.

—Me dijo que pensase en él cada vez que lo llevara puesto bajo la ropa —masculló—. Lo prendía en mis enaguas todos los días. Mire la marca del dorso. ¡Mírela!

Ursula aprovechó la oportunidad para colocarse detrás del escritorio, para dejar el mueble entre Valerie y ella. No era mucha protección, cierto, pero era lo único que tenía a mano.

Cogió la bolsa de terciopelo y volcó su contenido. Un broche exquisito cayó en la mesa. Recordó el día que Valerie se acercó corriendo a ella en el invernadero, con las faldas por las rodillas. Vio algo pequeño y brillante prendido en sus enaguas.

Ursula examinó la marca del dorso del broche.

—Tiene razón —reconoció—. Parece que ambos objetos proceden de la misma joyería. Sin embargo, si le sirve de consuelo, creo que podemos decir sin temor a equivocarnos que su broche costó muchísimo más que el cinturón de plata de Anne. Claro que Cobb habría sabido que si Anne aparecía en la oficina luciendo una magnífica pieza de joyería, sus compañeras, así como sus clientes, habrían hecho demasiadas preguntas incómodas.

—Yo no tuve que hacer pregunta alguna —masculló Valerie—. Se pavoneó con ese dichoso cinturón delante de mí. Cuando le pedí echarle un vistazo, estuvo encantada de dejar que lo examinase. Me contó la misma historia que a usted: me dijo que era un regalo de un cliente agradecido. Pero cuando vi la marca del joyero, supe sin lugar a dudas que me había traicionado.

—¿Anne sabía de la existencia del broche?

—No. No me atrevía a lucirlo en público por temor a que uno de los criados se lo dijera a Fulbrook. Él sabría quién me había regalado el broche. Pero lo lucí todos los días en secreto.

—¿Cómo asesinó a Anne? —quiso saber Ursula—. No le permitían salir de la casa. Dijo que la servidumbre siempre la observaba.

—Durante los últimos meses me he convertido en una experta con la droga. En ciertas concentraciones, puede matar. Me pasé horas probando la versión venenosa en ratones y en ratas. Sabía que Anne disfrutaba de la ambrosía y que guardaba la droga en un pequeño frasco de perfume que Rosemont le había dado. Me temo que se había convertido en una adicta. Le dije que me llevara el frasquito para poder darle una muestra de la última versión de la droga. Sabía que no podría resistirse.

—Se dijo que, con Anne muerta, las cosas volverían a ser como antes entre Cobb y usted.

—Se daría cuenta de que me necesitaba —sollozó Valerie—. Era la única que quedaba que podía ofrecerle los secretos de la ambrosía. Y luego apareció usted, insistiendo en ocupar el lugar de Anne como mi secretaria.

—¿Por qué me lo permitió?

—Porque comprendí que podría tener un motivo oculto. Anne hablaba a menudo de lo lista que era usted, de cómo se reinventó tras un gran escándalo. Dijo que se lo había legado todo a usted. Empecé a preguntarme si también le había legado los secretos que sabía acerca de la ambrosía.

—La puse nerviosa, así que decidió ponerse en contacto con el periodista que arruinó mi reputación hace dos años.

—Anne me habló de él y de su periódico. Le expliqué a Fulbrook que tal vez fuera usted peligrosa. Reconoció que debíamos ser cuidadosos a la hora de librarnos de usted porque, si aparecía muerta, Slater Roxton causaría problemas sin lugar a dudas. Le di la idea a mi marido de revelar su identidad a ese periodista, a Otford. Estaba convencida de que arrastraría su nombre por el fango de la prensa sensacionalista. Creía que sería su fin, que Roxton no querría relacionarse con usted después de descubrir que estuvo envuelta en un gran escándalo. Después, podría ahogarse en el río sin provocar un revuelo.

—¿Por qué ha venido a matarme? No tuve nada que ver con la relación entre Anne y Damian Cobb.

—Fue todo culpa suya. —Valerie aferró la pistola con ambas manos—. Fue usted quien envió a esa puta a mi casa.

—Anne y Cobb no tenían una aventura romántica. Anne quería convertirse en su socia mercantil.

—No me lo creo ni por asomo. Y aunque fuera verdad, ya da igual. Los dos me traicionaron. De no haber sido por usted, todo habría acabado como se suponía que debía acabar. Yo estaría de camino a Nueva York con Damian.

—Cobb la quería a usted, no a Anne —insistió Ursula—. Y puedo demostrarlo.

La mentira le salió con una facilidad pasmosa. Tal vez porque se había vuelto una adepta tras la debacle del escándalo que supuso el divorcio de los Picton, pensó. O tal vez las palabras brotaron sin dificultad porque necesitaba desesperadamente distraer a Valerie.

Fuera como fuese, funcionó. Valerie se llevó una sorpresa.

—¿De qué habla? —susurró.

—Anne no le entregó las últimas cartas. No las entregó porque seguía intentando convencer a Cobb de que la convirtiera en su socia. Quería destruir su relación. Sabía que si la tenía a usted no la necesitaría a ella.

Valerie la miró con expresión estupefacta.

—No —susurró ella.

—He guardado sus últimas cartas en mi caja fuerte. ¿Quiere verlas? Están todas dirigidas a usted.

—No creo lo que dice. Enséñemelas.

—Por supuesto.

Ursula se arrodilló delante de la caja fuerte, la abrió con manos temblorosas y tanteó en busca de la pistola que guardaba dentro. Con la otra mano, cogió el sobre que contenía la copia del folletín.

Se puso en pie muy despacio, con la pistola oculta entre los pliegues de sus faldas.

—Tal vez lo mejor para todos los implicados sea quemar las cartas —dijo—. Podría ser una situación muy bochornosa si la prensa se hace con ellas.

—¡No! —chilló Valerie.

Ursula arrojó las cartas a las llamas.

Valerie gritó y cruzó la estancia a la carrera hacia la chimenea. En su desesperación por salvar las cartas, soltó la pistola, que cayó a la alfombra, para poder coger el atizador.

Ursula salió de detrás del escritorio. Recogió la pistola del suelo en silencio. Valerie parecía ajena por completo a lo que sucedía. Sollozaba, histérica, mientras atacaba las llamas con el atizador.

Una sombra apareció en la puerta. Sobresaltada, Ursula se dio la vuelta a toda prisa y vio a Slater. Él también llevaba una pistola en la mano.

Slater comprendió lo que sucedía con un solo vistazo y se guardó la pistola en el gabán. Miró a Ursula.

—¿Estás bien? —le preguntó él.

Su voz sonaba gélida. Sus ojos, en cambio, refulgían.

—Sí —contestó. Intentó que la voz le saliera tan tranquila y controlada como a él, pero incluso ella se daba cuenta del tremor—. Fue ella quien asesinó a Anne.

—Lo sé.

Valerie se dejó caer en la alfombra, presa del histerismo más absoluto.

Slater rodeó a Ursula con un brazo y la acercó hacia sí. Juntos, vieron cómo Valerie lloraba hasta que el cansancio pudo con ella.

58

Dos días más tarde, Ursula tuvo la idea de enviar una invitación para tomar el té al pequeño grupo de investigadores. La señora Dunstan se pasó toda la mañana preparando alegremente el salón, que rara vez se usaba. Quitó las sábanas de hilo que cubrían los muebles para evitar que se llenaran de polvo. Se descorrieron las cortinas para permitir que entrara la desvaída luz del sol. Una vez que consideró que todo estaba perfectamente limpio, se retiró a la cocina, donde preparó un considerable festín compuesto por sándwiches, tartaletas de limón y un surtido de dulces.

Los invitados se desentendieron de los dictados de la moda y llegaron antes de tiempo. Lilly se acomodó en el sofá. Parecía formidable con su vestido rojo adornado con encaje blanco. Otford, que llevaba bajo un brazo un ejemplar de *El Semanario Ilustrado de Crímenes y Escándalos* recién salido de la imprenta, se encaminó directo a la bandeja de plata.

Slater, como era habitual, iba de negro de los pies a la cabeza. Se apoyó con elegancia en una pared mientras mordisqueaba un sándwich.

—Lady Fulbrook no acabará en la horca, pueden estar seguros —anunció Otford, que, después de hablar, se llevó un dulce a la boca—. Es lo que pasa siempre con los de su clase. Háganme caso, la internarán discretamente en un manicomio privado y se pasará allí el resto de su vida.

—Yo no apostaría mucho si fuera usted —replicó Lilly—. En mi opinión, esa mujer es una actriz consumada. No me sorprendería en lo más mínimo descubrir dentro de unos meses que lady Fulbrook ha sido curada milagrosamente por un doctor que practica la moderna doctrina de la psicología.

—¿Un alienista? —Ursula dejó la taza a medio camino de sus labios mientras sopesaba la idea—. Por el amor de Dios, no había considerado esa posibilidad.

—La mantendremos vigilada —dijo Slater—. Pero si la ponen en libertad, no creo que vuelva a Londres. Al fin y al cabo, no puede regresar a la escena social. Ahora es una mujer con mala fama, por culpa del señor Otford y sus colegas.

—Desde luego que sí —convino el aludido, que agitó el ejemplar de su revista—. Debo admitir que le estoy agradecido. Nada mejor que una mujer en la portada para llamar la atención del público.

—Déjeme ver eso. —Ursula se puso en pie, atravesó la estancia y le quitó la revista de las manos. Después, se sentó junto a Lilly y examinó a fondo el folletín truculento.

La portada reproducía una escena melodramática en un dormitorio, en el cual una hermosa mujer ataviada con un diáfano camisón se aferraba al brazo de lo que pretendía ser un norteamericano con aspecto de villano, armado con un revólver enorme. El cuerpo de un caballero yacía en el suelo, degollado. El titular rezaba:

EL ASESINATO FULBROOK

¡Lady Fulbrook, enloquecida por su aventura ilícita con un poderoso criminal norteamericano! ¡Contubernio! ¡Veneno! ¡Escándalo!

Ursula hojeó rápidamente la revista, deteniéndose en el resto de las ilustraciones.

—Señor Otford, como encuentre mi nombre o el de mi agencia en este artículo, le juro que...

—Cálmese, señora. —Otford agitó una servilleta en dirección a Ursula y siguió hablando mientras masticaba—. Le aseguro que no se la menciona en ningún lugar de la revista. Ni tampoco a ninguno de los presentes en esta estancia. Siguiendo las instrucciones del señor Roxton, le he otorgado todo el mérito a Scotland Yard.

—Si lady Fulbrook acaba internada en un manicomio, ¿qué pasará con la propiedad de los Fulbrook? —quiso saber Lilly.

—Sospecho que tanto los herederos como los posibles herederos de ambas partes de la familia están ahora mismo reuniendo fuerzas, más concretamente a sus abogados, para batallar por la fortuna —respondió Slater.

—¿Y qué pasa con las plantas de ambrosía? —preguntó Ursula.

Slater se enderezó y se apartó de la pared. Echó a andar despacio hacia la bandeja del té, a fin de examinar su contenido.

—Da la casualidad de que anoche se produjo un incendio en el invernadero de los Fulbrook. Empezó en el laboratorio, donde se guardaban un buen número de sustancias químicas. Como es evidente, todo quedó destruido, incluyendo las plantas de ambrosía que crecían en la zona especial.

—Ah. —Otford dejó de comer y sacó su cuadernillo de notas.

Ursula miró a Slater.

—Tal vez haya más plantas de ambrosía en algún lugar. Y semillas.

Slater se encogió de hombros y eligió un sándwich.

—Tal vez alguien descubra que la planta puede usarse para algo de utilidad. Realmente necesitamos mejores medicinas.

—Bueno, supongo que eso cierto —replicó Ursula—. Pero, en fin, supongo que todos se preguntan por qué los he invitado hoy a tomar el té.

Todos la miraron.

Lilly frunció el ceño.

—¿Hay un motivo? Además del té, me refiero.

—Sí, hay un motivo. —Ursula cogió el tarjetero de plata que descansaba en la mesita auxiliar—. Los he convocado para anunciarles que Slater está a punto de embarcarse en una nueva profesión.

Slater tosió y espurreó parte del sándwich.

—¿Cómo?

—Este té es una celebración de su nueva profesión y estoy encantada de regalarle sus primeras tarjetas de visita. —Eligió una de las prístinas tarjetas blancas y la sostuvo en alto para que todos admiraran el elegante grabado.

—Quiero ver eso. —Slater atravesó la estancia con dos largas zancadas y le arrancó la tarjeta de la mano—. Slater Roxton, investigador privado. Discreción asegurada. —Alzó la vista—. ¿Qué demonios...?

Todos los presentes jadearon. Y después murmuraron su aprobación.

—Sí, por supuesto —dijo Lilly, entusiasmada de repente—. Slater, es la profesión perfecta para ti. Debería habérseme ocurrido.

Slater miraba a Ursula con la expresión de un hombre tomado absolutamente por sorpresa.

—¿Tarjetas de visita?

—Tal vez pueda ayudarlo en su nueva línea de trabajo —sugirió Otford con avidez—. Necesitará a un hombre que sepa cómo sonsacar información. Le ofrezco mis servicios como investigador a cambio de suculentas historias en exclusiva como el asesinato Fulbrook.

—Hay personas muertas —le recordó Slater.

Otford carraspeó.

—Sí. Asesinadas. Una desgracia.

—Lo importante que debemos recordar —terció Ursula—

es que otras personas habrían muerto con seguridad y otras habrían sido obligadas a someterse a la mezquindad del chantaje de no haber sido por las pesquisas de Slater.

El aludido rodeó la mesa auxiliar, se inclinó, tomó a Ursula por la cintura y la levantó. La sostuvo en alto de manera que sus escarpines de seda ni siquiera tocaban el suelo.

—¿Qué rayos crees que estás haciendo, mujer? —Su voz reverberó de forma peligrosa en el salón—. No pienso dedicarme a la investigación privada.

—Slater, necesitas una profesión —le recordó ella, que le colocó las manos en los hombros y lo miró a los ojos—. Tus días de vagar por el mundo buscando antigüedades perdidas han acabado. Ahora estás en casa y debes encontrar algo nuevo que hacer con tu vida. Ya es hora de que utilices tus habilidades.

—¿Qué habilidades?

—Sabes cómo obtener respuestas. Ese es un talento muy poco común. Buscar respuestas es lo que hacen los investigadores privados. La verdad, es lo que llevas haciendo desde hace años. Ahora tienes las tarjetas de visita acordes a tu línea de trabajo, por así decirlo.

Slater la dejó despacio en el suelo.

—Nunca lo he visto como un trabajo.

—Además, podría ayudarte de vez en cuando —siguió ella—. Como secretaria, puedo acceder a muchos lugares sin despertar curiosidad ni sospechas. Oficinas de empresas, residencias privadas, casi cualquier lugar, en serio. ¿Quién no necesita una secretaria en según qué ocasiones?

—No. —Slater la miraba con férrea determinación—. Ni hablar. Lo prohíbo.

—Ya discutiremos más tarde los pormenores —replicó Ursula.

—No hay nada que discutir —repuso él.

Ursula se sentó al punto y cogió la cafetera.

—¿Alguien quiere café?

—Maldita sea, Ursula...

—Creo que te estás repitiendo. Prueba los sándwiches de ensalada de pollo. Están riquísimos. Ah, lo siento. Que eres vegetariano. ¿Los de pepino, entonces? Y, por cierto, te quiero, por si no lo sabes.

La miró como si en la vida hubiera visto algo como ella, como si le diera miedo que fuese real.

—¿Qué has dicho? —logró decir él.

—¿Sobre los sándwiches de ensalada de pollo?

Bien podrían haber estado solos en la estancia, pensó Ursula. Nadie se movió. Nadie dijo una sola palabra.

—Eso de que me quieres —contestó Slater.

—Es evidente que me has oído. Pareces sorprendido. Pensaba que ya lo sabrías después de haber caminado por el laberinto.

—Me asustaba formular la pregunta. Más bien me aterraba, a decir verdad. Temía que la respuesta no fuera la que quería escuchar.

Ursula miró a Lilly y a Otford.

—¿Les importa dejarnos a solas unos minutos mientras aclaramos algunos asuntos de índole muy personal?

Lilly se puso en pie de un brinco.

—Por supuesto, querida. Tomaos todo el tiempo que necesitéis. —Atravesó la estancia de camino a la puerta. Otford la siguió al instante.

Ursula miró a Slater, que seguía al otro lado de la mesa auxiliar.

—¿Tú? —le preguntó—. ¿Temeroso de las respuestas? Perdóname, pero me cuesta creerlo.

—Pues créetelo.

—Tal vez sea mejor que no hayas buscado la respuesta en tu laberinto —replicó ella—. Ciertas cosas deben enfrentarse cara a cara.

Slater sonrió. Una de esas inusuales sonrisas que desterraban la oscuridad de sus ojos. Alargó un brazo para tomarla de la mano y ella se la ofreció sin demora. Después la instó a rodear la mesa auxiliar.

—El día que te conocí supe que serías la mujer a quien iba a querer —afirmó.

En ese momento, fue ella quien se quedó atónita.

—¿Ah, sí?

—¿Por qué demonios crees que te contraté para que me ayudaras a catalogar esas dichosas antigüedades? Me importan un bledo. Por mí, como si el Museo Británico se las lleva todas. Lo único que quería era tener una excusa para tenerte cerca.

La alegría la abrumó. De repente, se sentía casi levitar.

—¿Me contrataste porque estabas enamorado de mí? —susurró—. Y pensar que intentaste hacerme creer que no eras un hombre romántico...

—Algunas respuestas son ineludibles —replicó Slater—. Tú eres una de ellas.

Ursula sonrió.

—¿Crees que eso será un problema para ti?

—Más bien en el sentido de un descubrimiento sorprendente. He llegado a la conclusión de que, en este caso, una pregunta conduce a otra.

—¿A cuál?

Lo vio esbozar una lenta sonrisa, esa sonrisa que revelaba las verdades y las pasiones que ardían en su interior, antes de que le tomara la cara entre sus fuertes manos.

—¿Quieres casarte conmigo, amor mío?

—¿Estás seguro de que no quieres consultar la respuesta de esa pregunta en concreto con el laberinto?

—Tu respuesta es la única que importa —respondió él.

—La respuesta es sí.

Ursula juraría que atisbó el brillo de las lágrimas en los ojos de Slater. Alarmada, trató de apartarse de él.

—¿Slater? —murmuró.

—Esa era la respuesta que necesitaba oír —dijo, con expresión satisfecha—. Así que de nuevo me descubro enfilando el tercer camino.

—¿Qué se supone que significa eso?

—El día que me quedé atrapado bajo tierra en la isla de la Fiebre comprendí que tenía tres caminos para elegir. Estaban el Camino de la Guerra y el Camino de la Venganza. Yo elegí el tercero.

—¿Cuál era? —preguntó ella.

—El Camino de los Amantes.

Ursula sonrió, lo aferró por las solapas de la chaqueta y se puso de puntillas para besarlo en los labios.

—¿Qué te hizo elegir el Camino de los Amantes? —quiso saber.

—Era el único que parecía ofrecer esperanza —respondió Slater.

Después, la estrechó con fuerza, se apoderó de sus labios y Ursula se entregó a su beso y al futuro.